COLLECTION PARCOURS
Sous la direction de Michel Laurin

❧

TARTUFFE

DE

MOLIÈRE

Texte intégral

❧

ÉDITION PRÉSENTÉE, ANNOTÉE ET COMMENTÉE

PAR

MARCEL FORTIN
PROFESSEUR AU COLLÈGE DE VALLEYFIELD

Beauchemin

LE TARTUFFE DE MOLIÈRE
TEXTE INTÉGRAL
ÉDITION PRÉSENTÉE, ANNOTÉE ET COMMENTÉE
PAR MARCEL FORTIN
COLLECTION «PARCOURS D'UNE ŒUVRE»
SOUS LA DIRECTION DE MICHEL LAURIN

© 2003   GB Groupe Beauchemin, éditeur ltée
3281, avenue Jean-Béraud
Laval (Québec) H7T 2L2
Téléphone : (514) 334-5912
1 800 361-4504
Télécopieur : (450) 688-6269
www.beaucheminediteur.com

Le photocopillage entraîne une baisse des achats de livres,
à tel point que la possibilité pour les auteurs de créer des
œuvres nouvelles et de les faire éditer par des professionnels
est menacée.

Nous reconnaissons l'aide financière du gouvernement du Canada
par l'entremise du Programme d'aide au développement de l'industrie
de l'édition (PADIÉ) pour nos activités d'édition.

ISBN : 2-7616-1583-2
Dépôt légal : 4e trimestre 2003
Bibliothèque nationale du Québec   Imprimé au Canada
Bibliothèque nationale du Canada   2 3 4 5 07 06 05

Supervision éditoriale : CATHERINE LASSURE et CLAUDE ROUSSIN
Coordonnatrice à la production: Maryse Quesnel
Charge de projet : CATHERINE LASSURE et CLAUDE ROUSSIN
Révision linguistique : SOPHIE POULIOT
Correction d'épreuves : NATHALIE DOMPIERRE et SOPHIE POULIOT
Recherche iconographique : CLAUDINE BOURGÈS et JOSÉE DOUCET
Demande de droits : CLAUDINE BOURGÈS
Conception graphique : MARTIN DUFOUR, a.r.c.
Conception et réalisation de la couverture : CHRISTINE DUFOUR
Typographie et retouche des illustrations : TREVOR AUBERT JONES
Impression : IMPRIMERIES TRANSCONTINENTAL INC.

À MES COLLÈGUES DU DÉPARTEMENT DE LANGUE ET LITTÉRATURE
DU COLLÈGE DE VALLEYFIELD

Remerciements

JE TIENS À REMERCIER MESDAMES CATHERINE LASSURE,
CHRISTIANE LEDUC, DANIELLE MONTEMBEAULT,
FRANCE ROBITAILLE AINSI QUE MONSIEUR CLAUDE ROUSSIN
POUR LEURS PRÉCIEUX CONSEILS.
JE REMERCIE ÉGALEMENT MADAME GHISLAINE SAUVÉ,
SECRÉTAIRE AU COLLÈGE DE VALLEYFIELD, QUI A EU L'AMABILITÉ
DE DACTYLOGRAPHIER LE MANUSCRIT DE LA «PRÉSENTATION DE
L'ŒUVRE» ET DE LA «PLONGÉE DANS L'ŒUVRE».

Table des matières

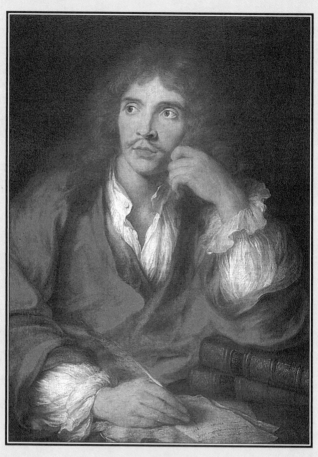

Molière.

Tartuffe : une satire toujours actuelle de l'imposture

Le 12 mai 1664, lors de la création des trois premiers actes du *Tartuffe*, dans le cadre festif des *Plaisirs de l'Île enchantée* du château de Versailles, Molière ne se doute pas que sa comédie, inspirée de la farce médiévale, va soulever une controverse et provoquer une polémique qui marquera toute sa carrière d'homme de théâtre. Après avoir froissé les susceptibilités de l'Église avec sa première grande comédie, *L'École des femmes*, l'auteur dramatique consacré ose s'immiscer dans les affaires de la morale et du sacré en dénonçant l'hypocrisie religieuse et en attaquant les faux dévots qui constituent une menace pour l'État.

La puissante Compagnie du Saint-Sacrement reçoit la pièce comme une injure et entend bien museler l'amuseur du roi en obtenant de ce dernier l'interdiction des représentations publiques du *Tartuffe*. Au cours de cinq années de lutte acharnée, Molière se bat sur tous les fronts pour faire jouer *sa pièce* : il multiplie les interventions auprès des nobles, rédige des placets à l'intention du roi, réécrit sa comédie qu'il tente en vain de représenter sous le titre de *Panulphe* et crée, entre autres, *Dom Juan* et *Le Misanthrope*, deux autres comédies abordant le thème de l'hypocrisie. Le 5 février 1669, lorsque le roi autorise enfin les représentations au théâtre du Palais-Royal, c'est le triomphe de la liberté de création, mais la bataille a laissé un goût amer chez l'auteur désabusé.

Reconnue comme l'une des pièces les plus jouées du répertoire de Molière, *Le Tartuffe* s'inscrit, avec *Le Misanthrope*, au rang des chefs-d'œuvre universels de la comédie. La structure classique de l'intrigue, l'inspiration baroque de la thématique, la profondeur psychologique des personnages, l'efficacité des procédés comiques et la rigueur du style, mêlant habilement sobriété et langage précieux, ravissent les spectateurs depuis plus de trois siècles. Il faut dire que le personnage de Tartuffe, tout odieux et répugnant qu'il soit, exerce toujours une fascination, suscite encore l'indignation ; sa dupe, Orgon, provoque autant la moquerie que la pitié, nous renvoyant comme un miroir le reflet de notre propre vulnérabilité.

En portant à la scène une question d'ordre moral, Molière a exposé sur la place publique un problème politique qui interpelle le public avec autant de véhémence aujourd'hui qu'au moment où la pièce a été créée. Le contexte religieux, allégorie de toute idéologie à la mode, s'est laïcisé, sécularisé, mais la charge subversive contre le mensonge, l'hypocrisie, l'abus de confiance et l'opportunisme conserve toute sa pertinence au sein de la société contemporaine. En satiriste virulent, Molière a cartographié avec génie la mécanique dont les imposteurs de l'Histoire ont su maîtriser les rouages ; en moraliste visionnaire, il nous convie à la vigilance et au discernement à l'égard des tartuffes modernes qui parasitent nos institutions et se confectionnent des manteaux dans le tissu de nos valeurs sous prétexte d'assurer notre santé, notre bonheur et notre prospérité.

TARTUFFE, affiche du TNM du 22 au 28 janvier 1997.
Photo © Michael Slobodian ; Graphisme Folio et Garetti.

L'IMPOSTEUR

Frontispice de *Tartuffe ou l'Imposteur*.

LE TARTVFFE,

OV L'IMPOSTEVR,

COMEDIE.

PAR I. B. P. DE MOLIERE.

Imprimé aux despens de l'Autheur, & se vend

A PARIS,

Chez IEAN RIBOV, au Palais, vis-à-vis
la Porte de l'Eglise de la Sainte Chapelle,
à l'Image S. Loüis.

M. DC. LXIX.

AVEC PRIVILEGE DV ROY.

Page de titre du *Tartuffe ou l'Imposteur*, édition de 1669.

LES PERSONNAGES

MADAME PERNELLE, *mère d'Orgon.*

ORGON, *mari d'Elmire.*

ELMIRE, *femme d'Orgon.*

DAMIS, *fils d'Orgon.*

MARIANE, *fille d'Orgon et amante*[1] *de Valère*

VALÈRE, *amant*§ *de Mariane.*

CLÉANTE, *beau-frère d'Orgon.*

TARTUFFE, *faux dévot*[2].

DORINE, *suivante*[3] *de Mariane.*

MONSIEUR LOYAL, *sergent.*

L'EXEMPT[4].

FLIPOTE, *servante de Madame Pernelle.*

LA SCÈNE EST À PARIS, DANS LA MAISON D'ORGON

N.B. : Les quatre extraits qui font l'objet d'une analyse approfondie sont indiqués
    dans l'œuvre par des filets tracés dans la marge.
§ Les mots suivis du symbole § sont définis dans le glossaire, à la page 281.

1 *amante* : personne aimée.
2 *dévot* : personne très pieuse ; l'expression *faux dévot* désigne une personne pieuse
   seulement en apparence, voire hypocrite.
3 *suivante* : servante et dame de compagnie.
4 *exempt* : officier de police chargé des arrestations.

ACTE I

SCÈNE 1 : Madame Pernelle
et Flipote *sa servante*, Elmire,
Mariane, Dorine, Damis, Cléante

Madame Pernelle
Allons, Flipote, allons, que d'eux je me délivre[1].

Elmire
Vous marchez d'un tel pas[2] qu'on a peine à vous suivre.

Madame Pernelle
Laissez, ma bru, laissez, ne venez pas plus loin :
Ce sont toutes façons dont je n'ai pas besoin.

Elmire
5   De ce que l'on vous doit envers vous on s'acquitte.
Mais, ma mère, d'où vient que vous sortez[3] si vite ?

Madame Pernelle
C'est que je ne puis voir tout ce ménage-ci[4],
Et que de me complaire[5] on ne prend nul souci.
Oui, je sors de chez vous fort mal édifiée[6] :
10 Dans toutes mes leçons j'y suis contrariée,

---

1 *délivre* : libère.
2 *pas* : rythme auquel une personne marche ; le mot peut aussi signifier démarche.
3 *d'où vient que vous sortez* : pourquoi sortez-vous.
4 *ménage-ci* : manière de vivre.
5 *complaire* : faire plaisir.
6 *fort mal édifiée* : très scandalisée.

On n'y respecte rien, chacun y parle haut[1],
Et c'est tout justement la cour du roi Pétaut[2].

DORINE

Si…

MADAME PERNELLE

Vous êtes, mamie[3], une fille suivante[§]
Un peu trop forte en gueule[4], et fort impertinente :
15   Vous vous mêlez sur tout de dire votre avis.

DAMIS

Mais…

MADAME PERNELLE

Vous êtes un sot en trois lettres, mon fils ;
C'est moi qui vous le dis, qui suis votre grand-mère ;
Et j'ai prédit[5] cent fois à mon fils, votre père,
Que vous preniez tout l'air d'un méchant garnement[6],
20   Et ne lui donneriez jamais que du tourment.

MARIANE

Je crois…

MADAME PERNELLE

Mon Dieu, sa sœur, vous faites la discrète,
Et vous n'y touchez pas[7], tant vous semblez doucette ;

---

1 *haut* : fort, d'une manière déterminée ; le mot peut aussi signifier grand, ferme et important.

2 *la cour du roi Pétaut* : périphrase désignant une pétaudière, c'est-à-dire un lieu de désordre et de confusion ; Pétaud, le roi des mendiants, est un personnage légendaire du XVIIe siècle, qui avait la réputation de n'avoir aucune autorité sur ses sujets. Son nom s'écrit ici avec un t final pour assurer la rime visuelle.

3 *mamie* : mon amie (élision) ; l'expression désigne généralement les servantes.

4 *forte en gueule* : bavarde.

5 *prédit* : signalé, annoncé.

6 *méchant garnement* : mauvais garçon qui a des allures de délinquant, voire de bandit.

7 *vous n'y touchez pas* : vous faites la sainte-nitouche, c'est-à-dire vous faites semblant d'être vertueuse.

Madame Pernelle (Monique Mercure)
Vous êtes un sot en trois lettres, mon fils […]

Acte 1, scène 1, vers 16 et 17.

Théâtre du Nouveau Monde, 1997.
Mise en scène de Lorraine Pintal.

Mais il n'est, comme on dit, pire eau que l'eau qui dort,
Et vous menez sous chape[1] un train[2] que je hais fort.

ELMIRE

25   Mais, ma mère…

MADAME PERNELLE

            Ma bru, qu'il ne vous en déplaise,
Votre conduite en tout est tout à fait mauvaise;
Vous devriez leur mettre un bon exemple aux yeux,
Et leur défunte mère en usait[3] beaucoup mieux.
Vous êtes dépensière; et cet état me blesse[4],
30   Que vous alliez vêtue ainsi qu'une princesse.
Quiconque à son mari veut plaire seulement,
Ma bru, n'a pas besoin de tant d'ajustement[5].

CLÉANTE

Mais, Madame, après tout…

MADAME PERNELLE

                Pour vous, Monsieur son frère,
Je vous estime fort, vous aime, et vous révère[6];
35   Mais enfin, si j'étais de mon fils[7], son époux,
Je vous prierais bien fort de n'entrer point chez nous.
Sans cesse vous prêchez[8] des maximes de vivre[9]
Qui par d'honnêtes gens ne se doivent point suivre[10].
Je vous parle un peu franc; mais c'est là mon humeur,
40   Et je ne mâche point ce que j'ai sur le cœur.

---

1 *sous chape* : en cachette, secrètement.
2 *un train* : un train de vie.
3 *en usait* : se conduisait, se comportait.
4 *cet état me blesse* : cela me choque, m'indispose.
5 *ajustement* : vêtements de luxe et parures.
6 *révère* : respecte, honore.
7 *si j'étais de mon fils* : si j'étais à la place de mon fils.
8 *prêchez* : recommandez, conseillez.
9 *maximes de vivre* : règles de conduite.
10 *Qui par d'honnêtes gens ne se doivent point suivre* : que les gens respectables ne doivent pas suivre.

DAMIS
Votre Monsieur Tartuffe est bienheureux sans doute…

MADAME PERNELLE
C'est un homme de bien, qu'il faut que l'on écoute ;
Et je ne puis souffrir[1] sans me mettre en courroux[2]
De le voir querellé par un fou comme vous.

DAMIS
45   Quoi ? je souffrirai[§], moi, qu'un cagot de critique[3]
Vienne usurper[4] céans[5] un pouvoir tyrannique,
Et que nous ne puissions à rien nous divertir,
Si ce beau monsieur-là n'y daigne consentir ?

DORINE
S'il le faut écouter et croire à ses maximes[§],
50   On ne peut faire rien qu'on ne fasse des crimes[6] ;
Car il contrôle tout, ce critique zélé[7].

MADAME PERNELLE
Et tout ce qu'il contrôle est fort bien contrôlé.
C'est au chemin du Ciel qu'il prétend vous conduire,
Et mon fils à l'aimer vous devrait tous induire[8].

DAMIS
55   Non, voyez-vous, ma mère, il n'est père ni rien
Qui me puisse obliger à lui vouloir du bien :
Je trahirais mon cœur de parler d'autre sorte ;
Sur ses façons de faire à tous coups je m'emporte ;

---

1   *souffrir* : supporter, endurer ; le verbe peut aussi signifier accepter, permettre.

2   *courroux* : colère.

3   *cagot de critique* : hypocrite qui fait semblant d'être pieux et qui a tendance à tout critiquer.

4   *usurper* : s'approprier sans droit.

5   *céans* : ici, dans la maison.

6   *qu'on ne fasse des crimes* : sans qu'à ses yeux on ne commette des fautes ou des péchés.

7   *zélé* : dévoué, fervent au sens religieux.

8   *à l'aimer vous devrait tous induire* : devrait tous vous amener à l'aimer.

J'en prévois une suite[1], et qu'avec ce pied plat[2]
60 Il faudra que j'en vienne à quelque grand éclat[3].

DORINE

Certes, c'est une chose aussi qui scandalise,
De voir qu'un inconnu céans[§] s'impatronise[4],
Qu'un gueux[5] qui, quand il vint, n'avait pas de souliers
Et dont l'habit entier valait bien six deniers[6],
65 En vienne jusque-là que de se méconnaître[7],
De contrarier tout, et de faire le maître.

MADAME PERNELLE

Hé ! merci de ma vie[8] ? il en irait bien mieux,
Si tout se gouvernait[9] par ses ordres pieux.

DORINE

Il passe pour un saint dans votre fantaisie[10] :
70 Tout son fait[11], croyez-moi, n'est rien qu'hypocrisie.

MADAME PERNELLE

Voyez la langue[12] !

---

1 *suite* : conséquence désagréable.
2 *pied plat* : injure désignant un grossier personnage sans éducation ; les gens du peuple avaient l'habitude de porter des chaussures sans talon.
3 *éclat* : dispute ; selon le contexte, le mot peut aussi signifier tapage, sentiment, manifestation exubérante, scandale.
4 *s'impatronise* : s'impose, s'établisse comme s'il était le maître, le patron.
5 *gueux* : mendiant, pauvre, misérable.
6 *deniers* : ancienne monnaie française de peu de valeur.
7 *jusque-là que de se méconnaître* : au point d'oublier ses origines modestes ou d'ignorer son statut de roturier, c'est-à-dire d'homme du peuple.
8 *merci de ma vie* : j'en remercie la vie.
9 *se gouvernait* : était contrôlé.
10 *fantaisie* : imagination, esprit inventif.
11 *Tout son fait* : tout son comportement, sa conduite.
12 *la langue* : la mauvaise langue qui ose dire du mal.

DORINE

À lui, non plus qu'à son Laurent[1],
Je ne me fierais, moi, que sur un bon garant[2].

MADAME PERNELLE

J'ignore ce qu'au fond le serviteur peut être ;
Mais pour homme de bien, je garantis le maître.
75 Vous ne lui voulez mal et ne le rebutez
Qu'à cause qu'il[3] vous dit à tous vos vérités.
C'est contre le péché que son cœur se courrouce[§],
Et l'intérêt du Ciel[4] est tout ce qui le pousse.

DORINE

Oui ; mais pourquoi, surtout depuis un certain temps,
80 Ne saurait-il souffrir[§] qu'aucun hante[5] céans[§] ?
En quoi blesse[§] le Ciel une visite honnête[§],
Pour en faire un vacarme à nous rompre la tête ?
Veut-on que là-dessus je m'explique entre nous ?
Je crois que de Madame il est, ma foi[6], jaloux.

MADAME PERNELLE

85 Taisez-vous, et songez aux choses que vous dites.
Ce n'est pas lui tout seul qui blâme ces visites.
Tout ce tracas qui suit[7] les gens que vous hantez[§],
Ces carrosses sans cesse à la porte plantés,
Et de tant de laquais[8] le bruyant assemblage[9]
90 Font un éclat[§] fâcheux[10] dans tout le voisinage.

---

1 *Laurent* : l'apprenti dévot de Tartuffe, qui est plus qu'un simple valet.
2 *garant* : garantie.
3 *Qu'à cause qu'il* : que parce qu'il ; syntaxe du XVIIe siècle.
4 *l'intérêt du Ciel* : l'obligation d'honorer Dieu.
5 *qu'aucun hante* : que des visiteurs fréquentent.
6 *foi* : parole ; selon le contexte, le mot peut aussi signifier loyauté, sincérité, preuve, certitude ou croyance.
7 *Tout ce tracas qui suit* : toute cette agitation bruyante que font.
8 *laquais* : valets, domestiques.
9 *assemblage* : réunion.
10 *fâcheux* : ennuyeux, désagréable.

Je veux croire qu'au fond il ne se passe rien;
Mais enfin on en parle, et cela n'est pas bien.

CLÉANTE

Hé ! voulez-vous, Madame, empêcher qu'on ne cause ?
Ce serait dans la vie une fâcheuse[§] chose,
95   Si pour les sots discours où l'on peut être mis[1],
Il fallait renoncer à ses meilleurs amis.
Et quand même on pourrait se résoudre à le faire,
Croiriez-vous obliger tout le monde à se taire ?
Contre la médisance[2] il n'est point de rempart.
100   À tous les sots caquets n'ayons donc nul égard;
Efforçons-nous de vivre avec toute innocence,
Et laissons aux causeurs une pleine licence.

DORINE

Daphné, notre voisine, et son petit époux
Ne seraient-ils point ceux qui parlent mal de nous ?
105   Ceux de qui la conduite offre le plus à rire
Sont toujours sur autrui les premiers à médire[§];
Ils ne manquent jamais de saisir promptement
L'apparente lueur du moindre attachement[3],
D'en semer la nouvelle avec beaucoup de joie,
110   Et d'y donner le tour qu'ils veulent qu'on y croie :
Des actions d'autrui, teintes de leurs couleurs,
Ils pensent dans le monde autoriser les leurs,
Et sous le faux espoir de quelque ressemblance,
Aux intrigues qu'ils ont donner de l'innocence,

---

1 *les sots discours où l'on peut être mis* : les commérages dans lesquels on peut être impliqué, qui peuvent nous concerner.
2 *médisance* : calomnie, commérage, propos mensonger visant à causer du tort; au XVIIe siècle, le sens des mots *médisance* et calomnie se confondent.
3 *L'apparente lueur du moindre attachement* : le plus faible indice d'une liaison amoureuse.

115   Ou faire ailleurs tomber quelques traits[1] partagés
      De ce blâme public dont ils sont trop chargés[2].

Madame Pernelle

Tous ces raisonnements ne font rien à l'affaire.
On sait qu'Orante[3] mène une vie exemplaire :
Tout ses soins[4] vont au Ciel ; et j'ai su par des gens
120   Qu'elle condamne fort le train qui vient[5] céans§.

Dorine

L'exemple est admirable[6], et cette dame est bonne !
Il est vrai qu'elle vit en austère personne ;
Mais l'âge dans son âme a mis ce zèle§ ardent,
Et l'on sait qu'elle est prude à son corps défendant[7].
125   Tant qu'elle a pu des cœurs attirer les hommages,
      Elle a fort bien joui de tous ses avantages ;
      Mais, voyant de ses yeux tous les brillants baisser[8],
      Au monde, qui la quitte, elle veut renoncer,
      Et du voile pompeux[9] d'une haute§ sagesse
130   De ses attraits usés déguiser la faiblesse.
      Ce sont là les retours des coquettes du temps[10].
      Il leur est dur de voir déserter les galants[11].
      Dans un tel abandon, leur sombre inquiétude

---

1   *traits* : condamnations ; mauvais tours ; coups bas ; accusations.

2   *Aux intrigues [...] trop chargés* : ils réduisent la gravité de leurs liaisons amoureuses gênantes ou font en sorte que la condamnation publique soit partagée avec d'autres.

3   *Orante* : nom d'une femme très pieuse.

4   *soins* : préoccupations, soucis ; le mot peut aussi prendre le sens de précautions.

5   *condamne fort le train qui vient* : juge très sévèrement le défilé incessant des visiteurs.

6   *admirable* : étonnant, surprenant.

7   *prude à son corps défendant* : vertueuse malgré elle, sage contre sa volonté.

8   *les brillants baisser* : diminuer leurs attraits physiques, perdre de leur pouvoir, de leur effet.

9   *voile pompeux* : apparence prétentieuse et artificielle.

10   *les retours [...] du temps* : les ruses, les revirements des séductrices d'autrefois.

11   *déserter les galants* : partir les hommes séducteurs, fuir les courtisans.

Ne voit d'autre recours que le métier de prude[§] ;
135 Et la sévérité de ces femmes de bien
Censure toute chose, et ne pardonne à rien ;
Hautement d'un chacun[1] elles blâment la vie,
Non point par charité, mais par un trait[§] d'envie,
Qui ne saurait souffrir[§] qu'une autre ait les plaisirs
140 Dont le penchant de l'âge a sevré leurs désirs.

MADAME PERNELLE
Voilà les contes bleus[2] qu'il vous faut pour vous plaire.
Ma bru, l'on est chez vous contrainte de se taire,
Car Madame à jaser tient le dé[3] tout le jour.
Mais enfin je prétends discourir à mon tour :
145 Je vous dis que mon fils n'a rien fait de plus sage
Qu'en recueillant chez soi ce dévot[§] personnage ;
Que le Ciel au besoin l'a céans[§] envoyé
Pour redresser à tous votre esprit fourvoyé ;
Que pour votre salut[4] vous le devez entendre,
150 Et qu'il ne reprend[5] rien qui ne soit à reprendre.
Ces visites, ces bals, ces conversations
Sont du malin esprit[6] toutes inventions.
Là jamais on n'entend de pieuses paroles :
Ce sont propos oisifs, chansons et fariboles[7] ;
155 Bien souvent le prochain en a sa bonne part,
Et l'on y sait médire[§] et du tiers et du quart[8].
Enfin les gens sensés ont leurs têtes troublées
De la confusion de telles assemblées :
Mille caquets divers s'y font en moins de rien ;

---

1 *Hautement d'un chacun* : fermement de tout le monde.
2 *contes bleus* : balivernes, sornettes.
3 *tient le dé* : prend le contrôle de la conversation, monopolise la discussion.
4 *votre salut* : le salut de votre âme, votre rédemption.
5 *reprend* : critique, corrige ; le verbe peut aussi signifier accuser.
6 *malin esprit* : diable.
7 *chansons et fariboles* : balivernes et sottises.
8 *du tiers et du quart* : de tout le monde et de n'importe qui.

160   Et comme l'autre jour un docteur[1] dit fort bien,
      C'est véritablement la tour de Babylone[2],
      Car chacun y babille, et tout du long de l'aune[3] ;
      Et pour conter l'histoire où[§] ce point[4] l'engagea…
      Voilà-t-il pas Monsieur qui ricane déjà !
165   Allez chercher vos fous qui vous donnent à rire,
      Et sans… Adieu, ma bru : je ne veux plus rien dire.
      Sachez que pour céans[§] j'en rabats de moitié[5],
      Et qu'il fera beau temps quand j'y mettrai le pied.

      (Donnant un soufflet à Flipote.)

      Allons, vous, vous rêvez, et bayez aux corneilles.
170   Jour de Dieu ! je saurai vous frotter les oreilles.
      Marchons, gaupe[6], marchons.

SCÈNE 2 : CLÉANTE, DORINE

CLÉANTE

                              Je n'y veux point aller,
      De peur qu'elle ne vînt encor[7] me quereller,
      Que cette bonne femme[8]…

---

1   *docteur* : docteur en théologie.
2   *Babylone* : Babel ; allusion à la confusion des langues évoquée dans la Bible.
3   *babille, et tout du long de l'aune* : bavarde sans cesse ; jeu de mots ou calembour sur le mot *Babylone*.
4   *point* : sujet du sermon sur le babillage.
5   *j'en rabats de moitié* : je retire la moitié de l'estime que j'avais pour vous.
6   *gaupe* : fille malpropre, souillon ; le mot peut aussi signifier fille de mauvaise vie.
7   *encor* : encore ; élision de la voyelle pour assurer l'alexandrin.
8   *bonne femme* : vieille femme ; sans connotation péjorative.

DORINE

                    Ah ! certes, c'est dommage
Qu'elle ne vous ouît[1] tenir un tel langage :
175 Elle vous dirait bien qu'elle vous trouve bon,
Et qu'elle n'est point d'âge à lui donner ce nom.

CLÉANTE

Comme elle s'est pour rien contre nous échauffée[2] !
Et que de son Tartuffe elle paraît coiffée[3] !

DORINE

Oh ! vraiment tout cela n'est rien au prix du fils[4],
180 Et si vous l'aviez vu, vous diriez : «C'est bien pis !»
Nos troubles[5] l'avaient mis sur le pied d'homme sage,
Et pour servir son prince[6] il montra du courage ;
Mais il est devenu comme un homme hébété,
Depuis que de Tartuffe on le voit entêté ;
185 Il l'appelle son frère, et l'aime dans son âme
Cent fois plus qu'il ne fait[7] mère, fils, fille, et femme.
C'est de tous ses secrets l'unique confident,
Et de ses actions le directeur[8] prudent ;
Il le choie[9], il l'embrasse, et pour une maîtresse
190 On ne saurait, je pense, avoir plus de tendresse[10] ;
À table, au plus haut bout[11] il veut qu'il soit assis ;
Avec joie il l'y voit manger autant que six ;
Les bons morceaux de tout, il fait qu'on les lui cède ;
Et s'il vient à roter, il lui dit : «Dieu vous aide !»

---

1   *ouît* : entendît.
2   *échauffée* : mise en colère, irritée.
3   *coiffée* : amourachée, éprise.
4   *au prix du fils* : en comparaison de son fils Orgon.
5   *Nos troubles* : allusion à la Fronde qui menaça le pouvoir royal de 1648 à 1653.
6   *prince* : le roi Louis XIV.
7   *qu'il ne fait* : qu'il n'aime.
8   *directeur* : directeur spirituel qui conseille en matière de religion.
9   *choie* : (choyer) cajole, chérit tendrement.
10 *tendresse* : (entre hommes) attention, considération.
11 *au plus haut bout* : à la place la plus importante.

(C'est une servante qui parle.)

195   Enfin il en est fou ; c'est son tout, son héros ;
      Il l'admire à tous coups, le cite à tout propos ;
      Ses moindres actions lui semblent des miracles,
      Et tous les mots qu'il dit sont pour lui des oracles[1].
      Lui, qui connaît sa dupe[2] et qui veut en jouir,
200   Par cent dehors fardés[3] a l'art de l'éblouir ;
      Son cagotisme[4] en tire à toute heure des sommes,
      Et prend droit de gloser[5] sur tous tant que nous sommes.
      Il n'est pas jusqu'au fat[6] qui lui sert de garçon[7]
      Qui ne se mêle aussi de nous faire leçon ;
205   Il vient nous sermonner avec des yeux farouches,
      Et jeter nos rubans, notre rouge et nos mouches[8].
      Le traître, l'autre jour, nous rompit[9] de ses mains
      Un mouchoir[10] qu'il trouva dans une *Fleur des Saints*[11],
      Disant que nous mêlions, par un crime effroyable,
210   Avec la sainteté les parures du diable.

---

1 *oracles* : prophéties, prédictions.
2 *dupe* : personne naïve qu'on trompe facilement.
3 *dehors fardés* : apparences trompeuses.
4 *cagotisme* : néologisme de Molière créé à partir du mot *cagoterie* : fausse piété, hypocrisie.
5 *gloser* : critiquer, faire des remarques désobligeantes.
6 *fat* : imbécile prétentieux.
7 *garçon* : apprenti dévot ; il s'agit de Laurent.
8 *mouches* : pièces de tissu noir que les femmes portaient à la figure par coquetterie.
9 *rompit* : déchira.
10 *mouchoir* : parure de dentelle destinée à couvrir la poitrine des femmes.
11 Fleur des Saints : livre de prières très lourd que Dorine utilise pour défroisser les vêtements.

SCÈNE 3 : Elmire, Mariane, Damis, Cléante, Dorine

Elmire

Vous êtes bienheureux de n'être point venu
Au discours qu'à la porte elle nous a tenu.
Mais j'ai vu mon mari ! comme il ne m'a point vue,
Je veux aller là-haut attendre sa venue.

Cléante

215 Moi, je l'attends ici pour moins d'amusement[1],
Et je vais lui donner le bonjour seulement.

Damis

De l'hymen[2] de ma sœur touchez-lui quelque chose.
J'ai soupçon que Tartuffe à son effet[3] s'oppose,
Qu'il oblige mon père à des détours si grands ;
220 Et vous n'ignorez pas quel intérêt[4] j'y prends.
Si même ardeur enflamme et ma sœur et Valère,
La sœur de cet ami, vous le savez, m'est chère ;
Et s'il fallait…

Dorine
            Il entre.

---

1 *pour moins d'amusement* : pour ne pas perdre de temps.
2 *hymen* : mariage.
3 *son effet* : la signature du contrat de mariage entre Mariane et Valère.
4 *intérêt* : attention, bienveillance ; le mot peut aussi signifier avantage, espoir d'un quelconque gain.

SCÈNE 4 : Orgon, Cléante, Dorine

Orgon
Ah ! mon frère, bonjour.

Cléante
Je sortais, et j'ai joie à vous voir de retour.
225   La campagne à présent n'est pas beaucoup fleurie.

Orgon
Dorine… Mon beau-frère, attendez, je vous prie :
Vous voulez bien souffrir§, pour m'ôter de souci,
Que je m'informe un peu des nouvelles d'ici.
Tout s'est-il, ces deux jours, passé de bonne sorte ?
230   Qu'est-ce qu'on fait céans§ ? comme[1] est-ce qu'on s'y porte ?

Dorine
Madame eut avant-hier la fièvre jusqu'au soir,
Avec un mal de tête étrange à concevoir.

Orgon
Et Tartuffe ?

Dorine
Tartuffe ? Il se porte à merveille.
Gros et gras, le teint frais, et la bouche vermeille.

Orgon
235   Le pauvre homme !

Dorine
Le soir, elle eut un grand dégoût[2],
Et ne put au souper toucher à rien du tout,
Tant sa douleur de tête était encor§ cruelle !

---

1 *comme* : comment.
2 *dégoût* : nausée.

ORGON

Et Tartuffe ?

DORINE

            Il soupa, lui tout seul, devant elle,
Et fort dévotement[§] il mangea deux perdrix,
240 Avec une moitié de gigot en hachis.

ORGON

Le pauvre homme !

DORINE

                La nuit se passa toute entière
Sans qu'elle pût fermer un moment la paupière ;
Des chaleurs l'empêchaient de pouvoir sommeiller,
Et jusqu'au jour près d'elle il nous fallut veiller.

ORGON

245 Et Tartuffe ?

DORINE

            Pressé d'un[1] sommeil agréable,
Il passa dans sa chambre au sortir de la table,
Et dans son lit bien chaud il se mit tout soudain,
Où sans trouble il dormit jusques[2] au lendemain.

ORGON

Le pauvre homme !

DORINE

                À la fin, par nos raisons gagnée[3],
250 Elle se résolut à souffrir[§] la saignée[4],
Et le soulagement suivit tout aussitôt.

---

1 *Pressé d'un* : gagné par un (sens ironique).
2 *jusques* : jusque ; ajout de la consonne « s » pour assurer l'alexandrin.
3 *par nos raisons gagnée* : convaincue par nos arguments.
4 *saignée* : traitement médical visant à faire évacuer une quantité de sang par incision artérielle.

ORGON

Et Tartuffe ?

DORINE

Il reprit courage comme il faut,

Et contre tous les maux fortifiant son âme,
Pour réparer le sang qu'avait perdu Madame,
255   But à son déjeuner quatre grands coups de vin.

ORGON

Le pauvre homme !

DORINE

Tous deux se portent bien enfin ;

Et je vais à Madame annoncer par avance
La part¹ que vous prenez à sa convalescence.

SCÈNE 5 : ORGON, CLÉANTE

CLÉANTE

À votre nez, mon frère, elle se rit de vous ;

260   Et sans avoir dessein de vous mettre en courroux§,
Je vous dirai tout franc que c'est avec justice.
A-t-on jamais parlé d'un semblable caprice ?
Et se peut-il qu'un homme ait un charme² aujourd'hui
À vous faire oublier toutes choses pour lui,
265   Qu'après avoir chez vous réparé sa misère,
Vous en veniez au point ?…

---

1   *part* : souci, préoccupation.
2   *ait un charme* : exerce un pouvoir magique, réussisse à envoûter, à ensorceler, à
    séduire au sens religieux.

Orgon
Alte-là[1], mon beau-frère :
Vous ne connaissez pas celui dont vous parlez.

Cléante
Je ne le connais pas, puisque vous le voulez ;
Mais enfin, pour savoir quel homme ce peut être…

Orgon
270 Mon frère, vous seriez charmé[§] de le connaître,
Et vos ravissements[2] ne prendraient point de fin.
C'est un homme… qui, ha ! un homme… un homme enfin.
Qui suit bien ses leçons goûte une paix profonde,
Et comme du fumier regarde tout le monde.
275 Oui, je deviens tout autre avec son entretien ;
Il m'enseigne à n'avoir affection pour rien,
De toutes amitiés il détache mon âme ;
Et je verrais mourir frère, enfants, mère et femme,
Que je m'en soucierais autant que de cela.

Cléante
280 Les sentiments humains, mon frère, que voilà !

Orgon
Ha ! si vous aviez vu comme[§] j'en fis rencontre,
Vous auriez pris pour lui l'amitié que je montre.
Chaque jour à l'église il venait, d'un air doux,
Tout vis-à-vis de moi se mettre à deux genoux.
285 Il attirait les yeux de l'assemblée entière
Par l'ardeur dont au Ciel il poussait sa prière ;
Il faisait des soupirs, de grands élancements[3],
Et baisait humblement la terre à tous moments ;

---

1 *Alte-là* : halte (orthographe du XVIIᵉ siècle).
2 *ravissements* : extases mystiques, élans spirituels.
3 *élancements* : envolées mystiques, élans de l'âme manifestés par des gestes ridicules.

Orgon (Gérard Poirier)
C'est un homme… qui, ah ! un homme… un homme enfin.
Cléante (Denis Mercier)

Acte i, scène 5, vers 272.

Théâtre du Nouveau Monde, 1997.
Mise en scène de Lorraine Pintal.

Et lorsque je sortais, il me devançait vite,

290 Pour m'aller à la porte offrir de l'eau bénite.
Instruit[1] par son garçon[§], qui dans tout l'imitait,
Et de son indigence, et de ce qu'il était,
Je lui faisais des dons ; mais avec modestie
Il me voulait toujours en rendre une partie.

295 «C'est trop, me disait-il, c'est trop de la moitié ;
Je ne mérite pas de vous faire pitié» ;
Et quand je refusais de le vouloir reprendre,
Aux pauvres, à mes yeux, il allait le répandre[2].
Enfin le Ciel chez moi me le fit retirer[3],

300 Et depuis ce temps-là tout semble y prospérer.
Je vois qu'il reprend[§] tout, et qu'à ma femme même
Il prend, pour mon honneur, un intérêt[§] extrême ;
Il m'avertit des gens qui lui font les yeux doux,
Et plus que moi six fois il s'en montre jaloux.

305 Mais vous ne croiriez point jusqu'où monte son zèle[§] :
Il s'impute à péché[4] la moindre bagatelle ;
Un rien presque suffit pour le scandaliser ;
Jusque-là[5] qu'il se vint l'autre jour accuser
D'avoir pris une puce en faisant sa prière,

310 Et de l'avoir tuée avec trop de colère.

Cléante

Parbleu[6] ! vous êtes fou, mon frère, que je crois.
Avec de tels discours vous moquez-vous de moi ?
Et que prétendez-vous que tout ce badinage ?…

---

1 *Instruit* : informé.
2 *répandre* : redonner, distribuer.
3 *retirer* : accueillir.
4 *s'impute à péché* : s'accuse de faire un péché à.
5 *Jusque-là* : au point.
6 *Parbleu* ! : par Dieu ! (euphémisme toléré du juron).

Orgon

Mon frère, ce discours sent le libertinage[1] :
315 Vous en êtes un peu dans votre âme entiché[2] ;
Et comme je vous l'ai plus de dix fois prêché[§],
Vous vous attirerez quelque méchante[§] affaire.

Cléante

Voilà de vos pareils le discours ordinaire :
Ils veulent que chacun[§] soit aveugle comme eux.
320 C'est être libertin[§] que d'avoir de bons yeux,
Et qui n'adore pas de vaines simagrées
N'a ni respect ni foi[§] pour les choses sacrées.
Allez, tous vos discours ne me font point de peur :
Je sais comme[§] je parle, et le Ciel voit mon cœur,
325 De tous vos façonniers[3] on n'est point les esclaves.
Il est de faux dévots[§] ainsi que de faux braves ;
Et comme on ne voit pas qu'où[4] l'honneur les conduit
Les vrais braves soient ceux qui font beaucoup de bruit,
Les bons et vrais dévots[§], qu'on doit suivre à la trace,
330 Ne sont pas ceux aussi[5] qui font tant de grimace[6].
Hé quoi ? vous ne ferez nulle distinction
Entre l'hypocrisie et la dévotion[§] ?
Vous les voulez traiter d'un semblable langage,
Et rendre même honneur au masque qu'au visage,
335 Égaler l'artifice[7] à la sincérité,
Confondre l'apparence avec la vérité,
Estimer le fantôme autant que la personne,
Et la fausse monnaie à l'égal de la bonne ?

---

1 *libertinage* : liberté de pensée souvent irrespectueuse à l'égard de la religion, impiété.
2 *entiché* : corrompu, moralement gâté.
3 *façonniers* : hypocrites.
4 *qu'où* : que là où.
5 *aussi* : non plus.
6 *grimace* : singerie hypocrite.
7 *artifice* : ruse, tromperie.

Les hommes la plupart sont étrangement faits !
340 Dans la juste nature on ne les voit jamais ;
La raison a pour eux des bornes trop petites ;
En chaque caractère ils passent ses limites[1] ;
Et la plus noble chose, ils la gâtent souvent
Pour la vouloir outrer[2] et pousser trop avant[3].
345 Que cela vous soit dit en passant, mon beau-frère.

ORGON

Oui, vous êtes sans doute un docteur[§] qu'on révère[§] ;
Tout le savoir du monde est chez vous retiré ;
Vous êtes le seul sage et le seul éclairé,
Un oracle[4], un Caton[5] dans le siècle où[§] nous sommes ;
350 Et près de vous ce sont des sots que tous les hommes.

CLÉANTE

Je ne suis point, mon frère, un docteur[§] révéré[§],
Et le savoir chez moi n'est pas tout retiré.
Mais, en un mot, je sais, pour toute ma science[6],
Du faux avec le vrai faire la différence.
355 Et comme je ne vois nul genre de héros
Qui soient plus à priser[7] que les parfaits dévots[§],
Aucune chose au monde et plus noble et plus belle
Que la sainte ferveur d'un véritable zèle[§],
Aussi ne vois-je rien qui soit plus odieux
360 Que le dehors plâtré[8] d'un zèle[§] spécieux[9],

---

1 *passent ses limites* : dépassent les limites de la raison.
2 *outrer* : exagérer, forcer.
3 *trop avant* : au delà de ses limites.
4 *oracle* : devin, prophète.
5 *Caton* : homme politique romain reconnu pour sa sagesse et son rigorisme.
6 *science* : ensemble des connaissances et des expériences.
7 *priser* : estimer.
8 *dehors plâtré* : apparence hypocrite.
9 *spécieux* : trompeur.

Que ces francs charlatans[1], que ces dévots[§] de place[2],
De qui la sacrilège[3] et trompeuse grimace[§]
Abuse impunément et se joue à leur gré
De ce qu'ont les mortels de plus saint et sacré,
365 Ces gens qui, par une âme à l'intérêt[§] soumise,
Font de dévotion[§] métier et marchandise,
Et veulent acheter crédit et dignités[4]
À prix de faux clins d'yeux et d'élans affectés[5],
Ces gens, dis-je, qu'on voit d'une ardeur non commune
370 Par le chemin du Ciel courir à leur fortune[6],
Qui, brûlants et priants[7], demandent chaque jour,
Et prêchent[§] la retraite[8] au milieu de la cour[9],
Qui savent ajuster leur zèle[§] avec leurs vices,
Sont prompts, vindicatifs[10], sans foi[§], pleins d'artifices[§],
375 Et pour perdre quelqu'un couvrent insolemment
De l'intérêt du Ciel[§] leur fier ressentiment[11],
D'autant plus dangereux dans leur âpre[12] colère,
Qu'ils prennent contre nous des armes qu'on révère[§],
Et que leur passion[13], dont on leur sait bon gré,
380 Veut nous assassiner avec un fer sacré.
De ce faux caractère on en voit trop paraître;
Mais les dévots[§] de cœur sont aisés à connaître.
Notre siècle, mon frère, en expose à nos yeux

---

1 *charlatans*: faux médecins.

2 *de place*: qui se pavanent sur la place publique.

3 *sacrilège*: coupable de profanation.

4 *crédit et dignités*: faveur et honneurs; crédit peut signifier influence.

5 *élans affectés*: envolées maniérées, exagérées.

6 *fortune*: destinée; dans le contexte, le mot peut aussi signifier richesse.

7 *brûlants et priants*: accord du participe présent au XVIIᵉ siècle.

8 *retraite*: lieu où l'on se retire pour méditer, pour prier.

9 *cour*: cour du roi Louis XIV.

10 *prompts, vindicatifs*: susceptibles, rancuniers; *prompts* peut aussi signifier rapides.

11 *fier ressentiment*: rancœur, cruel désir de vengeance.

12 *âpre*: violente, sévère.

13 *passion*: ici, fanatisme.

Qui peuvent nous servir d'exemples glorieux[1] :
385 Regardez Ariston, regardez Périandre,
Oronte, Alcidamas, Polydore, Clitandre ;
Ce titre par aucun ne leur est débattu[2] ;
Ce ne sont point du tout fanfarons de vertu ;
On ne voit point en eux ce faste[3] insupportable,
390 Et leur dévotion§ est humaine, est traitable[4] ;
Ils ne censurent point toutes nos actions :
Ils trouvent trop d'orgueil dans ces corrections ;
Et laissant la fierté§ des paroles aux autres,
C'est par leurs actions qu'ils reprennent§ les nôtres.
395 L'apparence du mal a chez eux peu d'appui[5],
Et leur âme est portée à juger bien d'autrui.
Point de cabale[6] en eux, point d'intrigues à suivre ;
On les voit, pour tous soins§, se mêler de bien vivre ;
Jamais contre un pécheur ils n'ont d'acharnement ;
400 Ils attachent leur haine au péché seulement,
Et ne veulent point prendre, avec un zèle§ extrême,
Les intérêts du Ciel§ plus qu'il ne veut lui-même.
Voilà mes gens[7], voilà comme§ il en faut user§,
Voilà l'exemple enfin qu'il se faut proposer.
405 Votre homme, à dire vrai, n'est pas de ce modèle :
C'est de fort bonne foi§ que vous vantez son zèle§ ;
Mais par un faux éclat§ je vous crois ébloui.

Orgon

Monsieur mon cher beau-frère, avez-vous tout dit ?

---

1 *glorieux* : honorables, renommés, réputés.

2 *débattu* : contesté, disputé.

3 *faste* : vanité ostentatoire.

4 *traitable* : douce, agréable, souple.

5 *L'apparence du mal a chez eux peu d'appui* : ils n'ont pas tendance à se fier à de
simples apparences pour condamner quelqu'un.

6 *cabale* : manigances ; allusion aux activités de la Compagnie du Saint-Sacrement.

7 *mes gens* : les gens que j'admire, que je respecte.

CLÉANTE

Oui.

ORGON

Je suis votre valet[1].

(Il veut s'en aller.)

CLÉANTE

De grâce, un mot, mon frère.

410 Laissons là ce discours. Vous savez que Valère
Pour être votre gendre a parole de vous ?

ORGON

Oui.

CLÉANTE

Vous aviez pris jour[2] pour un lien si doux.

ORGON

Il est vrai.

CLÉANTE

Pourquoi donc en différer la fête ?

ORGON

Je ne sais.

CLÉANTE

Auriez-vous autre pensée en tête ?

ORGON

415 Peut-être.

CLÉANTE

Vous voulez manquer à votre foi[§] ?

---

1 *Je suis votre valet* : formule de politesse pour prendre congé de quelqu'un ou refuser de croire en ce qu'il dit.

2 *pris jour* : fixé la date.

ORGON

Je ne dis pas cela.

CLÉANTE
                    Nul obstacle, je crois,
Ne vous peut empêcher d'accomplir vos promesses.

ORGON

Selon[1].

CLÉANTE
            Pour dire un mot faut-il tant de finesses ?
Valère sur ce point me fait vous visiter.

ORGON

420   Le Ciel en soit loué !

CLÉANTE
                    Mais que lui reporter ?

ORGON

Tout ce qu'il vous plaira.

CLÉANTE
                        Mais il est nécessaire
De savoir vos desseins. Quels sont-ils donc ?

ORGON

                                        De faire
Ce que le Ciel voudra.

CLÉANTE
                    Mais parlons tout de bon[2].
Valère a votre foi[§] : la tiendrez-vous, ou non ?

---

1   *Selon* : ça dépend.
2   *tout de bon* : sincèrement.

ORGON

425 Adieu.

CLÉANTE
Pour son amour je crains une disgrâce[1],
Et je dois l'avertir de tout ce qui se passe.

---

1 *disgrâce* : malheur.

ACTE II

SCÈNE 1 : Orgon, Mariane

ORGON
Mariane.

MARIANE
    Mon père.

ORGON
        Approchez, j'ai de quoi
Vous parler en secret.

MARIANE
        Que cherchez-vous ?

ORGON. *Il regarde dans un petit cabinet.*
                  Je vois
Si quelqu'un n'est point là qui pourrait nous entendre ;
430 Car ce petit endroit est propre pour surprendre[1].
Or sus[2], nous voilà bien. J'ai, Mariane, en vous
Reconnu de tout temps un esprit assez doux,
Et de tout temps aussi vous m'avez été chère.

MARIANE
Je suis fort redevable à cet amour de père.

ORGON
435 C'est fort bien dit, ma fille ; et pour le mériter,
Vous devez n'avoir soin[s] que de me contenter.

---

1 *surprendre* : épier.
2 *Or sus* : bon, alors.

MARIANE

C'est où[1] je mets aussi ma gloire[2] la plus haute[§].

ORGON

Fort bien. Que dites-vous de Tartuffe notre hôte[3] ?

MARIANE

Qui, moi ?

ORGON

Vous. Voyez bien comme[§] vous répondrez.

MARIANE

440　Hélas ! j'en dirai, moi, tout ce que vous voudrez.

ORGON

C'est parler sagement. Dites-moi donc, ma fille,
Qu'en toute sa personne un haut[§] mérite brille,
Qu'il touche votre cœur, et qu'il vous serait doux
De le voir par mon choix devenir votre époux.

445　Eh ?

(Mariane se recule avec surprise.)

MARIANE

Eh ?

ORGON

Qu'est-ce ?

MARIANE

Plaît-il ?[4]

ORGON

Quoi ?

1　*où* : ce en quoi.
2　*gloire* : honneur, renommée, réputation.
3　*hôte* : invité.
4　*Plaît-il ?* : pardon ?

MARIANE

Me suis-je méprise ?[1]

ORGON

Comment ?

MARIANE

Qui voulez-vous, mon père, que je dise
Qui me touche le cœur, et qu'il me serait doux
De voir par votre choix devenir mon époux ?

ORGON

Tartuffe.

MARIANE

Il n'en est rien, mon père, je vous jure.
450   Pourquoi me faire dire une telle imposture ?

ORGON

Mais je veux que cela soit une vérité ;
Et c'est assez pour vous que je l'aie arrêté[2].

MARIANE

Quoi ? vous voulez, mon père ?...

ORGON

Oui, je prétends, ma fille,
Unir par votre hymen[§] Tartuffe à ma famille.
455   Il sera votre époux, j'ai résolu cela ;
Et comme sur vos vœux[3] je...

---

1 *Me suis-je méprise ?* : ai-je bien compris ?
2 *arrêté* : décidé.
3 *vœux* : désirs amoureux.

SCÈNE 2 : Dorine, Orgon, Mariane

Orgon
            Que faites-vous là ?
La curiosité qui vous presse est bien forte,
Mamie[§], à nous venir écouter de la sorte.

Dorine
Vraiment, je ne sais pas si c'est un bruit[1] qui part
460 De quelque conjecture[2], ou d'un coup de hasard
Mais de ce mariage on m'a dit la nouvelle,
Et j'ai traité cela de pure bagatelle.

Orgon
Quoi donc ? la chose est-elle incroyable ?

Dorine
               À tel point,
Que vous-même, Monsieur, je ne vous en crois point.

Orgon
465 Je sais bien le moyen de vous le faire croire.

Dorine
Oui, oui, vous nous contez une plaisante histoire.

Orgon
Je conte justement ce qu'on verra dans peu[3].

Dorine
Chansons[§] !

Orgon
            Ce que je dis, ma fille, n'est point jeu.

---

1 *bruit* : rumeur ; selon le contexte, le mot peut aussi signifier critique, nouvelle.

2 *conjecture* : supposition, hypothèse.

3 *dans peu* : sous peu.

DORINE

Allez, ne croyez point à[1] Monsieur votre père :
470 Il raille.

ORGON

Je vous dis…

DORINE

Non, vous avez beau faire,
On ne vous croira point.

ORGON

À la fin mon courroux§…

DORINE

Hé bien ! on vous croit donc, et c'est tant pis pour vous.
Quoi ? se peut-il, Monsieur, qu'avec l'air d'homme sage
Et cette large barbe au milieu du visage,
475 Vous soyez assez fou pour vouloir ?…

ORGON

Écoutez :
Vous avez pris céans§ certaines privautés[2]
Qui ne me plaisent point ; je vous le dis, mamie§.

DORINE

Parlons sans nous fâcher, Monsieur, je vous supplie.
Vous moquez-vous des gens d'avoir fait ce complot ?
480 Votre fille n'est point l'affaire d'un bigot[3] :
Il a d'autres emplois auxquels il faut qu'il pense.
Et puis, que vous apporte une telle alliance ?
À quel sujet[4] aller, avec tout votre bien,
Choisir une gendre gueux§ ?…

---

1 *ne croyez point à* : ne croyez point ; emploi transitif indirect du verbe au XVIIe siècle.
2 *privautés* : familiarités, libertés.
3 *bigot* : homme excessivement pieux ; le nom a une connotation péjorative.
4 *À quel sujet* : pourquoi.

ORGON

Taisez-vous. S'il n'a rien,

485 Sachez que c'est par là qu'il faut qu'on le révère[§].

Sa misère est sans doute une honnête[§] misère ;

Au-dessus des grandeurs elle doit l'élever,

Puisque enfin de son bien il s'est laissé priver

Par son trop peu de soin[§] des choses temporelles[1],

490 Et sa puissante attache[2] aux choses éternelles.

Mais mon secours pourra lui donner les moyens

De sortir d'embarras et rentrer dans ses biens :

Ce sont fiefs qu'à bon titre au pays on renomme[3] ;

Et tel que l'on le voit, il est bien gentilhomme[4].

DORINE

495 Oui, c'est lui qui le dit ; et cette vanité,

Monsieur, ne sied pas bien[5] avec la piété.

Qui d'une sainte vie embrasse l'innocence

Ne doit point tant prôner son nom et sa naissance[6],

Et l'humble procédé de la dévotion[§]

500 Souffre[§] mal les éclats[§] de cette ambition.

À quoi bon cet orgueil ?… Mais ce discours vous blesse[§] :

Parlons de sa personne, et laissons sa noblesse.

Ferez-vous possesseur, sans quelque peu d'ennui,

D'une fille comme elle un homme comme lui ?

505 Et ne devez-vous pas songer aux bienséances,

Et de cette union prévoir les conséquences ?

Sachez que d'une fille on risque la vertu,

Lorsque dans son hymen[§] son goût est combattu,

---

1 *temporelles* : matérielles.

2 *attache* : attachement ; au XVIIᵉ siècle, ce mot a une connotation religieuse.

3 *fiefs qu'à bon titre au pays on renomme* : propriétés reconnues en province en vertu de titres féodaux.

4 *gentilhomme* : noble de naissance.

5 *ne sied pas bien* : ne convient pas, est en contradiction.

6 *sa naissance* : ses origines nobles.

Que le dessein d'y vivre en honnête[§] personne
510   Dépend des qualités du mari qu'on lui donne,
Et que ceux dont partout on montre au doigt le front[1]
Font leurs femmes souvent ce qu'on voit qu'elles sont.
Il est bien difficile enfin d'être fidèle
À de certains maris faits d'un certain modèle;
515   Et qui donne à sa fille un homme qu'elle hait
Est responsable au Ciel des fautes qu'elle fait.
Songez à quels périls votre dessein vous livre.

ORGON
Je vous dis qu'il me faut apprendre d'elle à vivre[2].

DORINE
Vous n'en feriez que mieux de suivre mes leçons.

ORGON
520   Ne nous amusons[§] point, ma fille, à ces chansons[§]:
Je sais ce qu'il vous faut, et je suis votre père.
J'avais donné pour vous ma parole à Valère;
Mais outre qu'à jouer on dit qu'il est enclin,
Je le soupçonne encor[§] d'être un peu libertin[§]:
525   Je ne remarque point qu'il hante[§] les églises.

DORINE
Voulez-vous qu'il y coure à vos heures précises,
Comme ceux qui n'y vont que pour être aperçus?

ORGON
Je ne demande pas votre avis là-dessus.
Enfin avec le Ciel l'autre est le mieux du monde,
530   Et c'est une richesse à nulle autre seconde.
Cet hymen[§] de tous biens comblera vos désirs,
Il sera tout confit en[3] douceurs et plaisirs.

---

1 *front*: allusion aux cornes des maris trompés par leur femme.
2 *apprendre d'elle à vivre*: lui apprendre à vivre convenablement.
3 *confit en*: plein de.

Ensemble vous vivrez, dans vos ardeurs[1] fidèles,
Comme deux vrais enfants, comme deux tourterelles[2] ;
535 À nul fâcheux§ débat jamais vous n'en viendrez,
Et vous ferez de lui tout ce que vous voudrez.

DORINE

Elle ? elle n'en fera qu'un sot[3], je vous assure.

ORGON

Ouais ! quels discours !

DORINE

Je dis qu'il en a l'encolure[4],
Et que son ascendant[5], Monsieur, l'emportera
540 Sur toute la vertu que votre fille aura.

ORGON

Cessez de m'interrompre, et songez à vous taire,
Sans mettre votre nez où vous n'avez que faire.

DORINE

Je n'en parle, Monsieur, que pour votre intérêt§.

*(Elle l'interrompt toujours au moment
qu'il se retourne pour parler à sa fille.)*

ORGON

C'est prendre trop de soin§ : taisez-vous, s'il vous plaît.

DORINE

545 Si l'on ne vous aimait…

ORGON

Je ne veux pas qu'on m'aime.

---

1 *ardeurs* : amours.

2 *tourterelles* : cet oiseau est le symbole de la chasteté conjugale.

3 *sot* : signifie ici cocu, mari trompé.

4 *encolure* : allure, apparence.

5 *ascendant* : influence.

DORINE

Et je veux vous aimer, Monsieur, malgré vous-même.

ORGON

Ah !

DORINE

Votre honneur m'est cher, et je ne puis souffrir[§]
Qu'aux brocards[1] d'un chacun[§] vous alliez vous offrir.

ORGON

Vous ne vous tairez point ?

DORINE

C'est une conscience[2]
550   Que de vous laisser faire une telle alliance.

ORGON

Te tairas-tu, serpent, dont les traits[§] effrontés… ?

DORINE

Ah ! vous êtes dévot[§], et vous vous emportez ?

ORGON

Oui, ma bile[3] s'échauffe[§] à toutes ces fadaises[4],
Et tout résolument je veux que tu te taises.

DORINE

555   Soit. Mais, ne disant mot, je n'en pense pas moins.

ORGON

Pense, si tu le veux ; mais applique tes soins[§]
À ne m'en point parler, ou… Suffit.

---

1   *brocards* : moqueries, railleries.
2   *une conscience* : un cas de conscience morale.
3   *bile* : liquide secrété par le foie ; le mot est la métonymie de la colère.
4   *fadaises* : sottises, niaiseries.

ORGON (Gérard Poirier)
Oui, ma bile s'échauffe à toutes ces fadaises […]
MARIANE (Catherine Sénart)
DORINE (Marie Tifo)

ACTE II, SCÈNE 2, vers 553.

THÉÂTRE DU NOUVEAU MONDE, 1997.
Mise en scène de Lorraine Pintal.

(Se retournant vers sa fille.)

Comme sage,
J'ai pesé mûrement toutes choses.

DORINE

J'enrage
De ne pouvoir parler.

(Elle se tait lorsqu'il tourne la tête.)

ORGON

Sans être damoiseau[1],
560 Tartuffe est fait de sorte…

DORINE

Oui, c'est un beau museau.

ORGON

Que quand tu n'aurais même aucune sympathie
Pour tous les autres dons…

(Il se tourne devant elle, et la regarde les bras croisés.)

DORINE

La voilà bien lotie[2] !
Si j'étais en sa place, un homme assurément
Ne m'épouserait pas de force impunément ;
565 Et je lui ferais voir bientôt après la fête
Qu'une femme a toujours une vengeance prête.

ORGON

Donc de ce que je dis on ne fera nul cas ?

DORINE

De quoi vous plaignez-vous ? Je ne vous parle pas.

---

1 *damoiseau* : jeune homme mondain et galant.
2 *lotie* : chanceuse, privilégiée (ironique).

ORGON

Qu'est-ce que tu fais donc ?

DORINE

Je me parle à moi-même.

ORGON

570 Fort bien. Pour châtier son insolence extrême,
Il faut que je lui donne un revers de ma main.

*(Il se met en posture de lui donner un soufflet ;
et Dorine, à chaque coup d'œil qu'il jette,
se tient droite sans parler.)*

Ma fille, vous devez approuver mon dessein…
Croire que le mari… que j'ai su vous élire[1]…
Que ne te parles-tu ?[2]

DORINE

Je n'ai rien à me dire.

ORGON

575 Encore un petit mot.

DORINE

Il ne me plaît pas, moi.

ORGON

Certes, je t'y guettais.

DORINE

Quelque sotte[3], ma foi[§] !

ORGON

Enfin, ma fille, il faut payer[4] d'obéissance,
Et montrer pour mon choix entière déférence[5].

---

1 *vous élire* : choisir pour vous.
2 *Que ne te parles-tu ?* : pourquoi ne te parles-tu pas ?
3 *Quelque sotte* : quelle sotte ! Une sotte aurait parlé.
4 *payer* : faire preuve ; peut aussi signifier récompenser.
5 *déférence* : respect, soumission.

DORINE, *en s'enfuyant.*

Je me moquerais fort de prendre un tel époux.

(*Il lui veut donner un soufflet et la manque.*)

ORGON

580 Vous avez là, ma fille, une peste avec vous,
Avec qui sans péché je ne saurais plus vivre.
Je me sens hors d'état maintenant de poursuivre :
Ses discours insolents m'ont mis l'esprit en feu,
Et je vais prendre l'air pour me rasseoir[1] un peu.

SCÈNE 3 : DORINE, MARIANE

DORINE

585 Avez-vous donc perdu, dites-moi, la parole,
Et faut-il qu'en ceci je fasse votre rôle ?
Souffrir§ qu'on vous propose un projet insensé,
Sans que du moindre mot vous l'ayez repoussé !

MARIANE

Contre un père absolu que veux-tu que je fasse ?

DORINE

590 Ce qu'il faut pour parer une telle menace.

MARIANE

Quoi ?

DORINE

Lui dire qu'un cœur n'aime point par autrui,
Que vous vous mariez pour vous, non pas pour lui,

---

1 *rasseoir* : calmer.

Qu'étant celle pour qui se fait toute l'affaire,
C'est à vous, non à lui, que le mari doit plaire,
595 Et que si son Tartuffe est pour lui si charmant,
Il le peut épouser sans nul empêchement.

MARIANE

Un père, je l'avoue, a sur nous tant d'empire[1],
Que je n'ai jamais eu la force de rien dire.

DORINE

Mais raisonnons. Valère a fait pour vous des pas[§] ;
600 L'aimez-vous, je vous prie, ou ne l'aimez-vous pas ?

MARIANE

Ah ! qu'envers mon amour ton injustice est grande,
Dorine ! me dois-tu faire cette demande ?
T'ai-je pas là-dessus ouvert cent fois mon cœur,
Et sais-tu pas pour lui jusqu'où va mon ardeur ?

DORINE

605 Que sais-je si le cœur a parlé par la bouche,
Et si c'est tout de bon[§] que cet amant[§] vous touche ?

MARIANE

Tu me fais un grand tort, Dorine, d'en douter,
Et mes vrais sentiments ont su trop éclater[§].

DORINE

Enfin, vous l'aimez donc ?

MARIANE

                    Oui, d'une ardeur extrême.

DORINE

610 Et selon l'apparence il vous aime de même ?

.

---

1 *empire* : pouvoir, contrôle.

MARIANE

Je le crois.

DORINE

Et tous deux brûlez également
De vous voir mariés ensemble ?

MARIANE

Assurément.

DORINE

Sur cette autre union quelle est donc votre attente ?

MARIANE

De me donner la mort si l'on me violente.

DORINE

615   Fort bien : c'est un recours où[1] je ne songeais pas ;
Vous n'avez qu'à mourir pour sortir d'embarras ;
Le remède sans doute est merveilleux. J'enrage
Lorsque j'entends tenir ces sortes de langage.

MARIANE

Mon Dieu ! de quelle humeur, Dorine, tu te rends ![2]
620   Tu ne compatis point aux déplaisirs[3] des gens.

DORINE

Je ne compatis point à qui dit des sornettes
Et dans l'occasion[4] mollit comme vous faites.

MARIANE

Mais que veux-tu ? si j'ai de la timidité.

DORINE

Mais l'amour dans un cœur veut de la fermeté.

---

1 *un recours où* : une solution à laquelle ; on omet souvent de tenir compte de la préposition dans l'usage du pronom relatif.

2 *tu te rends !* : tu deviens ! Le verbe peut aussi signifier faire preuve de, être sensible à.

3 *déplaisirs* : tourments, désespoirs.

4 *occasion* : moment critique (vocabulaire militaire).

MARIANE

625 Mais n'en gardé-je pas pour les feux[1] de Valère ?
Et n'est-ce pas à lui de m'obtenir d'un père ?

DORINE

Mais quoi ? si votre père est un bourru fieffé[2],
Qui s'est de son Tartuffe entièrement coiffé[§]
Et manque à l'union[3] qu'il avait arrêtée[§],
630 La faute à votre amant[§] doit-elle être imputée ?

MARIANE

Mais par un haut[§] refus et d'éclatants[§] mépris
Ferai-je dans mon choix voir un cœur trop épris ?
Sortirai-je pour lui, quelque éclat[§] dont il brille,
De la pudeur du sexe[4] et du devoir de fille ?
635 Et veux-tu que mes feux[§] par le monde étalés[5]… ?

DORINE

Non, non, je ne veux rien. Je vois que vous voulez
Être à Monsieur Tartuffe ; et j'aurais, quand j'y pense,
Tort de vous détourner d'une telle alliance.
Quelle raison aurais-je à combattre vos vœux[§] ?
640 Le parti de soi-même[6] est fort avantageux.
Monsieur Tartuffe ! oh ! oh ! n'est-ce rien qu'on propose ?
Certes Monsieur Tartuffe, à bien prendre la chose,
N'est pas un homme, non, qui se mouche du pied[7],
Et ce n'est pas peu d'heur que d'être sa moitié[8].

---

1 *feux* : sentiments amoureux, désirs.
2 *bourru fieffé* : homme tout à fait grossier et rude.
3 *manque à l'union* : annule le mariage.
4 *sexe* : femme.
5 *par le monde étalés* : soient exposés aux yeux de tous.
6 *de soi-même* : en lui-même.
7 *N'est pas un homme […] du pied* : est un homme qui se croit très important ; allusion aux contorsionnistes considérés comme des gens inférieurs.
8 *peu d'heur que d'être sa moitié* : un petit bonheur que d'être sa femme.

645 Tout le monde déjà de gloire[§] le couronne;
    Il est noble chez lui, bien fait de sa personne;
    Il a l'oreille rouge et le teint bien fleuri :
    Vous vivrez trop contente[1] avec un tel mari.

MARIANE

Mon Dieu !...

DORINE

            Quelle allégresse aurez-vous dans votre âme,
650 Quand d'un époux si beau vous vous verrez la femme !

MARIANE

Ha ! cesse, je te prie, un semblable discours,
Et contre cet hymen[§] ouvre-moi du secours[2],
C'en est fait, je me rends, et suis prête à tout faire.

DORINE

Non, il faut qu'une fille obéisse à son père,
655 Voulût-il lui donner un singe pour époux.
    Votre sort est fort beau : de quoi vous plaignez-vous ?
    Vous irez par le coche[3] en sa petite ville,
    Qu'en oncles et cousins vous trouverez fertile[4],
    Et vous vous plairez fort à les entretenir.
660 D'abord chez le beau monde on vous fera venir;
    Vous irez visiter, pour votre bienvenue,
    Madame la baillive et Madame l'élue[5],
    Qui d'un siège pliant[6] vous feront honorer.
    Là, dans le carnaval, vous pourrez espérer

---

1 *contente* : contentée, satisfaite.

2 *ouvre-moi du secours* : aide-moi.

3 *coche* : moyen de transport économique tiré par des chevaux.

4 *fertile* : en abondance.

5 *Madame la baillive et Madame l'élue* : épouses des administrateurs publics.

6 *siège pliant* : siège sans dossier ni accoudoirs.

665   Le bal et la grand'bande, à savoir, deux musettes[1],
      Et parfois Fagotin[2] et les marionnettes,
      Si pourtant votre époux…

MARIANE

                    Ah ! tu me fais mourir.
De tes conseils plutôt songe à me secourir.

DORINE

Je suis votre servante[3].

MARIANE

Eh ! Dorine, de grâce…

DORINE

670   Il faut, pour vous punir, que cette affaire passe[4].

MARIANE

Ma pauvre fille !

DORINE

Non.

MARIANE

Si mes vœux[§] déclarés…

DORINE

Point : Tartuffe est votre homme, et vous en tâterez[5].

MARIANE

Tu sais qu'à toi toujours je me suis confiée :
Fais-moi…

---

1 *grand'bande, à savoir, deux musettes* : orchestre ordinairement composé de vingt-
   quatre violons, réduit ici à deux cornemuses.

2 *Fagotin* : nom d'un singe savant célèbre à Paris.

3 *Je suis votre servante* : formule de politesse signifiant que Dorine ne croit pas Mariane.

4 *cette affaire passe* : ce mariage se fasse, se réalise.

5 *tâterez* : ferez l'expérience

DORINE

Non, vous serez, ma foi[§] ! tartuffiée[1].

MARIANE

675 Hé bien ! puisque mon sort ne saurait t'émouvoir,
Laisse-moi désormais toute à mon désespoir[2] :
C'est de lui que mon cœur empruntera de l'aide,
Et je sais de mes maux l'infaillible remède.

(Elle veut s'en aller.)

DORINE

Hé ! là, là, revenez. Je quitte mon courroux[§].
680 Il faut, nonobstant tout, avoir pitié de vous.

MARIANE

Vois-tu, si l'on m'expose à ce cruel martyre,
Je te le dis, Dorine, il faudra que j'expire.

DORINE

Ne vous tourmentez point. On peut adroitement
Empêcher… Mais voici Valère, votre amant[§].

SCÈNE 4 : VALÈRE, MARIANE, DORINE

VALÈRE

685 On vient de débiter, Madame, une nouvelle
Que je ne savais pas, et qui sans doute est belle.

MARIANE

Quoi ?

---

1 *tartuffiée* : trompée, cocufiée ; néologisme de Molière.
2 *désespoir* : au XVIIe siècle, le mot désigne une détresse extrême qui mène au suicide.

VALÈRE

Que vous épousez Tartuffe.

MARIANE

            Il est certain
Que mon père s'est mis en tête ce dessein.

VALÈRE

Votre père, Madame…

MARIANE

         A changé de visée[1] :
690   La chose vient par lui de m'être proposée.

VALÈRE

Quoi ? sérieusement ?

MARIANE

        Oui, sérieusement.
Il s'est pour cet hymen§ déclaré hautement§.

VALÈRE

Et quel est le dessein où§ votre âme s'arrête§,
Madame ?

MARIANE

    Je ne sais.

VALÈRE

        La réponse est honnête§.
695   Vous ne savez ?

MARIANE

    Non.

VALÈRE

      Non ?

---

1 *visée* : idée.

MARIANE
Que me conseillez-vous ?

VALÈRE
Je vous conseille, moi, de prendre cet époux.

MARIANE
Vous me le conseillez ?

VALÈRE
Oui.

MARIANE
Tout de bon§ ?

VALÈRE
Sans doute :
Le choix est glorieux§, et vaut bien qu'on l'écoute.

MARIANE
Hé bien ! c'est un conseil, Monsieur, que je reçois.

VALÈRE
700   Vous n'aurez pas grand-peine à le suivre, je crois.

MARIANE
Pas plus qu'à le donner en a souffert votre âme.

VALÈRE
Moi, je vous l'ai donné pour vous plaire, Madame.

MARIANE
Et moi, je le suivrai pour vous faire plaisir.

DORINE
Voyons ce qui pourra de ceci réussir[1].

---

1 *pourra de ceci réussir* : en résultera.

VALÈRE

705 C'est donc ainsi qu'on aime ? Et c'était tromperie
Quand vous…

MARIANE

Ne parlons point de cela, je vous prie.
Vous m'avez dit tout franc que je dois accepter
Celui que pour époux on me veut présenter :
Et je déclare, moi, que je prétends le faire,
710 Puisque vous m'en donnez le conseil salutaire.

VALÈRE

Ne vous excusez point sur mes intentions[1].
Vous aviez pris déjà vos résolutions ;
Et vous vous saisissez d'un prétexte frivole
Pour vous autoriser à manquer de parole.

MARIANE

715 Il est vrai, c'est bien dit.

VALÈRE

Sans doute ; et votre cœur
N'a jamais eu pour moi de véritable ardeur.

MARIANE

Hélas ! permis à vous[2] d'avoir cette pensée.

VALÈRE

Oui, oui, permis à moi ; mais mon âme offensée
Vous préviendra[3] peut-être en un pareil dessein ;
720 Et je sais où porter et mes vœux[§] et ma main.

MARIANE

Ah ! je n'en doute point ; et les ardeurs[§] qu'excite
Le mérite…

---

1 *Ne vous […] mes intentions* : n'utilisez pas mes intentions pour vous excuser.
2 *permis à vous* : il vous est permis.
3 *préviendra* : devancera ; le verbe peut aussi signifier disposer en faveur de quelqu'un, tromper, abuser ou éviter.

Valère

Mon Dieu, laissons là le mérite :
J'en ai fort peu sans doute, et vous en faites foi[1].
Mais j'espère aux bontés qu'une autre aura pour moi,
725 Et j'en sais de qui l'âme, à ma retraite ouverte[2],
Consentira sans honte à réparer ma perte[3].

Mariane

La perte n'est pas grande ; et de ce changement
Vous vous consolerez assez facilement.

Valère

J'y ferai mon possible, et vous le pouvez croire.
730 Un cœur qui nous oublie engage[4] notre gloire[§] ;
Il faut à l'oublier mettre aussi tous nos soins[§] :
Si l'on n'en vient à bout, on le doit feindre au moins[5] ;
Et cette lâcheté jamais ne se pardonne,
De montrer de l'amour pour qui nous abandonne.

Mariane

735 Ce sentiment, sans doute, est noble et relevé[6].

Valère

Fort bien ; et d'un chacun[§] il doit être approuvé.
Hé quoi ? vous voudriez qu'à jamais dans mon âme
Je gardasse pour vous les ardeurs[§] de ma flamme[7],
Et vous visse, à mes yeux, passer en d'autres bras,
740 Sans mettre ailleurs un cœur dont vous ne voulez pas ?

---

1 *vous en faites foi* : vous m'en donnez la preuve.
2 *Et j'en sais de qui l'âme, à ma retraite ouverte* : je connais quelqu'un dont l'âme, après la séparation.
3 *ma perte* : la perte de cet amour.
4 *engage* : affecte, compromet.
5 *on le doit feindre au moins* : on doit au moins faire semblant de ne pas être humilié.
6 *relevé* : grand.
7 *flamme* : passion amoureuse.

MARIANE

Au contraire : pour moi, c'est ce que je souhaite ;
Et je voudrais déjà que la chose fût faite.

VALÈRE

Vous le voudriez ?

MARIANE

    Oui.

VALÈRE

    C'est assez m'insulter,
Madame, et de ce pas[§] je vais vous contenter.

(Il fait un pas pour s'en aller et revient toujours.)

MARIANE

745 Fort bien.

VALÈRE

    Souvenez-vous au moins que c'est vous-même
Qui contraignez mon cœur à cet effort extrême.

MARIANE

Oui.

VALÈRE

    Et que le dessein que mon âme conçoit
N'est rien qu'à votre exemple.

MARIANE

    À mon exemple, soit.

VALÈRE

Suffit : vous allez être à point nommé servie.

MARIANE

750 Tant mieux.

VALÈRE

Vous me voyez, c'est pour toute ma vie.

MARIANE

À la bonne heure.

VALÈRE. *Il s'en va, et, lorsqu'il est vers la porte,*
il se retourne.

Euh ?

MARIANE

Quoi ?

VALÈRE

Ne m'appelez-vous pas ?

MARIANE

Moi ? Vous rêvez.

VALÈRE

Hé bien ! je poursuis donc mes pas.
Adieu, Madame.

MARIANE

Adieu, Monsieur.

DORINE

Pour moi, je pense
Que vous perdez l'esprit par cette extravagance :
755   Et je vous ai laissé[1] tout du long quereller,
Pour voir où tout cela pourrait enfin aller.
Holà ! seigneur Valère.

(Elle va l'arrêter par le bras, et lui, fait mine
de grande résistance.)

VALÈRE

Hé ! que veux-tu, Dorine ?

DORINE

Venez ici.

---

1   *laissé* : la règle du participe passé n'est pas toujours respectée au XVIIᵉ siècle.

VALÈRE

Non, non, le dépit me domine.
Ne me détourne point de ce qu'elle a voulu.

DORINE

760　Arrêtez.

VALÈRE

Non, vois-tu ? c'est un point résolu.

DORINE

Ah !

MARIANE

Il souffre à me voir, ma présence le chasse,
Et je ferai bien mieux de lui quitter la place.

DORINE. *Elle quitte Valère et court à Mariane.*
À l'autre. Où courez-vous ?

MARIANE
Laisse.

DORINE
Il faut revenir.

MARIANE

Non, non, Dorine ; en vain tu veux me retenir.

VALÈRE

765　Je vois bien que ma vue est pour elle un supplice,
Et sans doute il vaut mieux que je l'en affranchisse[1].

1　*affranchisse* : libère, débarrasse.

Dorine. *Elle quitte Mariane et court à Valère.*
Encor[§] ? Diantre soit fait de vous si je le veux ![1]
Cessez ce badinage, et venez çà[2] tous deux.

(*Elle les tire l'un et l'autre.*)

Valère

Mais quel est ton dessein ?

Mariane

Qu'est-ce que tu veux faire ?

Dorine

770 Vous bien remettre ensemble, et vous tirer d'affaire.
Êtes-vous fous d'avoir un pareil démêlé ?

Valère

N'as-tu pas entendu comme[§] elle m'a parlé ?

Dorine

Êtes-vous folle, vous, de vous être emportée ?

Mariane

N'as-tu pas vu la chose, et comme[§] il m'a traitée ?

Dorine

775 Sottise des deux parts. Elle n'a d'autre soin[§]
Que de se conserver à vous, j'en suis témoin.
Il n'aime que vous seule, et n'a point d'autre envie
Que d'être votre époux ; j'en réponds sur ma vie.

Mariane

Pourquoi donc me donner un semblable conseil ?

Valère

780 Pourquoi m'en demander sur un sujet pareil ?

---

1 *Diantre [...] veux !* : que le diable vous emporte si je vous laisse partir ! *Diantre* est un juron atténué.
2 *çà* : ici.

DORINE (Marie Tifo)
Vous bien remettre ensemble, et vous tirer d'affaire. […]
VALÈRE (Serge Postigo)
MARIANE (Catherine Sénart)

ACTE II, SCÈNE 4, vers 770.

THÉÂTRE DU NOUVEAU MONDE, 1997.
Mise en scène de Lorraine Pintal.

DORINE

Vous êtes fous tous deux. Çà[§], la main l'un et l'autre.
Allons, vous.

VALÈRE, *en donnant sa main à Dorine.*
À quoi bon ma main ?

DORINE

Ah ! çà[§] la vôtre.

MARIANE, *en donnant aussi sa main.*
De quoi[1] sert tout cela ?

DORINE

Mon Dieu ! vite, avancez.
Vous vous aimez tous deux plus que vous ne pensez.

VALÈRE

785   Mais ne faites donc point les choses avec peine,
Et regardez un peu les gens sans nulle haine.

(Mariane tourne l'œil vers Valère et fait un petit souris[2].)

DORINE

À vous dire le vrai, les amants[§] sont bien fous !

VALÈRE

Ho çà[§], n'ai-je pas lieu de me plaindre de vous ?
Et pour n'en point mentir, n'êtes-vous pas méchante
790   De vous plaire à me dire une chose affligeante ?

MARIANE

Mais vous, n'êtes-vous pas l'homme le plus ingrat… ?

DORINE

Pour une autre saison[3] laissons tout ce débat,
Et songeons à parer ce fâcheux[§] mariage.

---

1   *De quoi* : à quoi.

2   *souris* : sourire.

3   *saison* : circonstance, occasion.

MARIANE

Dis-nous donc quels ressors[1] il faut mettre en usage.

DORINE

795 Nous en ferons agir de toutes les façons.
Votre père se moque, et ce sont des chansons[§];
Mais pour vous, il vaut mieux qu'à son extravagance
D'un doux consentement vous prêtiez l'apparence,
Afin qu'en cas d'alarme[2] il vous soit plus aisé
800 De tirer en longueur[3] cet hymen[§] proposé.
En attrapant du temps, à tout on remédie.
Tantôt vous payerez de[4] quelque maladie,
Qui viendra tout à coup et voudra[5] des délais;
Tantôt vous payerez[§] de présages mauvais:
805 Vous aurez fait d'un mort la rencontre fâcheuse[§],
Cassé quelque miroir, ou songé d'eau bourbeuse[6].
Enfin le bon de tout[7], c'est qu'à d'autres qu'à lui
On ne vous peut lier, que[8] vous ne disiez «oui».
Mais pour mieux réussir, il est bon, ce me semble,
810 Qu'on ne vous trouve point tous deux parlant ensemble.

(À Valère.)

Sortez, et sans tarder employez vos amis,
Pour vous faire tenir[9] ce qu'on vous a promis.

---

1 *ressorts*: moyens astucieux, rusés, manigances.

2 *alarme*: menace inquiétante, danger, risque.

3 *tirer en longueur*: retarder.

4 *payerez de*: prétexterez, inventerez.

5 *voudra*: permettra, occasionnera.

6 *songé d'eau bourbeuse*: rêvé à de l'eau boueuse; superstition qui connote le malheur.

7 *le bon de tout*: ce qu'il y a de bon dans votre situation.

8 *que*: sans que.

9 *tenir*: obtenir; le verbe *tenir* peut aussi signifier soutenir, prétendre, considérer, traiter et retenir.

Nous allons réveiller[1] les efforts de son frère[2],
Et dans votre parti jeter la belle-mère[3].
815   Adieu.

VALÈRE, *à Mariane.*

    Quelques efforts que nous préparions tous,
Ma plus grande espérance, à vrai dire, est en vous.

MARIANE, *à Valère.*

Je ne vous réponds pas des volontés d'un père ;
Mais je ne serai point à d'autre qu'à Valère.

VALÈRE

Que vous me comblez d'aise ! Et quoi que puisse oser…

DORINE

820   Ah ! jamais les amants[§] ne sont las de jaser.
Sortez, vous dis-je.

VALÈRE. *Il fait un pas et revient.*
      Enfin…

DORINE
       Quel caquet est le vôtre !

(Les poussant chacun par l'épaule.)

Tirez de cette part[4] ; et vous, tirez de l'autre.

---

1 *réveiller* : solliciter, demander.

2 *frère* : Damis.

3 *dans votre parti jeter la belle-mère* : persuader Elmire, la belle-mère, de la légitimité de votre cause.

4 *Tirez de cette part* : retirez-vous de ce côté.

ACTE III

SCÈNE 1 : Damis, Dorine

Damis

Que la foudre sur l'heure achève mes destins,
Qu'on me traite partout du plus grand des faquins[1],
825 S'il est aucun respect ni pouvoir qui m'arrête,
Et si je ne fais pas quelque coup de ma tête[2] !

Dorine

De grâce, modérez un tel emportement ;
Votre père n'a fait qu'en parler simplement.
On n'exécute pas tout ce qui se propose,
830 Et le chemin est long du projet à la chose.

Damis

Il faut que de ce fat[§] j'arrête les complots,
Et qu'à l'oreille un peu je lui dise deux mots.

Dorine

Ha ! tout doux ! Envers lui, comme envers votre père,
Laissez agir les soins[§] de votre belle-mère.
835 Sur l'esprit de Tartuffe elle a quelque crédit[§] ;
Il se rend complaisant à tout[3] ce qu'elle dit,
Et pourrait bien avoir douceur de cœur pour elle.
Plût à Dieu qu'il[4] fût vrai ! la chose serait belle.

---

1 *faquins* : vauriens.
2 *de ma tête* : à ma tête.
3 *Il se rend complaisant à tout* : il fait preuve d'indulgence envers tout, il est disposé
   à lui faire plaisir en dépit de tout.
4 *qu'il* : que cela.

Enfin votre intérêt l'oblige à le mander[1] ;
840 Sur l'hymen[§] qui vous trouble elle veut le sonder,
Savoir ses sentiments, et lui faire connaître
Quels fâcheux[§] démêlés il pourra faire naître,
S'il faut qu'à ce dessein il prête quelque espoir.
Son valet[2] dit qu'il prie, et je n'ai pu le voir ;
845 Mais ce valet m'a dit qu'il s'en allait descendre.
Sortez donc, je vous prie, et me laissez l'attendre.

DAMIS

Je puis être présent à tout cet entretien.

DORINE

Point. Il faut qu'ils soient seuls.

DAMIS

    Je ne lui dirai rien.

DORINE

Vous vous moquez : on sait vos transports[3] ordinaires,
850 Et c'est le vrai moyen de gâter les affaires.
Sortez.

DAMIS

  Non : je veux voir, sans me mettre en courroux[§].

DORINE

Que vous êtes fâcheux[§] ! Il vient. Retirez-vous.

---

1 *votre intérêt l'oblige à le mander* : la bienveillance qu'Elmire a pour vous l'incite à
 convoquer Tartuffe.
2 *Son valet* : Laurent.
3 *transports* : emportements émotifs.

SCÈNE 2 : Tartuffe, Laurent, Dorine

Tartuffe, *apercevant Dorine.*
Laurent, serrez ma haire avec ma discipline[1],
Et priez que toujours le Ciel vous illumine.
855 Si l'on vient pour me voir, je vais aux prisonniers
Des aumônes que j'ai partager les deniers[2].

Dorine
Que d'affectation et de forfanterie ![3]

Tartuffe
Que voulez-vous ?

Dorine
Vous dire…

Tartuffe. *Il tire un mouchoir de sa poche.*
Ah ! mon Dieu, je vous prie,
Avant que de parler prenez-moi ce mouchoir.

Dorine
860 Comment ?

Tartuffe
Couvrez ce sein que je ne saurais voir :
Par de pareils objets[4] les âmes sont blessées[§],
Et cela fait venir de coupables pensées.

Dorine
Vous êtes donc bien tendre à la tentation,
Et la chair sur vos sens fait grande impression ?

---

1 *ma haire avec ma discipline* : chemise de crin et sorte de fouet avec lequel on se
flagelle par esprit de pénitence.
2 *Des aumônes que j'ai partager les deniers* : partager l'argent que j'ai reçu en
aumônes.
3 *Que d'affectation et de forfanterie !* : que d'hypocrisie et de vantardise !
4 *objets* : visions.

865   Certes je ne sais pas quelle chaleur vous monte :
       Mais à convoiter[1], moi, je ne suis point si prompte[§],
       Et je vous verrais nu du haut jusques[§] en bas,
       Que toute votre peau ne me tenterait pas.

                          TARTUFFE
       Mettez dans vos discours un peu de modestie,
870   Ou je vais sur-le-champ vous quitter la partie.

                           DORINE
       Non, non, c'est moi qui vais vous laisser en repos,
       Et je n'ai seulement qu'à vous dire deux mots.
       Madame va venir dans cette salle basse[2],
       Et d'un mot d'entretien vous demande la grâce[3].

                          TARTUFFE
875   Hélas ! très volontiers.

                    DORINE, *en soi-même.*
                          Comme il se radoucit !
       Ma foi[§], je suis toujours pour ce que j'en ai dit[4].

                          TARTUFFE
       Viendra-t-elle bientôt ?

                           DORINE
                          Je l'entends, ce me semble.
       Oui, c'est elle en personne, et je vous laisse ensemble.

---

1 *convoiter* : désirer charnellement.
2 *salle basse* : salle du rez-de-chaussée.
3 *grâce* : faveur ; le mot peut aussi signifier pardon, accord, harmonie et
   remerciement.
4 *je suis [...] j'en ai dit* : je maintiens ce que j'en ai dit (allusion au vers 84).

SCÈNE 3 : Elmire, Tartuffe

Tartuffe

Que le Ciel à jamais par sa toute bonté
880   Et de l'âme et du corps vous donne la santé,
Et bénisse vos jours autant que le désire
Le plus humble de ceux que son amour inspire.

Elmire

Je suis fort obligée à ce souhait pieux.
Mais prenons une chaise, afin d'être un peu mieux.

Tartuffe

885   Comment de votre mal vous sentez-vous remise ?

Elmire

Fort bien ; et cette fièvre a bientôt quitté prise.

Tartuffe

Mes prières n'ont pas le mérite qu'il faut
Pour avoir attiré cette grâce§ d'en haut ;
Mais je n'ai fait au Ciel nulle dévote§ instance[1]
890   Qui n'ait eu pour objet votre convalescence.

Elmire

Votre zèle§ pour moi s'est trop inquiété.

Tartuffe

On ne peut trop chérir votre chère santé,
Et pour la rétablir j'aurais donné la mienne.

Elmire

C'est pousser bien avant la charité chrétienne,
895   Et je vous dois beaucoup pour toutes ces bontés.

---

1 *instance* : prière ; le mot peut aussi signifier poursuite judiciaire.

TARTUFFE

Je fais bien moins pour vous que vous ne méritez.

ELMIRE

J'ai voulu vous parler en secret d'une affaire,
Et suis bien aise ici qu'aucun ne nous éclaire[1].

TARTUFFE

J'en suis ravi de même, et sans doute il m'est doux,
900　Madame, de me voir seul à seul avec vous :
C'est une occasion qu'au Ciel j'ai demandée,
Sans que jusqu'à cette heure il me l'ait accordée.

ELMIRE

Pour moi, ce que je veux, c'est un mot d'entretien,
Où tout votre cœur s'ouvre et ne me cache rien.

TARTUFFE

905　Et je ne veux aussi pour grâce§ singulière[2]
Que montrer à vos yeux mon âme tout entière,
Et vous faire serment que les bruits§ que j'ai faits
Des visites qu'ici reçoivent vos attraits
Ne sont pas envers vous l'effet d'aucune haine,
910　Mais plutôt d'un transport§ de zèle§ qui m'entraîne,
Et d'un pur mouvement…

ELMIRE

　　　　　　　　Je le prends bien aussi,
Et crois que mon salut§ vous donne ce souci.

TARTUFFE. *Il lui serre le bout des doigts.*

Oui, Madame, sans doute, et ma ferveur est telle…

ELMIRE

Ouf ! vous me serrez trop.

1　*qu'aucun ne nous éclaire* : que personne ne nous épie.
2　*singulière* : unique ; ce mot peut aussi signifier étrange, surprenant.

TARTUFFE
C'est par excès de zèle[§].

915   De vous faire aucun mal je n'eus jamais dessein,
Et j'aurais bien plutôt…

(Il lui met la main sur le genou.)

ELMIRE
Que fait là votre main ?

TARTUFFE
Je tâte votre habit : l'étoffe en est mœlleuse.

ELMIRE
Ah ! de grâce, laissez, je suis fort chatouilleuse.

(Elle recule sa chaise, et Tartuffe rapproche la sienne.)

TARTUFFE
Mon Dieu ! que de ce point[1] l'ouvrage est merveilleux !
920   On travaille aujourd'hui d'un air miraculeux ;
Jamais, en toute chose, on n'a vu si bien faire.

ELMIRE
Il est vrai. Mais parlons un peu de notre affaire.
On tient[§] que mon mari veut dégager sa foi[§],
Et vous donner sa fille. Est-il vrai, dites-moi ?

TARTUFFE
925   Il m'en a dit deux mots ; mais, Madame, à vrai dire,
Ce n'est pas le bonheur après quoi je soupire ;
Et je vois autre part les merveilleux attraits
De la félicité[2] qui fait tous mes souhaits.

ELMIRE
C'est que vous n'aimez rien des choses de la terre.

---

1 *point* : point de dentelle.
2 *félicité* : bonheur suprême.

TARTUFFE
930 Mon sein n'enferme pas un cœur qui soit de pierre.

ELMIRE
Pour moi, je crois qu'au Ciel tendent tous vos soupirs,
Et que rien ici-bas n'arrête vos désirs.

TARTUFFE
L'amour qui nous attache aux beautés éternelles
N'étouffe pas en nous l'amour des temporelles[§];
935 Nos sens facilement peuvent être charmés[§]
Des ouvrages parfaits que le Ciel a formés.
Ses attraits réfléchis[1] brillent dans vos pareilles;
Mais il étale en vous ses plus rares merveilles;
Il a sur votre face épanché des beautés
940 Dont les yeux sont surpris, et les cœurs transportés,
Et je n'ai pu vous voir, parfaite créature,
Sans admirer en vous l'auteur de la nature,
Et d'une ardente amour[2] sentir mon cœur atteint,
Au plus beau des portraits où lui-même il s'est peint.
945 D'abord j'appréhendai que cette ardeur secrète
Ne fût du noir esprit une surprise adroite[3];
Et même à fuir vos yeux mon cœur se résolut,
Vous croyant un obstacle à faire mon salut[§].
Mais enfin je connus, ô beauté toute aimable,
950 Que cette passion peut n'être point coupable,
Que je puis l'ajuster avecque[4] la pudeur,
Et c'est ce qui m'y fait abandonner mon cœur.
Ce m'est, je le confesse, une audace bien grande
Que d'oser de ce cœur vous adresser l'offrande;

---

1 *Ses attraits réfléchis* : les reflets de sa beauté céleste.
2 *amour* : le nom *amour* est souvent féminin au XVIIᵉ siècle.
3 *adroite* : on prononçait «adrète» pour le besoin de la rime.
4 *avecque* : avec; l'orthographe de la préposition assure l'alexandrin.

955 Mais j'attends en mes vœux[§] tout de votre bonté,
Et rien des vains efforts de mon infirmité[1] ;
En vous est mon espoir, mon bien, ma quiétude,
De vous dépend ma peine ou ma béatitude[2],
Et je vais être enfin, par votre seul arrêt[§],
960 Heureux, si vous voulez, malheureux, s'il vous plaît.

ELMIRE

La déclaration est tout à fait galante[§],
Mais elle est, à vrai dire, un peu bien surprenante.
Vous deviez, ce me semble, armer mieux votre sein[3],
Et raisonner un peu sur un pareil dessein.
965 Un dévot[§] comme vous, et que partout on nomme…

TARTUFFE

Ah ! pour être dévot[§], je n'en suis pas moins homme ;
Et lorsqu'on vient à voir vos célestes appas[4],
Un cœur se laisse prendre, et ne raisonne pas.
Je sais qu'un tel discours de moi paraît étrange ;
970 Mais, Madame, après tout, je ne suis pas un ange ;
Et si vous condamnez l'aveu que je vous fais,
Vous devez vous en prendre à vos charmants[§] attraits.
Dès que j'en vis briller la splendeur plus qu'humaine,
De mon intérieur vous fûtes souveraine ;
975 De vos regards divins l'ineffable[5] douceur
Força la résistance où[§] s'obstinait mon cœur ;
Elle surmonta tout, jeûnes, prières, larmes,
Et tourna tous mes vœux[§] du côté de vos charmes[§].
Mes yeux et mes soupirs vous l'ont dit mille fois,
980 Et pour mieux m'expliquer j'emploie ici la voix.

---

1 *infirmité* : faiblesse morale.

2 *béatitude* : bonheur éternel.

3 *Vous deviez […] votre sein* : vous auriez dû, il me semble, mieux maîtriser vos sentiments ; le verbe *armer* peut aussi signifier garnir, pourvoir ou encore fortifier, laisser libre cours à.

4 *appas* : attraits physiques féminins.

5 *ineffable* : sublime.

Que si vous contemplez d'une âme un peu bénigne[1]
Les tribulations[2] de votre esclave indigne,
S'il faut que vos bontés veuillent me consoler
Et jusqu'à mon néant daignent se ravaler[3],
985 J'aurai toujours pour vous, ô suave merveille,
Une dévotion[§] à nulle autre pareille.
Votre honneur avec moi ne court point de hasard[4],
Et n'a nulle disgrâce[§] à craindre de ma part.
Tous ces galants[§] de cour, dont les femmes sont folles,
990 Sont bruyants dans leurs faits et vains dans leurs paroles,
De leurs progrès[5] sans cesse on les voit se targuer ;
Ils n'ont point de faveurs qu'ils n'aillent divulguer,
Et leur langue indiscrète, en qui[6] l'on se confie,
Déshonore l'autel où[7] leur cœur sacrifie.
995 Mais les gens comme nous brûlent d'un feu discret,
Avec qui[8] pour toujours on est sûr du secret :
Le soin[§] que nous prenons de notre renommée
Répond de toute chose à la personne aimée,
Et c'est en nous qu'on trouve, acceptant notre cœur,
1000 De l'amour sans scandale et du plaisir sans peur.

ELMIRE

Je vous écoute dire, et votre rhétorique[9]
En termes assez forts à mon âme s'explique.
N'appréhendez-vous point que je ne sois d'humeur
À dire à mon mari cette galante[§] ardeur,

---

1 *bénigne* : bienveillante, indulgente ; l'adjectif peut aussi signifier favorable.
2 *tribulations* : souffrances morales.
3 *se ravaler* : s'abaisser, s'avilir.
4 *hasard* : danger, risque.
5 *progrès* : succès auprès des femmes.
6 *en qui* : à laquelle.
7 *l'autel où* : les femmes que ; métaphore à forte connotation religieuse.
8 *Avec qui* : avec eux.
9 *rhétorique* : propos éloquents et persuasifs.

TARTUFFE (Gabriel Arcand)
Ah ! pour être dévot, je n'en suis pas moins homme […]
ELMIRE (Ginette Morin)

ACTE III, SCÈNE 3, vers 966.

THÉÂTRE DU NOUVEAU MONDE, 1997.
Mise en scène de Lorraine Pintal.

1005 Et que le prompt§ avis[1] d'un amour de la sorte
      Ne pût bien altérer l'amitié qu'il vous porte ?

TARTUFFE

Je sais que vous avez trop de bénignité§,
Et que vous ferez grâce§ à ma témérité,
Que vous m'excuserez sur[2] l'humaine faiblesse
1010 Des violents transports§ d'un amour qui vous blesse§,
      Et considérerez, en regardant votre air,
      Que l'on est pas aveugle, et qu'un homme est de chair.

ELMIRE

D'autres prendraient cela d'autre façon peut-être ;
Mais ma discrétion se veut faire paraître.
1015 Je ne redirai point l'affaire à mon époux ;
      Mais je veux en revanche une chose de vous :
      C'est de presser tout franc et sans nulle chicane
      L'union de Valère avecque§ Mariane,
      De renoncer vous-même à l'injuste pouvoir[3]
1020 Qui veut du bien d'un autre enrichir votre espoir[4],
      Et...

SCÈNE 4 : DAMIS, ELMIRE, TARTUFFE

DAMIS, *sortant du petit cabinet où il s'était retiré.*
Non, Madame, non : ceci doit se répandre.
J'étais en cet endroit, d'où j'ai pu tout entendre ;

---

1 *avis* : aveu.
2 *sur* : au nom de.
3 *pouvoir* : le pouvoir d'Orgon.
4 *du bien d'un autre enrichir votre espoir* : enlever Mariane à Valère pour vous la donner en mariage.

Et la bonté du Ciel m'y semble avoir conduit
Pour confondre[1] l'orgueil d'un traître qui me nuit,
1025 Pour m'ouvrir une voie à prendre la vengeance
De son hypocrisie et de son insolence,
À détromper mon père, et lui mettre en plein jour
L'âme d'un scélérat qui vous parle d'amour.

ELMIRE

Non, Damis : il suffit qu'il se rende[§] plus sage,
1030 Et tâche à mériter la grâce[§] où[§] je m'engage.
Puisque je l'ai promis, ne m'en dédites pas.
Ce n'est point mon humeur de faire des éclats[§] :
Une femme se rit de sottises pareilles,
Et jamais d'un mari n'en trouble les oreilles.

DAMIS

1035 Vous avez vos raisons pour en user[§] ainsi,
Et pour faire autrement j'ai les miennes aussi.
Le vouloir épargner est une raillerie ;
Et l'insolent orgueil de sa cagoterie[§]
N'a triomphé que trop de mon juste[2] courroux[§],
1040 Et que trop excité de désordre chez nous.
Le fourbe[3] trop longtemps a gouverné mon père,
Et desservi mes feux[§] avec[4] ceux de Valère.
Il faut que du perfide[5] il soit désabusé,
Et le Ciel pour cela m'offre un moyen aisé.
1045 De cette occasion je lui suis redevable,
Et pour la négliger, elle est trop favorable[6] :
Ce serait mériter qu'il me la vînt ravir
Que de l'avoir en main et ne m'en pas servir.

---

1 *confondre* : anéantir, déjouer, démasquer.
2 *juste* : légitime.
3 *fourbe* : hypocrite, menteur.
4 *avec* : ainsi que.
5 *perfide* : traître.
6 *Et pour [...] favorable* : et elle est trop favorable pour que je la laisse passer.

ELMIRE

Damis…

DAMIS

Non, s'il vous plaît, il faut que je me croie[1].
1050 Mon âme est maintenant au comble de sa joie ;
Et vos discours en vain prétendent m'obliger
À quitter le plaisir de me pouvoir venger.
Sans aller plus avant, je vais vuider d'affaire[2] ;
Et voici justement de quoi me satisfaire.

SCÈNE 5 : ORGON, DAMIS, TARTUFFE, ELMIRE

DAMIS

1055 Nous allons régaler[3], mon père, votre abord[4]
D'un incident[5] tout frais qui vous surprendra fort.
Vous êtes bien payé[6] de toutes vos caresses[7],
Et Monsieur d'un beau prix reconnaît vos tendresses[§].
Son grand zèle[§] pour vous vient de se déclarer :
1060 Il ne va pas à moins qu'à vous déshonorer ;
Et je l'ai surpris là qui faisait à Madame
L'injurieux aveu d'une coupable flamme[§],
Elle est d'une humeur douce, et son cœur trop discret
Voulait à toute force en garder le secret ;

---

1 *je me croie* : je fasse à ma tête, je ne me fie qu'à moi seul.
2 *vuider d'affaire* : régler l'affaire, en finir ; partir.
3 *régaler* : accueillir.
4 *abord* : arrivée.
5 *D'un incident* : du récit d'un incident.
6 *payé* : récompensé.
7 *caresses* : démonstrations d'amitié et de bienveillance entre hommes.

1065 Mais je ne puis flatter[1] une telle impudence[2],
      Et crois que vous la taire est vous faire une offense.

ELMIRE

Oui, je tiens[§] que jamais de tous ces vains propos
On ne doit d'un mari traverser[3] le repos,
Que ce n'est point de là que l'honneur peut dépendre,
1070 Et qu'il suffit pour nous[4] de savoir nous défendre :
Ce sont mes sentiments ; et vous n'auriez rien dit,
Damis, si j'avais eu sur vous quelque crédit[§].

SCÈNE 6 : ORGON, DAMIS, TARTUFFE

ORGON

Ce que je viens d'entendre, ô Ciel ! est-il croyable ?

TARTUFFE

Oui, mon frère, je suis un méchant, un coupable,
1075 Un malheureux pécheur, tout plein d'iniquité[5],
Le plus grand scélérat qui jamais ait été ;
Chaque instant de ma vie est chargé de souillures ;
Elle n'est qu'un amas de crimes et d'ordures ;
Et je vois que le Ciel, pour ma punition,
1080 Me veut mortifier[6] en cette occasion[§].
De quelque grand forfait qu'on me puisse reprendre[§],
Je n'ai garde d'avoir l'orgueil de m'en défendre.
Croyez ce qu'on vous dit, armez[§] votre courroux[§],
Et comme un criminel chassez-moi de chez vous :

---

1 *flatter* : encourager.
2 *impudence* : effronterie, impolitesse.
3 *traverser* : troubler, empêcher.
4 *nous* : nous, les femmes.
5 *iniquité* : corruption morale, dépravation.
6 *mortifier* : imposer une épreuve en expiation de mes péchés.

1085 Je ne saurais avoir tant de honte en partage,
Que je n'en aie encor§ mérité davantage.

ORGON, *à son fils.*

Ah ! traître, oses-tu bien par cette fausseté
Vouloir de sa vertu ternir la pureté ?

DAMIS

Quoi ? la feinte douceur de cette âme hypocrite
1090 Vous fera démentir… ?

ORGON

Tais-toi, peste maudite.

TARTUFFE

Ah ! laissez-le parler : vous l'accusez à tort,
Et vous ferez bien mieux de croire à son rapport.
Pourquoi sur un tel fait m'être si favorable ?
Savez-vous, après tout, de quoi je suis capable ?
1095 Vous fiez-vous, mon frère, à mon extérieur ?
Et, pour tout ce qu'on voit, me croyez-vous meilleur ?
Non, non : vous vous laissez tromper à l'apparence,
Et je ne suis rien moins, hélas ! que ce qu'on pense[1] ;
Tout le monde me prend pour un homme de bien ;
1100 Mais la vérité pure est que je ne vaux rien.

   (S'adressant à Damis.)

Oui, mon cher fils, parlez : traitez-moi de perfide§,
D'infâme, de perdu[2], de voleur, d'homicide ;
Accablez-moi de noms encor§ plus détestés :
Je n'y contredis point, je les ai mérités ;
1105 Et j'en veux à genoux souffrir§ l'ignominie[3],
Comme une honte due aux crimes de ma vie.

---

1 *je ne […] qu'on pense* : je suis tout le contraire de ce qu'on pense.
2 *D'infâme, de perdu* : d'ignoble, de damné.
3 *ignominie* : abjection, déshonneur.

ORGON, *à Tartuffe.*

Mon frère, c'en est trop.

(*À son fils.*)

Ton cœur ne se rend point[1],

Traître ?

DAMIS

Quoi ! ses discours vous séduiront au point…

ORGON

Tais-toi, pendard[2]. (*À Tartuffe.*) Mon frère, eh ! levez-vous,
[de grâce !

(*À son fils.*)

1110 Infâme[§] !

DAMIS

Il peut…

ORGON

Tais-toi.

DAMIS

J'enrage ! Quoi ? je passe…

ORGON

Si tu dis un seul mot, je te romprai les bras.

TARTUFFE

Mon frère, au nom de Dieu, ne vous emportez pas.
J'aimerais mieux souffrir[§] la peine la plus dure,
Qu'il[3] eût reçu pour moi la moindre égratignure.

ORGON, *à son fils.*

1115 Ingrat !

---

1 *ne se rend point* : n'est pas sensible.

2 *pendard* : digne d'être pendu.

3 *Qu'il* : plutôt qu'il.

TARTUFFE

Laissez-le en[1] paix. S'il faut, à deux genoux,
Vous demander sa grâce[§]…

ORGON, *à Tartuffe.*

Hélas ! vous moquez-vous ?

(À son fils.)

Coquin[2] ! vois sa bonté.

DAMIS

Donc…

ORGON

Paix.

DAMIS

Quoi ? je…

ORGON

Paix, dis-je.

Je sais bien quel motif à l'attaquer t'oblige :
Vous le haïssez tous ; et je vois aujourd'hui
1120 Femme, enfants et valets déchaînés contre lui ;
On met impudemment[§] toute chose en usage,
Pour ôter de chez moi ce dévot[§] personnage.
Mais plus on fait d'effort afin de l'en bannir,
Plus j'en veux employer à l'y mieux retenir ;
1125 Et je vais me hâter de lui donner ma fille,
Pour confondre[§] l'orgueil de toute ma famille…

DAMIS

À recevoir sa main on pense l'obliger ?

---

1 *Laissez-le en* : on prononce «l'en» pour assurer l'alexandrin.
2 *Coquin !* : vaurien ! (injure).

ORGON

Oui, traître, et dès ce soir, pour vous faire enrager.
Ah ! je vous brave tous, et vous ferai connaître
1130 Qu'il faut qu'on m'obéisse et que je suis le maître.
Allons, qu'on se rétracte[1], et qu'à l'instant, fripon[2],
On se jette à ses pieds pour demander pardon.

DAMIS

Qui, moi ? de ce coquin[§], qui, par ses impostures…

ORGON

Ah ! tu résistes, gueux[§], et lui dis des injures ?
1135 Un bâton ! un bâton ! *(À Tartuffe.)* Ne me retenez pas.

   (À son fils.)

Sus[§], que de ma maison on sorte de ce pas,
Et que d'y revenir on n'ait jamais l'audace.

DAMIS

Oui, je sortirai ; mais…

ORGON

                    Vite, quittons la place.
Je te prive, pendard[§], de ma succession[3],
1140 Et te donne de plus ma malédiction.

SCÈNE 7 : ORGON, TARTUFFE

ORGON

Offenser de la sorte une sainte personne !

---

1 *qu'on se rétracte* : que tu retires tes paroles.

2 *fripon* : vaurien.

3 *Je te prive, […] de ma succession* : je te déshérite.

TARTUFFE

Ô Ciel, pardonne-lui la douleur qu'il me donne ![1]

    (À Orgon.)

Si vous pouviez savoir avec quel déplaisir[§]
Je vois qu'envers mon frère on tâche à me noircir[2]...

ORGON

1145 Hélas !

TARTUFFE

      Le seul penser[3] de cette ingratitude
Fait souffrir[§] à mon âme un supplice si rude...
L'horreur que j'en conçois... J'ai le cœur si serré,
Que je ne puis parler, et crois que j'en mourrai.

    ORGON. *Il court tout en larmes à la porte*
       par où il a chassé son fils.

Coquin[§] ! je me repens[4] que ma main t'ait fait grâce[§],
1150 Et ne t'ait pas d'abord[§] assommé sur la place.
Remettez-vous, mon frère, et ne vous fâchez pas.

TARTUFFE

Rompons, rompons le cours de ces fâcheux[§] débats.
Je regarde céans[§] quels grands troubles j'apporte,
Et crois qu'il est besoin, mon frère, que j'en sorte.

ORGON

1155 Comment ? vous moquez-vous ?

TARTUFFE

               On m'y hait, et je vois
Qu'on cherche à vous donner des soupçons de ma foi[§].

---

1 *Ô Ciel, [...] me donne !* : le vers original aurait été «O Ciel, pardonne-lui comme je
   lui pardonne !». Molière aurait modifié le vers qui ressemblait trop à la prière du
   «Notre Père».

2 *qu'envers [...] me noircir* : qu'on essaie de me dénigrer à vos yeux.

3 *Le seul penser* : la seule pensée.

4 *je me repens* : (se repentir) je regrette.

TARTUFFE (Gabriel Arcand)
[…] L'horreur que j'en conçois… J'ai le cœur si serré,
Que je ne puis parler, et crois que j'en mourrai.
ORGON (Gérard Poirier)

ACTE III, SCÈNE 7, vers 1147 et 1148.

THÉÂTRE DU NOUVEAU MONDE, 1997.
Mise en scène de Lorraine Pintal.

ORGON

Qu'importe ? Voyez-vous que mon cœur les écoute ?

TARTUFFE

On ne manquera pas de poursuivre, sans doute ;
Et ces mêmes rapports qu'ici vous rejetez
1160 Peut-être une autre fois seront-ils écoutés.

ORGON

Non, mon frère, jamais.

TARTUFFE

          Ah ! mon frère, une femme
Aisément d'un mari peut bien surprendre l'âme[1].

ORGON

Non, non.

TARTUFFE

         Laissez-moi vite, en m'éloignant d'ici,
Leur ôter tout sujet de m'attaquer ainsi.

ORGON

1165 Non, vous demeurerez : il y va de ma vie.

TARTUFFE

Hé bien ! il faudra donc que je me mortifie§.
Pourtant, si vous vouliez…

ORGON

         Ah !

TARTUFFE

            Soit : n'en parlons plus.
Mais je sais comme§ il faut en user§ là-dessus.

---

1 *surprendre l'âme* : tromper la confiance.

L'honneur est délicat[1], et l'amitié m'engage
1170 À prévenir[§] les bruits[§] et les sujets d'ombrage[2].
Je fuirai votre épouse, et vous ne me verrez…

ORGON

Non, en dépit de tous, vous la fréquenterez.
Faire enrager le monde est ma plus grande joie,
Et je veux qu'à toute heure avec elle on vous voie.
1175 Ce n'est pas tout encor[§] : pour les mieux braver tous,
Je ne veux point avoir d'autre héritier que vous,
Et je vais de ce pas[§], en fort bonne manière[3],
Vous faire de mon bien donation entière.
Un bon et franc ami, que pour gendre je prends,
1180 M'est bien plus cher que fils, que femme, et que parents.
N'accepterez-vous pas ce que je vous propose ?

TARTUFFE

La volonté du Ciel soit faite en toute chose.

ORGON

Le pauvre homme ! Allons vite en dresser un écrit,
Et que puisse l'envie[4] en crever de dépit !

---

1 *délicat* : fragile, précaire ; l'adjectif peut aussi signifier scrupuleux ou encore
   périlleux.
2 *ombrage* : méfiance, soupçons.
3 *en fort bonne manière* : en toute légalité, en bonne et due forme.
4 *l'envie* : les envieux.

ACTE IV

SCÈNE 1 : Cléante, Tartuffe

Cléante

1185 Oui, tout le monde en parle, et vous m'en pouvez croire,
L'éclat§ que fait ce bruit§ n'est point à votre gloire§ ;
Et je vous ai trouvé, Monsieur, fort à propos,
Pour vous en dire net ma pensée en deux mots.
Je n'examine point à fond ce qu'on expose ;
1190 Je passe là-dessus, et prends au pis la chose.
Supposons que Damis n'en ait pas bien usé§,
Et que ce soit à tort qu'on vous ait accusé ;
N'est-il pas d'un chrétien de pardonner l'offense,
Et d'éteindre en son cœur tout désir de vengeance ?
1195 Et devez-vous souffrir§, pour votre démêlé,
Que du logis d'un père un fils soit exilé ?
Je vous le dis encor§, et parle avec franchise,
Il n'est petit ni grand qui ne s'en scandalise ;
Et si vous m'en croyez, vous pacifierez tout,
1200 Et ne pousserez point les affaires à bout.
Sacrifiez à Dieu toute votre colère,
Et remettez le fils en grâce§ avec le père.

Tartuffe

Hélas ! je le voudrais, quant à moi, de bon cœur :
Je ne garde pour lui, Monsieur, aucune aigreur ;
1205 Je lui pardonne tout, de rien je ne le blâme,
Et voudrais le servir du meilleur de mon âme ;
Mais l'intérêt du Ciel§ n'y saurait consentir,
Et s'il rentre céans§, c'est à moi d'en sortir.

Après son action, qui n'eut jamais d'égale,
1210 Le commerce[1] entre nous porterait du scandale :
Dieu sait ce que d'abord[§] tout le monde en croirait !
À pure politique[2] on me l'imputerait ;
Et l'on dirait partout que, me sentant coupable,
Je feins pour qui m'accuse un zèle[§] charitable,
1215 Que mon cœur l'appréhende et veut le ménager,
Pour le pouvoir sous main au silence engager[3].

Cléante

Vous nous payez[§] ici d'excuses colorées[4],
Et toutes vos raisons[§], Monsieur, sont trop tirées[5].
Des intérêts du Ciel[§] pourquoi vous chargez-vous ?
1220 Pour punir le coupable a-t-il besoin de nous ?
Laissez-lui, laissez-lui le soin[§] de ses vengeances :
Ne songez qu'au pardon qu'il prescrit des offenses ;
Et ne regardez point aux jugements humains,
Quand vous suivez du Ciel les ordres souverains.
1225 Quoi ? le faible intérêt[§] de ce qu'on pourra croire[6]
D'une bonne action empêchera la gloire[§] ?
Non, non : faisons toujours ce que le Ciel prescrit,
Et d'aucun autre soin[§] ne nous brouillons l'esprit.

Tartuffe

Je vous ai déjà dit que mon cœur lui pardonne,
1230 Et c'est faire, Monsieur, ce que le Ciel ordonne ;
Mais après le scandale et l'affront d'aujourd'hui,
Le Ciel n'ordonne pas que je vive avec lui.

---

1 *commerce* : fréquentation, relation.
2 *politique* : calcul intéressé, ruse.
3 *Pour [...] engager* : pour pouvoir secrètement le forcer à se taire.
4 *colorées* : déguisées, trompeuses.
5 *tirées* : tirées par les cheveux, forcées.
6 *de ce qu'on pourra croire* : du qu'en-dira-t-on, du commérage.

CLÉANTE

Et vous ordonne-t-il, Monsieur, d'ouvrir l'oreille
À ce qu'un pur caprice à son père conseille,
1235 Et d'accepter le don qui vous est fait d'un bien
Où le droit vous oblige à ne prétendre rien ?[1]

TARTUFFE

Ceux qui me connaîtront n'auront pas la pensée
Que ce soit un effet d'une âme intéressée.
Tous les biens de ce monde ont pour moi peu d'appas[§],
1240 De leur éclat[§] trompeur je ne m'éblouis pas ;
Et si je me résous à recevoir du père
Cette donation qu'il a voulu me faire,
Ce n'est, à dire vrai, que parce que je crains
Que tout ce bien ne tombe en de méchantes[§] mains,
1245 Qu'il ne trouve des gens qui, l'ayant en partage,
En fassent dans le monde un criminel usage,
Et ne s'en servent pas, ainsi que j'ai dessein,
Pour la gloire[§] du Ciel et le bien du prochain.

CLÉANTE

Hé, Monsieur, n'ayez point ces délicates[§] craintes,
1250 Qui d'un juste[§] héritier peuvent causer les plaintes ;
Souffrez[§], sans vous vouloir embarrasser de rien,
Qu'il soit à ses périls possesseur de son bien ;
Et songez qu'il vaut mieux encor[§] qu'il en mésuse[2],
Que si de l'en frustrer il faut qu'on vous accuse.
1255 J'admire[§] seulement que sans confusion
Vous en ayez souffert[§] la proposition ;
Car enfin le vrai zèle[§] a-t-il quelque maxime[§]
Qui montre à dépouiller l'héritier légitime ?
Et s'il faut que le Ciel dans votre cœur ait mis
1260 Un invincible obstacle à vivre avec Damis,

---

1 *Où le droit […] rien ?* : sur lequel vous n'avez en principe aucun droit ?
2 *mésuse* : fasse un mauvais usage, le gaspille.

Ne vaudrait-il pas mieux qu'en personne discrète
Vous fissiez de céans§ une honnête§ retraite§,
Que de souffrir§ ainsi, contre toute raison,
Qu'on en chasse pour vous le fils de la maison ?
1265 Croyez-moi, c'est donner de votre prud'homie[1],
Monsieur…

TARTUFFE
Il est, Monsieur, trois heures et demie :
Certain devoir pieux me demande là-haut,
Et vous m'excuserez de vous quitter si tôt[2].

CLÉANTE

Ah !

SCÈNE 2 : ELMIRE, MARIANE, DORINE, CLÉANTE

DORINE
De grâce, avec nous employez-vous pour elle,
1270 Monsieur : son âme souffre§ une douleur mortelle ;
Et l'accord que son père a conclu pour ce soir
La fait, à tout moment, entrer en désespoir§.
Il va venir. Joignons nos efforts, je vous prie,
Et tâchons d'ébranler, de force ou d'industrie[3],
1275 Ce malheureux dessein qui nous a tous troublés.

---

1 *prud'homie* : loyauté, honnêteté.

2 *si tôt* : si vite, aussitôt, déjà.

3 *industrie* : habileté, ruse, astuce.

SCÈNE 3 : ORGON, ELMIRE,
MARIANE, CLÉANTE, DORINE

ORGON

Ha ! je me réjouis de vous voir assemblés :

(*À Mariane.*)

Je porte en ce contrat[1] de quoi vous faire rire,
Et vous savez déjà ce que cela veut dire.

MARIANE, *à genoux.*

Mon père, au nom du Ciel, qui connaît ma douleur,
1280 Et par tout ce qui peut émouvoir votre cœur,
Relâchez-vous un peu des droits de la naissance[2],
Et dispensez mes vœux[§] de cette obéissance ;
Ne me réduisez[3] point par cette dure loi
Jusqu'à me plaindre au Ciel de ce que je vous dois,
1285 Et cette vie, hélas ! que vous m'avez donnée,
Ne me la rendez pas, mon père, infortunée[4].
Si, contre un doux espoir que j'avais pu former,
Vous me défendez d'être à ce[5] que j'ose aimer,
Au moins, par vos bontés, qu'à vos genoux j'implore,
1290 Sauvez-moi du tourment d'être à ce que j'abhorre[6],
Et ne me portez point à quelque désespoir[§],
En vous servant sur moi de tout votre pouvoir.

ORGON, *se sentant attendrir.*

Allons, ferme[7], mon cœur, point de faiblesse humaine.

---

1 *contrat* : contrat de mariage entre Mariane et Tartuffe.
2 *Relâchez-vous […] naissance* : assouplissez un peu vos droits paternels.
3 *réduisez* : contraignez, forcez, obligez.
4 *infortunée* : malheureuse.
5 *ce* : celui, c'est-à-dire Valère.
6 *ce que j'abhorre* : celui que j'ai en horreur, c'est-à-dire Tartuffe.
7 *ferme* : sois ferme et insensible.

MARIANE (Catherine Sénart), *à genoux.*
Mon père, au nom du Ciel, qui connaît ma douleur [...]
ORGON (Gérard Poirier)

ACTE IV, SCÈNE 3, vers 1279.

THÉÂTRE DU NOUVEAU MONDE, 1997.
Mise en scène de Lorraine Pintal.

MARIANE

Vos tendresses[§] pour lui ne me font point de peine ;
1295 Faites-les éclater[§], donnez-lui votre bien,
Et, si ce n'est assez, joignez-y tout le mien[1] :
J'y consens de bon cœur, et je vous l'abandonne ;
Mais au moins n'allez pas jusques[§] à ma personne,
Et souffrez[§] qu'un couvent dans les austérités
1300 Use les tristes jours que le Ciel m'a comptés.

ORGON

Ah ! voilà justement de mes religieuses[2],
Lorsqu'un père combat leurs flammes[§] amoureuses !
Debout ! Plus votre cœur répugne à l'accepter,
Plus ce sera pour vous matière à mériter[3] :
1305 Mortifiez[§] vos sens avec ce mariage,
Et ne me rompez pas la tête davantage.

DORINE

Mais quoi… ?

ORGON

Taisez-vous, vous ; parlez à votre écot[4] :
Je vous défends tout net d'oser dire un seul mot.

CLÉANTE

Si par quelque conseil vous souffrez[§] qu'on réponde…

ORGON

1310 Mon frère, vos conseils sont les meilleurs du monde,
Ils sont bien raisonnés, et j'en fais un grand cas ;
Mais vous trouverez bon que je n'en use pas[5].

---

1 *tout le mien* : tout l'héritage que ma mère m'a légué à sa mort.
2 *voilà justement de mes religieuses* : je vois bien là une de ces femmes qui prétendent se faire religieuses.
3 *matière à mériter* : l'occasion de mériter le salut de votre âme.
4 *parlez à votre écot* : mêlez-vous de vos affaires, parlez aux gens de votre espèce.
5 *je n'en use pas* : je ne les suive pas.

ELMIRE, *à son mari.*

À voir ce que je vois, je ne sais plus que dire,
Et votre aveuglement fait que je vous admire[§] :
1315 C'est être bien coiffé[§], bien prévenu[§] de lui,
Que de nous démentir sur le fait d'aujourd'hui.

ORGON

Je suis votre valet[§], et crois les apparences.
Pour mon fripon[§] de fils je sais vos complaisances[§]
Et vous avez eu peur de le désavouer
1320 Du trait[§] qu'à ce pauvre homme il a voulu jouer ;
Vous étiez trop tranquille enfin pour être crue
Et vous auriez parue d'autre manière émue.

ELMIRE

Est-ce qu'au simple aveu d'un amoureux transport[§]
Il faut que notre honneur se gendarme[1] si fort ?
1325 Et ne peut-on répondre à tout ce qui le touche
Que le feu dans les yeux et l'injure à la bouche ?
Pour moi, de tels propos je me ris simplement,
Et l'éclat[§] là-dessus[2] ne me plaît nullement ;
J'aime qu'avec douceur nous nous montrions sages,
1330 Et ne suis point du tout pour ces prudes[§] sauvages
Dont l'honneur est armé[§] de griffes et de dents,
Et veut au moindre mot dévisager[3] les gens :
Me préserve le Ciel d'une telle sagesse !
Je veux une vertu qui ne soit point diablesse,
1335 Et crois que d'un refus la discrète froideur
N'en est pas moins puissante à rebuter un cœur.

---

1 *se gendarme* : se mette sur la défensive.

2 *là-dessus* : à ce sujet.

3 *dévisager* : défigurer, abîmer le visage.

ORGON

Enfin je sais l'affaire et ne prends point le change[1].

ELMIRE

J'admire§, encore un coup, cette faiblesse étrange.
Mais que me répondrait votre incrédulité
1340 Si l'on vous faisait voir qu'on vous dit vérité ?

ORGON

Voir ?

ELMIRE

     Oui.

ORGON

    Chansons§.

ELMIRE

        Mais quoi ? si je trouvais manière
De vous le faire voir avec pleine lumière ?

ORGON

Contes en l'air.

ELMIRE

     Quel homme ! Au moins répondez-moi.
Je ne vous parle pas de nous ajouter foi§ ;
1345 Mais supposons ici que, d'un lieu qu'on peut prendre,
On vous fît clairement tout voir et tout entendre,
Que diriez-vous alors de votre homme de bien ?

ORGON

En ce cas, je dirais que… Je ne dirais rien,
Car cela ne se peut.

---

1 *ne prends point le change* : je ne suis pas dupe, on ne me trompe pas.

Elmire

L'erreur trop longtemps dure,
1350 Et c'est trop condamner ma bouche d'imposture.
Il faut que par plaisir, et sans aller plus loin,
De tout ce qu'on vous dit je vous fasse témoin.

Orgon

Soit : je vous prends au mot. Nous verrons votre adresse,
Et comment vous pourrez remplir cette promesse.

Elmire

1355 Faites-le-moi venir.

Dorine

Son esprit est rusé,
Et peut-être à surprendre§ il sera malaisé.

Elmire

Non ; on est aisément dupé§ par ce qu'on aime.
Et l'amour-propre engage à se tromper soi-même.
Faites-le moi descendre.

(Parlant à Cléante et à Mariane.)

Et vous, retirez-vous.

SCÈNE 4 : Elmire, Orgon

Elmire

1360 Approchons cette table, et vous mettez dessous.

Orgon

Comment ?

Elmire

Vous bien cacher est un point nécessaire.

ORGON

Pourquoi sous cette table ?

ELMIRE

Ah, mon Dieu ! laissez faire :
J'ai mon dessein en tête, et vous en jugerez.
Mettez-vous là, vous dis-je ; et quand vous y serez,
1365   Gardez qu'on ne vous voie et qu'on ne vous entende.

ORGON

Je confesse qu'ici ma complaisance§ est grande ;
Mais de votre entreprise il faut vous voir sortir.

ELMIRE

Vous n'aurez, que je crois, rien à me repartir[1].

(À son mari qui est sous la table.)

Au moins, je vais toucher une étrange matière[2] :
1370   Ne vous scandalisez en aucune manière.
Quoi que je puisse dire, il doit m'être permis,
Et c'est pour vous convaincre, ainsi que j'ai promis.
Je vais par des douceurs, puisque j'y suis réduite§,
Faire poser le masque à cette âme hypocrite,
1375   Flatter§ de son amour les désirs effrontés,
Et donner un champ libre à ses témérités.
Comme c'est pour vous seul, et pour mieux le confondre§,
Que mon âme à ses vœux§ va feindre de répondre,
J'aurai lieu de cesser dès que vous vous rendrez,
1380   Et les choses n'iront que jusqu'où vous voudrez.
C'est à vous d'arrêter son ardeur insensée,
Quand vous croirez l'affaire assez avant poussée,
D'épargner votre femme, et de ne m'exposer
Qu'à ce qu'il vous faudra pour vous désabuser :
1385   Ce sont vos intérêts§ ; vous en serez le maître,
Et… L'on vient. Tenez-vous, et gardez de paraître.

---

1   *repartir* : répliquer.
2   *toucher une étrange matière* : aborder un sujet délicat.

SCÈNE 5 : Tartuffe, Elmire, Orgon

Tartuffe
On m'a dit qu'en ce lieu vous me vouliez parler.

Elmire
Oui. L'on a des secrets à vous y révéler.
Mais tirez cette porte avant qu'on vous les dise,
1390 Et regardez partout de crainte de surprise.
Une affaire pareille à celle de tantôt
N'est pas assurément ici ce qu'il nous faut.
Jamais il ne s'est vu de surprise de même[1] ;
Damis m'a fait pour vous une frayeur extrême,
1395 Et vous avez bien vu que j'ai fait mes efforts
Pour rompre ses desseins[2] et calmer ses transports§.
Mon trouble, il est bien vrai, m'a si fort possédée,
Que de le démentir je n'ai point eu l'idée ;
Mais par là, grâce au Ciel, tout a bien mieux été,
1400 Et les choses en sont dans plus de sûreté.
L'estime où§ l'on vous tient§ a dissipé l'orage,
Et mon mari de vous ne peut prendre d'ombrage§,
Pour mieux braver l'éclat§ des mauvais jugements,
Il veut que nous soyons ensemble à tous moments ;
1405 Et c'est par où[3] je puis, sans peur d'être blâmée,
Me trouver ici seule avec vous enfermée,
Et ce qui m'autorise à vous ouvrir un cœur
Un peu trop prompt§ peut-être à souffrir§ votre ardeur.

Tartuffe
Ce langage à comprendre est assez difficile,
1410 Madame, et vous parliez tantôt d'un autre style.

---

1 *de même* : semblable, pareille.
2 *Pour [...] desseins* : pour l'inciter à se taire, pour lui faire renoncer à ses intentions.
3 *par où* : grâce à cela que.

ELMIRE

Ah ! si d'un tel refus[1] vous êtes en courroux[§],
Que le cœur d'une femme est mal connu de vous !
Et que vous savez peu ce qu'il veut faire entendre
Lorsque si faiblement on le voit se défendre !
1415 Toujours notre pudeur combat dans ces moments
Ce qu'on peut nous donner de tendres sentiments.
Quelque raison qu'on trouve à l'amour qui nous dompte,
On trouve à l'avouer toujours un peu de honte ;
On s'en défend d'abord[§] ; mais de l'air qu'on s'y prend[2],
1420 On fait connaître assez que notre cœur se rend,
Qu'à nos vœux[§] par honneur notre bouche s'oppose,
Et que de tels refus promettent toute chose.
C'est vous faire sans doute un assez libre aveu,
Et sur notre pudeur me ménager bien peu[3] ;
1425 Mais puisque la parole enfin en est lâchée,
À retenir Damis me serais-je attachée[4],
Aurais-je, je vous prie, avec tant de douceur
Écouté tout au long l'offre de votre cœur,
Aurais-je pris la chose ainsi qu'on m'a vu faire,
1430 Si l'offre de ce cœur n'eût eu de quoi[5] me plaire ?
Et lorsque j'ai voulu moi-même vous forcer
À refuser l'hymen[§] qu'on venait d'annoncer,
Qu'est-ce que cette instance[§] a dû vous faire entendre,
Que[6] l'intérêt[§] qu'en vous on s'avise de prendre,

---

1 *d'un tel refus* : à cause du refus que j'ai opposé à vos avances.
2 *l'air qu'on s'y prend* : la manière avec laquelle on s'y prend.
3 *Et sur notre pudeur me ménager bien peu* : et faire preuve de bien peu de pudeur de ma part.
4 *attachée* : obstinée, entêtée.
5 *n'eût eu de quoi* : n'eût rien pour.
6 *Que* : si ce n'est.

1435　Et l'ennui[1] qu'on aurait que ce nœud qu'on résout[2]
　　　Vînt partager du moins un cœur que l'on veut tout ?[3]

TARTUFFE

　　　C'est sans doute, Madame, une douceur extrême
　　　Que d'entendre ces mots d'une bouche qu'on aime :
　　　Leur miel dans tous mes sens fait couler à longs traits
1440　Une suavité qu'on ne goûta jamais.
　　　Le bonheur de vous plaire est ma suprême étude,
　　　Et mon cœur de vos vœux[§] fait sa béatitude[§] ;
　　　Mais ce cœur vous demande ici la liberté
　　　D'oser douter un peu de sa félicité[§].
1445　Je puis croire ces mots un artifice[§] honnête[§]
　　　Pour m'obliger à rompre un hymen[§] qui s'apprête ;
　　　Et s'il faut librement m'expliquer avec vous,
　　　Je ne me fierai point à des propos si doux,
　　　Qu'un peu[4] de vos faveurs, après quoi[5] je soupire,
1450　Ne vienne m'assurer tout ce qu'ils m'ont pu dire,
　　　Et planter dans mon âme une constante foi[6]
　　　Des charmantes[§] bontés que vous avez pour moi.

　　　　　ELMIRE, *elle tousse pour avertir son mari.*
　　　Quoi ? vous voulez aller avec cette vitesse,
　　　Et d'un cœur tout d'abord[§] épuiser la tendresse ?
1455　On se tue à vous faire un aveu des plus doux ;
　　　Cependant ce n'est pas encore assez pour vous,
　　　Et l'on ne peut aller jusqu'à vous satisfaire,
　　　Qu'aux[7] dernières faveurs on ne pousse l'affaire ?

1　*ennui* : tourment.
2　*ce nœud qu'on résout* : ce mariage exigé par Orgon ; au sens figuré, le nom *nœud*
　　signifie un lien très étroit entre deux personnes.
3　*Vînt partager du moins un cœur que l'on veut tout ?* : m'obligerait à partager avec
　　Mariane votre cœur que je veux tout entier ?
4　*Qu'un peu* : à moins qu'un peu.
5　*après quoi* : pour lesquelles.
6　*constante foi* : confiance absolue, certitude totale.
7　*Qu'aux* : sans qu'aux.

TARTUFFE

Moins on mérite un bien, moins on l'ose espérer.
1460   Nos vœux§ sur des discours ont peine à s'assurer.
On soupçonne aisément un sort[1] tout plein de gloire§,
Et l'on veut en jouir avant que de le croire.
Pour moi, qui crois si peu mériter vos bontés,
Je doute du bonheur de mes témérités ;
1465   Et je ne croirai rien, que[2] vous n'ayez, Madame,
Par des réalités[3] su convaincre ma flamme§.

ELMIRE

Mon Dieu, que votre amour en vrai tyran agit,
Et qu'en un trouble étrange il me jette l'esprit !
Que sur les cœurs il prend un furieux empire§,
1470   Et qu'avec violence il veut ce qu'il désire !
Quoi ? de votre poursuite on ne peut se parer,
Et vous ne donnez pas le temps de respirer ?
Sied§-il bien de tenir§ une rigueur si grande,
De vouloir sans quartier[4] les choses qu'on demande,
1475   Et d'abuser ainsi par vos efforts pressants
Du faible que pour vous vous voyez qu'ont les gens ?[5]

TARTUFFE

Mais si d'un œil bénin§ vous voyez mes hommages,
Pourquoi m'en refuser d'assurés témoignages ?

ELMIRE

Mais comment consentir à ce que vous voulez,
1480   Sans offenser le Ciel, dont toujours vous parlez ?

---

1   *On soupçonne aisément un sort* : on croit facilement pouvoir s'attendre à un destin.
2   *que* : avant que.
3   *réalités* : preuves concrètes.
4   *quartier* : mot du vocabulaire militaire désignant ici délai, retard.
5   *Du faible [...] qu'ont les gens ?* : de l'attachement [...] que j'ai pour vous ?

TARTUFFE

Si ce n'est que le Ciel qu'à mes vœux§ on oppose,
Lever un tel obstacle est à moi[1] peu de chose,
Et cela ne doit pas retenir votre cœur.

ELMIRE

Mais des arrêts§ du Ciel on nous fait tant de peur !

TARTUFFE

1485 Je puis vous dissiper ces craintes ridicules,
Madame, et je sais l'art de lever les scrupules.
Le Ciel défend, de vrai[2], certains contentements ;

(C'est un scélérat qui parle.)

Mais on trouve avec lui des accommodements ;
Selon divers besoins, il est une science[3]
1490 D'étendre les liens de notre conscience
Et de rectifier le mal de l'action
Avec la pureté de notre intention[4].
De ces secrets, Madame, on saura vous instruire§ ;
Vous n'avez seulement qu'à vous laisser conduire.
1495 Contentez mon désir, et n'ayez point d'effroi :
Je vous réponds de tout, et prends le mal sur moi.
Vous toussez fort, Madame.

ELMIRE

Oui, je suis au supplice.

TARTUFFE

Vous plaît-il un morceau de ce jus[5] de réglisse ?

---

1 *à moi* : pour moi.

2 *de vrai* : il est vrai.

3 *science* : il s'agit de la casuistique, cette discipline de la théologie qui étudie les problèmes de conscience.

4 *D'étendre les liens [...] notre intention* : qui permet un laxisme moral où les bonnes intentions excusent les plus graves péchés.

5 *jus* : bâton (allusion au bâton de la farce).

ELMIRE

C'est un rhume obstiné, sans doute ; et je vois bien
1500　Que tous les jus du monde ici ne feront rien.

TARTUFFE

Cela certes est fâcheux[§].

ELMIRE

　　　　　Oui, plus qu'on ne peut dire.

TARTUFFE

Enfin votre scrupule est facile à détruire :
Vous êtes assurée ici d'un plein secret,
Et le mal n'est jamais que dans l'éclat[§] qu'on fait ;
1505　Le scandale du monde[1] est ce qui fait l'offense,
Et ce n'est pas pécher que pécher en silence.

ELMIRE, *après avoir encore toussé.*

Enfin je vois qu'il faut se résoudre à céder,
Qu'il faut que je consente à vous tout accorder,
Et qu'à moins de cela je ne dois point prétendre
1510　Qu'on puisse être content, et qu'on veuille se rendre[§].
Sans doute il est fâcheux[§] d'en venir jusque-là,
Et c'est bien malgré moi que je franchis cela ;
Mais puisque l'on s'obstine à m'y vouloir réduire[§],
Puisqu'on ne veut point croire à tout ce qu'on peut dire,
1515　Et qu'on veut des témoins[2] qui soient plus convaincants,
Il faut bien s'y résoudre, et contenter les gens.
Si ce consentement porte en soi quelque offense,
Tant pis pour qui me force à cette violence ;
La faute assurément n'en doit pas être à moi.

TARTUFFE

1520　Oui, Madame, on s'en charge[3] ; et la chose de soi...

1　*du monde* : que le monde connaît.

2　*témoins* : témoignages.

3　*on s'en charge* : j'assume la responsabilité de la faute.

ELMIRE

Ouvrez un peu la porte, et voyez, je vous prie,
Si mon mari n'est point dans cette galerie[1].

TARTUFFE

Qu'est-il besoin pour lui du soin§ que vous prenez ?
C'est un homme, entre nous, à mener par le nez ;
1525 De tous nos entretiens il est pour faire gloire[2],
Et je l'ai mis au point de voir tout sans rien croire[3].

ELMIRE

Il n'importe : sortez, je vous prie, un moment,
Et partout là dehors voyez exactement.

SCÈNE 6 : ORGON, ELMIRE

ORGON, *sortant de dessous la table.*

Voilà, je vous l'avoue, un abominable homme !
1530 Je n'en puis revenir, et tout ceci m'assomme.

ELMIRE

Quoi ? vous sortez si tôt§ ? vous vous moquez des gens.
Rentrez sous le tapis[4], il n'est pas encor§ temps ;
Attendez jusqu'au bout pour voir les choses sûres,
Et ne vous fiez point aux simples conjectures§.

ORGON

1535 Non, rien de plus méchant§ n'est sorti de l'enfer.

---

1 *galerie* : couloir.
2 *pour faire gloire* : homme à en tirer de la vanité.
3 *je l'ai mis au point de voir tout sans rien croire* : je l'ai manipulé en tout point.
4 *tapis* : la nappe qui recouvre la table jusqu'au sol.

ELMIRE

Mon Dieu ! l'on ne doit point croire trop de léger[1].
Laissez-vous bien convaincre avant que de vous rendre,
Et ne vous hâtez point, de peur de vous méprendre.

(Elle fait mettre son mari derrière elle.)

SCÈNE 7 : TARTUFFE, ELMIRE, ORGON

TARTUFFE

Tout conspire[2], Madame, à mon contentement :
1540 J'ai visité de l'œil tout cet appartement ;
Personne ne s'y trouve ; et mon âme ravie…

ORGON, *en l'arrêtant.*

Tout doux ! vous suivez trop votre amoureuse envie,
Et vous ne devez pas vous tant passionner[3].
Ah ! ah ! l'homme de bien, vous m'en voulez donner ![4]
1545 Comme aux tentations s'abandonne votre âme !
Vous épousiez ma fille, et convoitiez[§] ma femme !
J'ai douté fort longtemps que ce fût tout de bon[§],
Et je croyais toujours qu'on changerait[5] de ton ;
Mais c'est assez avant[6] pousser le témoignage :
1550 Je m'y tiens, et n'en veux, pour moi, pas davantage.

ELMIRE, *à Tartuffe.*

C'est contre mon humeur que j'ai fait tout ceci :
Mais on m'a mise au point[7] de vous traiter ainsi.

---

1 *de léger* : à la légère.
2 *conspire* : contribue, favorise.
3 *passionner* : emballer.
4 *vous m'en voulez donner !* : vous voulez me tromper !
5 *qu'on changerait* : que vous changeriez.
6 *avant* : loin.
7 *on m'a [...] point* : j'ai été obligée par la situation, contrainte par la force des choses.

ORGON (Gérard Poirier), *en l'arrêtant.*
Tout doux ! vous suivez par trop votre amoureuse envie […]
ELMIRE (Ginette Morin)
TARTUFFE (Gabriel Arcand)

ACTE IV, SCÈNE 7, vers 1542.

THÉÂTRE DU NOUVEAU MONDE, 1997.
Mise en scène de Lorraine Pintal.

TARTUFFE

Quoi ? vous croyez… ?

ORGON

Allons, point de bruit[§], je vous prie.
Dénichons[1] de céans[§], et sans cérémonie.

TARTUFFE

1555　Mon dessein…

ORGON

Ces discours ne sont plus de saison[§] :
Il faut, tout sur-le-champ, sortir de la maison.

TARTUFFE

C'est à vous d'en sortir, vous qui parlez en maître :
La maison m'appartient, je le ferai connaître[2],
Et vous montrerai bien qu'en vain on a recours,
1560　Pour me chercher querelle, à ces lâches détours,
Qu'on n'est pas où l'on pense[3] en me faisant injure,
Que j'ai de quoi confondre[§] et punir l'imposture,
Venger le Ciel qu'on blesse[§], et faire repentir[§]
Ceux qui parlent ici de me faire sortir.

1　*Dénichons* : décampez, partez.

2　*connaître* : reconnaître légalement.

3　*Qu'on n'est pas où l'on pense* : que vous n'êtes plus dans la situation que vous croyez, que vous ne savez pas à quoi vous vous exposez.

SCÈNE 8 : Elmire, Orgon

Elmire

1565 Quel est donc ce langage ? et qu'est-ce qu'il veut dire ?

Orgon

Ma foi§, je suis confus, et n'ai pas lieu de rire.

Elmire

Comment ?

Orgon

Je vois ma faute aux choses qu'il me dit,
Et la donation m'embarrasse l'esprit.

Elmire

La donation…

Orgon

Oui, c'est une affaire faite.
1570 Mais j'ai quelque autre chose encor§ qui m'inquiète.

Elmire

Et quoi ?

Orgon

Vous saurez tout. Mais voyons au plus tôt§
Si certaine cassette[1] est encore là-haut.

---

1 *cassette* : petit coffre.

ACTE V

SCÈNE 1 : Orgon, Cléante

Cléante
Où voulez-vous courir ?

Orgon
Las ![1] que sais-je ?

Cléante
           Il me semble
Que l'on doit commencer par consulter[2] ensemble
1575 Les choses qu'on peut faire en cet événement.

Orgon
Cette cassette§-là me trouble entièrement ;
Plus que le reste encor§ elle me désespère.

Cléante
Cette cassette§ est donc un important mystère ?

Orgon
C'est un dépôt qu'Argas[3], cet ami que je plains[4],
1580 Lui-même, en grand secret, m'a mis entre les mains :
Pour cela, dans sa fuite, il me voulut élire§ ;
Et ce sont des papiers, à ce qu'il m'a pu dire,
Où sa vie et ses biens se trouvent attachés.

Cléante
Pourquoi donc les avoir en d'autres mains lâchés ?

---

1   *Las !* : hélas !

2   *consulter* : discuter, délibérer.

3   *Argas* : il s'est opposé au pouvoir royal durant la Fronde.

4   *que je plains* : dont je déplore le sort.

ORGON

1585 Ce fut par un motif de cas de conscience :
J'allai droit à mon traître en faire confidence ;
Et son raisonnement me vint persuader
De lui donner plutôt la cassette§ à garder,
Afin que, pour nier, en cas de quelque enquête,
1590 J'eusse d'un faux-fuyant la faveur toute prête,
Par où ma conscience eût pleine sûreté
À faire des serments contre la vérité[1].

CLÉANTE

Vous voilà mal, au moins si j'en crois l'apparence ;
Et la donation, et cette confidence,
1595 Sont, à vous en parler selon mon sentiment,
Des démarches par vous faites légèrement.
On peut vous mener loin avec de pareils gages[2] ;
Et cet homme sur vous ayant ces avantages,
Le pousser[3] est encor§ grande imprudence à vous,
1600 Et vous deviez§ chercher quelque biais plus doux[4].

ORGON

Quoi ? sous un beau semblant de ferveur si touchante
Cacher un cœur si double[5], une âme si méchante§ !
Et moi qui l'ai reçu gueusant§ et n'ayant rien...
C'en est fait, je renonce à tous les gens de bien :
1605 J'en aurai désormais une horreur effroyable,
Et m'en vais devenir pour eux pire qu'un diable.

---

1 *pour nier [...] contre la vérité* : dans l'éventualité d'une enquête, j'eusse le privilège
d'une échappatoire me permettant de faire serment, en toute bonne conscience, de
n'avoir jamais détenu les papiers compromettants d'Argas, bien que je les aie
réellement eus ; il s'agit de la restriction mentale à laquelle ont recours les casuistes.
2 *gages* : pièces à conviction.
3 *pousser* : pousser à bout.
4 *biais plus doux* : moyen moins risqué.
5 *double* : hypocrite, faux.

Cléante

Hé bien ! ne voilà pas de vos emportements ![1]
Vous ne gardez en rien les doux tempéraments[2] ;
Dans la droite raison jamais n'entre la vôtre,
1610 Et toujours d'un excès vous vous jetez dans l'autre.
Vous voyez votre erreur, et vous avez connu
Que par un zèle[§] feint vous étiez prévenu[§] ;
Mais pour vous corriger, quelle raison demande
Que vous alliez passer dans une erreur plus grande,
1615 Et qu'avecque[§] le cœur d'un perfide[§] vaurien
Vous confondiez les cœurs de tous les gens de bien ?
Quoi ? parce qu'un fripon[§] vous dupe[§] avec audace
Sous le pompeux[§] éclat[§] d'une austère grimace[§],
Vous voulez que partout on soit fait comme lui,
1620 Et qu'aucun vrai dévot[§] ne se trouve aujourd'hui ?
Laissez aux libertins[§] ces sottes conséquences ;
Démêlez la vertu d'avec ses apparences,
Ne hasardez[§] jamais votre estime trop tôt[§],
Et soyez pour cela dans le milieu qu'il faut :
1625 Gardez-vous, s'il se peut, d'honorer l'imposture,
Mais au vrai zèle[§] aussi n'allez pas faire injure ;
Et s'il vous faut tomber dans une extrémité,
Péchez plutôt encor[§] de cet autre côté[3].

---

1 *ne voilà pas de vos emportements !* : voilà encore vos emportements habituels !

2 *les doux tempéraments* : la modération, la mesure.

3 *de cet autre côté* : en honorant de façon excessive la pure piété.

SCÈNE 2 : Damis, Orgon, Cléante

Damis

Quoi ? mon père, est-il vrai qu'un coquin§ vous menace ?
1630 Qu'il n'est point de bienfait qu'en son âme il n'efface,
Et que son lâche orgueil, trop digne de courroux§,
Se fait de vos bontés des armes contre vous ?

Orgon

Oui, mon fils, et j'en sens des douleurs non pareilles[1].

Damis

Laissez-moi, je lui veux couper les deux oreilles :
1635 Contre son insolence on ne doit point gauchir[2] ;
C'est à moi, tout d'un coup, de vous en affranchir§,
Et pour sortir d'affaire, il faut que je l'assomme.

Cléante

Voilà tout justement parler en vrai jeune homme.
Modérez, s'il vous plaît, ces transports§ éclatants§ :
1640 Nous vivons sous un règne et sommes dans un temps
Où par la violence on fait mal ses affaires.

SCÈNE 3 : Madame Pernelle, Mariane, Elmire, Dorine, Damis, Orgon, Cléante

Madame Pernelle

Qu'est-ce ? J'apprends ici de terribles mystères.

---

1 *non pareilles* : sans égales.
2 *gauchir* : prendre des détours, tergiverser.

ORGON

Ce sont des nouveautés dont mes yeux sont témoins,
Et vous voyez le prix dont sont payés[§] mes soins[§].
1645 Je recueille avec zèle[§] un homme en sa misère,
Je le loge, et le tiens[§] comme mon propre frère ;
De bienfaits chaque jour il est par moi chargé[1] ;
Je lui donne ma fille et tout le bien que j'ai ;
Et, dans le même temps, le perfide[§], l'infâme[§],
1650 Tente le noir dessein de suborner[2] ma femme,
Et non content encor[§] de ces lâches essais,
Il m'ose menacer de mes propres bienfaits,
Et veut, à ma ruine, user des avantages
Dont le viennent d'armer[§] mes bontés trop peu sages,
1655 Me chasser de mes biens, où je l'ai transféré[3],
Et me réduire[§] au point d'où je l'ai retiré[4].

DORINE

Le pauvre homme !

MADAME PERNELLE

 Mon fils, je ne puis du tout croire
Qu'il ait voulu commettre une action si noire.

ORGON

Comment ?

MADAME PERNELLE

 Les gens de bien sont enviés toujours.

ORGON

1660 Que voulez-vous donc dire avec votre discours,
Ma mère ?

---

1 *chargé* : comblé.

2 *suborner* : séduire, corrompre.

3 *où je l'ai transféré* : que je lui ai légalement donnés.

4 *au point d'où je l'ai retiré* : à la situation misérable de laquelle je l'ai tiré.

MADAME PERNELLE (Monique Mercure)
Mon fils, je ne puis du tout croire
Qu'il ait pu commettre une action si noire.
ORGON (Gérard Poirier)

ACTE V, SCÈNE 3, vers 1657 et 1658.

THÉÂTRE DU NOUVEAU MONDE, 1997.
Mise en scène de Lorraine Pintal.

Madame Pernelle
Que chez vous on vit d'étrange sorte,
Et qu'on ne sait que trop la haine qu'on lui porte.

Orgon
Qu'a cette haine à faire avec ce qu'on vous dit ?

Madame Pernelle
Je vous l'ai dit cent fois quand vous étiez petit :
1665 La vertu dans le monde est toujours poursuivie ;
Les envieux mourront, mais non jamais l'envie[1].

Orgon
Mais que fait ce discours aux choses d'aujourd'hui ?[2]

Madame Pernelle
On vous aura forgé cent sots contes de lui.

Orgon
Je vous ai déjà dit que j'ai vu tout moi-même.

Madame Pernelle
1670 Des esprits médisants[§] la malice est extrême.

Orgon
Vous me feriez damner, ma mère. Je vous dis
Que j'ai vu de mes yeux un crime si hardi.

Madame Pernelle
Les langues ont toujours du venin à répandre,
Et rien n'est ici-bas qui s'en puisse défendre.

Orgon
1675 C'est tenir un propos de sens bien dépourvu.
Je l'ai vu, dis-je, vu, de mes propres yeux vu,

---

1 *non jamais l'envie* : jamais l'envie.
2 *que fait ce discours aux choses d'aujourd'hui ?* : quel est le rapport entre vos propos
   et l'affaire actuelle ?

Ce qui s'appelle vu : faut-il vous le rebattre[1]
Aux oreilles cent fois, et crier comme quatre ?

MADAME PERNELLE
Mon Dieu, le plus souvent l'apparence déçoit[2] :
1680　Il ne faut pas toujours juger sur ce qu'on voit.

ORGON
J'enrage.

MADAME PERNELLE
　　　　　Aux faux soupçons la nature est sujette,
Et c'est souvent à mal que le bien s'interprète[3].

ORGON
Je dois interpréter à[4] charitable soin[§]
Le désir d'embrasser ma femme ?

MADAME PERNELLE
　　　　　　　　Il est besoin,
1685　Pour accuser les gens, d'avoir de justes[§] causes ;
Et vous deviez attendre à vous voir sûr[5] des choses.

ORGON
Hé, diantre[§] ! le moyen de m'en assurer mieux ?
Je devais donc, ma mère, attendre qu'à mes yeux
Il eût… Vous me feriez dire quelque sottise.

MADAME PERNELLE
1690　Enfin d'un trop pur zèle[§] on voit son âme éprise ;
Et je ne puis du tout me mettre dans l'esprit
Qu'il ait voulu tenter les choses que l'on dit.

1　*rebattre* : répéter, redire sans cesse.
2　*déçoit* : trompe, induit en erreur.
3　*à mal que le bien s'interprète* : on confond souvent le bien et le mal.
4　*à* : comme un.
5　*deviez attendre à vous voir sûr* : auriez dû attendre de vous assurer.

ORGON

Allez, je ne sais pas, si vous n'étiez ma mère,
Ce que je vous dirais, tant je suis en colère.

DORINE

1695 Juste§ retour, Monsieur, des choses d'ici-bas :
Vous ne vouliez point croire, et l'on ne vous croit pas.

CLÉANTE

Nous perdons des moments en bagatelles pures,
Qu'il faudrait employer à prendre des mesures.
Aux menaces[1] du fourbe§ on doit ne dormir point.

DAMIS

1700 Quoi ? son effronterie irait jusqu'à ce point ?

ELMIRE

Pour moi, je ne crois pas cette instance§ possible,
Et son ingratitude est ici trop visible.

CLÉANTE

Ne vous y fiez pas : il aura des ressorts§
Pour donner contre vous raison à ses efforts ;
1705 Et sur moins que cela, le poids d'une cabale§
Embarrasse les gens dans un fâcheux§ dédale.
Je vous le dis encor§ : armé§ de ce qu'il a,
Vous ne deviez§ jamais le pousser jusque-là.

ORGON

Il est vrai ; mais qu'y faire ? À l'orgueil[2] de ce traître,
1710 De mes ressentiments§ je n'ai pas été maître.

CLÉANTE

Je voudrais, de bon cœur, qu'on pût entre vous deux
De quelque ombre de paix raccommoder les nœuds[3].

---

1 *Aux menaces* : devant les menaces.
2 *À l'orgueil* : face à l'orgueil.
3 *De quelque [...] les nœuds* : favoriser une amorce de réconciliation.

ELMIRE

Si j'avais su qu'en main il a de telles armes,
Je n'aurais pas donné matière§ à tant d'alarmes§,
1715 Et mes…

ORGON

Que veut cet homme ? Allez tôt§ le savoir.
Je suis bien en état que l'on me vienne voir !

SCÈNE 4 : MONSIEUR LOYAL, MADAME PERNELLE, ORGON, DAMIS, MARIANE, DORINE, ELMIRE, CLÉANTE

MONSIEUR LOYAL

Bonjour, ma chère sœur[1] ; faites, je vous supplie,
Que je parle à Monsieur.

DORINE

Il est en compagnie,
Et je doute qu'il puisse à présent voir quelqu'un.

MONSIEUR LOYAL

1720 Je ne suis pas pour être en ces lieux importun.
Mon abord§ n'aura rien, je crois, qui lui déplaise ;
Et je viens pour un fait dont il sera bien aise.

DORINE

Votre nom ?

MONSIEUR LOYAL

Dites-lui seulement que je viens
De la part de monsieur Tartuffe, pour son bien.

---

1 *ma chère sœur* : formule de politesse que l'on adresse habituellement à une religieuse.

DORINE

1725　C'est un homme qui vient, avec douce manière,
De la part de Monsieur Tartuffe, pour affaire
Dont vous serez, dit-il, bien aise.

CLÉANTE

　　　　　　　　　Il vous faut voir
Ce que c'est que cet homme, et ce qu'il peut vouloir.

ORGON

Pour nous raccommoder§ il vient ici peut-être :
1730　Quels sentiments aurai-je à lui faire paraître ?

CLÉANTE

Votre ressentiment§ ne doit point éclater§ ;
Et s'il parle d'accord, il le faut écouter.

MONSIEUR LOYAL

Salut, Monsieur. Le Ciel perde qui vous veut nuire,
Et vous soit favorable autant que je désire !

ORGON

1735　Ce doux début s'accorde avec mon jugement,
Et présage déjà quelque accommodement.

MONSIEUR LOYAL

Toute votre maison[1] m'a toujours été chère,
Et j'étais serviteur[2] de Monsieur votre père.

ORGON

Monsieur, j'ai grande honte et demande pardon
1740　D'être sans vous connaître ou savoir votre nom.

1　*maison* : famille.
2　*serviteur* : bien connu.

Monsieur Loyal

Je m'appelle Loyal, natif de Normandie,
Et suis huissier à verge[1], en dépit de l'envie.
J'ai depuis quarante ans, grâce au Ciel, le bonheur
D'en exercer la charge avec beaucoup d'honneur ;
1745 Et je vous viens, Monsieur, avec votre licence,
Signifier l'exploit de certaine ordonnance[2]…

Orgon

Quoi ? vous êtes ici… ?

Monsieur Loyal

Monsieur, sans passion[3] :
Ce n'est rien seulement qu'une sommation[4],
Un ordre de vuider[5] d'ici, vous et les vôtres,
1750 Mettre vos meubles hors, et faire place à d'autres,
Sans délai ni remise[6], ainsi que besoin est…

Orgon

Moi, sortir de céans[§] ?

Monsieur Loyal

Oui, Monsieur, s'il vous plaît.
La maison à présent, comme savez de reste[7],
Au bon Monsieur Tartuffe appartient sans conteste.
1755 De vos biens désormais il est maître et seigneur,
En vertu d'un contrat duquel je suis porteur :
Il est en bonne forme[8], et l'on n'y peut rien dire.

---

1 *huissier à verge* : officier chargé d'exécuter les décisions judiciaires à l'aide d'une
   verge ou d'une baguette servant à maintenir l'ordre.
2 *Signifier l'exploit de certaine ordonnance* : faire connaître l'acte de saisie conforme à
   la décision du juge.
3 *passion* : débordement, emportement.
4 *sommation* : mise en demeure, injonction.
5 *vuider* : partir.
6 *remise* : retard.
7 *savez de reste* : vous le savez parfaitement.
8 *en bonne forme* : tout à fait légal.

Damis

Certes cette impudence§ est grande, et je l'admire§.

Monsieur Loyal

Monsieur, je ne dois point avoir affaire à vous ;
1760 C'est à Monsieur : il est et raisonnable et doux,
Et d'un homme de bien il sait trop bien l'office[1],
Pour se vouloir du tout opposer à justice[2].

Orgon

Mais…

Monsieur Loyal

       Oui, Monsieur, je sais que pour un million
Vous ne voudriez pas faire rébellion[3],
1765 Et que vous souffrirez§, en honnête§ personne,
Que j'exécute ici les ordres qu'on me donne.

Damis

Vous pourriez bien ici sur votre noir jupon[4],
Monsieur l'huissier à verge§, attirer le bâton.

Monsieur Loyal

Faites que votre fils se taise ou se retire,
1770 Monsieur. J'aurais regret d'être obligé d'écrire,
Et de vous voir couché dans[5] mon procès-verbal.

Dorine

Ce Monsieur Loyal porte un air bien déloyal !

---

1 *l'office* : son devoir.
2 *Pour se vouloir […] justice* : pour vouloir en rien du tout s'opposer à la justice.
3 *faire rébellion* : vous révolter, vous insurger, désobéir.
4 *jupon* : veste serrée à la taille et munie de manches et de basques.
5 *de vous voir couché dans* : d'inscrire votre nom à.

Monsieur Loyal

Pour tous les gens de bien j'ai de grandes tendresses[§],
Et ne me suis voulu, Monsieur, charger des pièces[1]

1775 Que pour vous obliger et vous faire plaisir,
Que pour ôter par là le moyen d'en choisir[2]
Qui, n'ayant pas pour vous le zèle[§] qui me pousse,
Auraient pu procéder d'une façon moins douce.

Orgon

Et que peut-on de pis que d'ordonner aux gens
1780 De sortir de chez eux ?

Monsieur Loyal

On vous donne du temps,
Et jusques[§] à demain je ferai surséance[3]
À l'exécution, Monsieur, de l'ordonnance[§].
Je viendrai seulement passer ici la nuit,
Avec dix de mes gens, sans scandale et sans bruit[§].

1785 Pour la forme, il faudra, s'il vous plaît, qu'on m'apporte,
Avant que[4] se coucher, les clefs de votre porte.
J'aurai soin[§] de ne pas troubler votre repos,
Et de ne rien souffrir[§] qui ne soit à propos.
Mais demain, du matin, il vous faut être habile[5]

1790 À vuider[§] de céans[§] jusqu'au moindre ustensile :
Mes gens vous aideront, et je les ai pris forts,
Pour vous faire service[6] à tout mettre dehors.
On n'en peut pas user[§] mieux que je fais, je pense ;
Et comme je vous traite avec grande indulgence,

---

1 *Et ne me suis voulu, [...] charger des pièces* : et je n'ai voulu m'occuper des documents juridiques concernant la saisie.

2 *d'en choisir* : de choisir d'autres huissiers.

3 *je ferai surséance* : je surseoirai, j'accorderai un délai.

4 *Avant que* : avant de.

5 *il vous faut être habile* : il vous faudra être prêt, en mesure.

6 *faire service* : aider.

1795 Je vous conjure aussi, Monsieur, d'en user[§] bien,
　　 Et qu'au dû de ma charge on ne me trouble en rien[1].

ORGON

Du meilleur de mon cœur je donnerais sur l'heure
Les cent plus beaux louis[2] de ce qui me demeure,
Et pouvoir, à plaisir, sur ce mufle assener
1800 Le plus grand coup de poing qui se puisse donner.

CLÉANTE

Laissez, ne gâtons rien.

DAMIS

　　　　　　　　À cette audace étrange,
J'ai peine à me tenir[§], et la main me démange.

DORINE

Avec un si bon dos, ma foi[§], Monsieur Loyal,
Quelques coups de bâton ne vous siéraient[§] pas mal.

MONSIEUR LOYAL

1805 On pourrait bien punir ces paroles infâmes[§],
Mamie[§], et l'on décrète[3] aussi contre les femmes.

CLÉANTE

Finissons tout cela, Monsieur : c'en est assez ;
Donnez tôt[§] ce papier, de grâce, et nous laissez.

MONSIEUR LOYAL

Jusqu'au revoir. Le Ciel vous tienne tous en joie !

ORGON

1810 Puisse-t-il te confondre[§], et celui[4] qui t'envoie !

---

1 *Et qu'au dû de ma charge on ne me trouble en rien* : et qu'on ne me dérange en rien
　dans l'accomplissement de mes obligations, dans l'exercice de mes fonctions.

2 *louis* : pièces de monnaie en or frappées à l'effigie du roi Louis XIII.

3 *décrète* : émet des mandats d'arrestation et d'emprisonnement.

4 *et celui* : ainsi que celui, c'est-à-dire Tartuffe.

SCÈNE 5 : Orgon, Cléante, Mariane, Elmire, Madame Pernelle, Dorine, Damis

ORGON

Hé bien, vous le voyez, ma mère, si j'ai droit[1],
Et vous pouvez juger du reste par l'exploit[§] :
Ses trahisons enfin vous sont-elles connues ?

MADAME PERNELLE

Je suis toute ébaubie[2], et je tombe des nues !

DORINE

1815   Vous vous plaignez à tort, à tort vous le blâmez,
Et ses pieux desseins par là sont confirmés :
Dans l'amour du prochain sa vertu se consomme[3] ;
Il sait que très souvent les biens corrompent l'homme,
Et, par charité pure, il veut vous enlever
1820   Tout ce qui vous peut faire obstacle à vous sauver[4].

ORGON

Taisez-vous : c'est le mot qu'il vous faut toujours dire.

CLÉANTE

Allons voir quel conseil on doit vous faire élire[§].

ELMIRE

Allez faire éclater[§] l'audace de l'ingrat.
Ce procédé détruit la vertu[5] du contrat ;
1825   Et sa déloyauté va paraître trop noire,
Pour souffrir[§] qu'il en ait le succès qu'on veut croire.

---

1   *droit* : raison de me plaindre.
2   *toute ébaubie* : tout abasourdie, complètement atterrée.
3   *se consomme* : atteint la perfection.
4   *vous sauver* : sauver votre âme.
5   *vertu* : validité, valeur ; en dénonçant la traîtrise de Tartuffe, le contrat de donation perdrait sa valeur légale.

SCÈNE 6 : Valère, Orgon, Cléante, Elmire, Mariane, etc.

Valère

Avec regret, Monsieur, je viens vous affliger ;
Mais je m'y vois contraint par le pressant danger.
Un ami, qui m'est joint d'une amitié fort tendre[1],
1830 Et qui sait l'intérêt§ qu'en vous j'ai lieu de prendre[2],
A violé pour moi, par un pas§ délicat§,
Le secret que l'on doit aux affaires d'État,
Et me vient d'envoyer un avis dont la suite§
Vous réduit§ au parti d'une soudaine fuite.
1835 Le fourbe§ qui longtemps a pu vous imposer[3]
Depuis une heure au Prince[4] a su vous accuser,
Et remettre en ses mains, dans les traits qu'il vous jette[5],
D'un criminel d'État l'importante cassette§,
Dont, au mépris, dit-il, du devoir d'un sujet[6],
1840 Vous avez conservé le coupable secret.
J'ignore le détail du crime qu'on vous donne[7] ;
Mais un ordre est donné contre votre personne ;
Et lui-même[8] est chargé, pour mieux l'exécuter,
D'accompagner celui qui vous doit arrêter.

---

1 *qui m'est joint d'une amitié fort tendre* : qui me témoigne une amitié sincère.
2 *qu'en vous j'ai lieu de prendre* : que j'ai à votre égard, compte tenu de mes sentiments pour Mariane.
3 *vous imposer* : vous en imposer, vous tromper.
4 *au Prince* : devant le roi.
5 *les traits qu'il vous jette* : les accusations qu'il porte contre vous.
6 *sujet* : sujet du roi.
7 *qu'on vous donne* : dont on vous accuse.
8 *lui-même* : Tartuffe en personne.

CLÉANTE

1845 Voilà ses droits armés[§] ; et c'est par où[1] le traître
De vos biens qu'il prétend[2] cherche à se rendre[§] maître.

ORGON

L'homme est, je vous l'avoue, un méchant animal !

VALÈRE

Le moindre amusement[§] vous peut être fatal.
J'ai, pour vous emmener, mon carrosse à la porte,
1850 Avec mille louis[§] qu'ici je vous apporte.
Ne perdons point de temps : le trait[§] est foudroyant,
Et ce sont de ces coups que l'on pare en fuyant.
À vous mettre en lieu sûr je m'offre pour conduite[3],
Et veux accompagner jusqu'au bout votre fuite.

ORGON

1855 Las[§] ! que ne dois-je point à vos soins[§] obligeants !
Pour vous en rendre grâce[§] il faut un autre temps ;
Et je demande au Ciel de m'être assez propice[4],
Pour reconnaître[5] un jour ce généreux service.
Adieu : prenez le soin[§], vous autres…

CLÉANTE

Allez tôt[§] :
1860 Nous songerons, mon frère, à faire ce qu'il faut.

---

1 *par où* : de cette façon.
2 *qu'il prétend* : auxquels il prétend, dont il revendique la propriété.
3 *pour conduite* : pour vous conduire.
4 *de m'être assez propice* : de me fournir l'occasion favorable.
5 *reconnaître* : vous manifester ma gratitude, vous récompenser.

SCÈNE 7 : L'exempt, Tartuffe, Valère, Orgon, Elmire, Mariane, etc.

Tartuffe

Tout beau[1], Monsieur, tout beau, ne courez point si vite :
Vous n'irez pas fort loin pour trouver votre gîte,
Et de la part du Prince[§] on vous fait prisonnier.

Orgon

Traître, tu me gardais ce trait[§] pour le dernier ;
1865 C'est le coup, scélérat, par où tu m'expédies[2],
Et voilà couronner[3] toutes tes perfidies[§].

Tartuffe

Vos injures n'ont rien à me pouvoir aigrir[4],
Et je suis pour le Ciel appris[5] à tout souffrir[§].

Cléante

La modération est grande, je l'avoue.

Damis

1870 Comme du Ciel l'infâme[§] impudemment[§] se joue !

Tartuffe

Tous vos emportements ne sauraient m'émouvoir,
Et je ne songe à rien qu'à faire mon devoir.

Mariane

Vous avez de ceci grande gloire[§] à prétendre[6],
Et cet emploi pour vous est fort honnête[§] à prendre.

---

1 *Tout beau* : tout doucement.
2 *par où tu m'expédies* : par lequel tu m'achèves.
3 *couronner* : pour couronner.
4 *à me pouvoir aigrir* : qui puissent m'irriter.
5 *appris* : habitué.
6 *prétendre* : attendre.

TARTUFFE

1875 Un emploi ne saurait être que glorieux[§],
Quand il part du pouvoir[1] qui m'envoie en ces lieux.

ORGON

Mais t'es-tu souvenu que ma main charitable,
Ingrat, t'a retiré d'un état misérable ?

TARTUFFE

Oui, je sais quels secours j'en ai pu recevoir ;
1880 Mais l'intérêt[§] du Prince[§] est mon premier devoir ;
De ce devoir sacré la juste[§] violence
Étouffe dans mon cœur toute reconnaissance,
Et je sacrifierais à de si puissants nœuds[2]
Ami, femme, parents, et moi-même avec eux.

ELMIRE

1885 L'imposteur !

DORINE

Comme il sait, de traîtresse manière,
Se faire un beau manteau[3] de tout ce qu'on révère[§] !

CLÉANTE

Mais s'il est si parfait que vous le déclarez,
Ce zèle[4] qui vous pousse et dont vous vous parez,
D'où vient que pour paraître il s'avise d'attendre
1890 Qu'à poursuivre sa femme il[5] ait su vous surprendre,
Et que vous ne songez à l'aller dénoncer
Que lorsque son honneur l'oblige à vous chasser ?
Je ne vous parle point, pour devoir en distraire[6],
Du don de tout son bien qu'il venait de vous faire ;

---

1 *pouvoir* : pouvoir royal.
2 *nœuds* : obligations.
3 *manteau* : prétexte.
4 *zèle* : dans ce contexte-ci, dévouement à l'égard du roi.
5 *il* : Orgon.
6 *pour devoir en distraire* : pour vous détourner de cette dénonciation.

1895 Mais le voulant traiter en coupable aujourd'hui,
Pourquoi consentiez-vous à rien prendre de lui ?[1]

TARTUFFE, *à l'exempt*[§].

Délivrez[§]-moi, Monsieur, de la criaillerie,
Et daignez accomplir votre ordre, je vous prie.

L'EXEMPT

Oui, c'est trop demeurer[2] sans doute à l'accomplir :
1900 Votre bouche à propos m'invite à le remplir ;
Et pour l'exécuter, suivez-moi tout à l'heure[3]
Dans la prison qu'on doit vous donner pour demeure.

TARTUFFE

Qui ? moi, Monsieur ?

L'EXEMPT

Oui, vous.

TARTUFFE

Pourquoi donc la prison ?

L'EXEMPT

Ce n'est pas vous à qui j'en veux rendre raison[4].
1905 Remettez-vous, Monsieur[5], d'une alarme[§] si chaude.
Nous vivons sous un prince[§] ennemi de la fraude,
Un prince[§] dont les yeux se font jour[6] dans les cœurs,
Et que ne peut tromper tout l'art des imposteurs.
D'un fin discernement sa grande âme pourvue
1910 Sur les choses toujours jette une droite vue ;
Chez elle jamais rien ne surprend[§] trop d'accès[7],
Et sa ferme raison ne tombe en nul excès.

---

1 *à rien prendre de lui ?* : à prendre quelque chose de lui ?
2 *c'est trop demeurer* : j'ai trop tardé.
3 *tout à l'heure* : tout de suite.
4 *rendre raison* : donner l'explication.
5 *Monsieur* : c'est-à-dire Orgon.
6 *se font jour* : voient clairement, sont perspicaces.
7 *trop d'accès* : sa vigilance, sa surveillance.

© Michael Slobodian.

L'EXEMPT (Claude Dépins)
[…] Et pour l'exécuter, suivez-moi tout à l'heure
Dans la prison qu'on doit vous donner pour demeure.
TARTUFFE (Gabriel Arcand)

ACTE V, SCÈNE 7, vers 1901 et 1902.

THÉÂTRE DU NOUVEAU MONDE, 1997.
Mise en scène de Lorraine Pintal.

Il donne aux gens de bien une gloire[§] immortelle ;
Mais sans aveuglement il fait briller ce zèle[§],
1915 Et l'amour pour les vrais ne ferme point son cœur
À tout ce que les faux doivent donner d'horreur.
Celui-ci n'était pas pour le pouvoir surprendre[1],
Et de pièges plus fins on le voit se défendre.
D'abord[§] il a percé, par ses vives clartés,
1920 Des replis de son cœur toutes les lâchetés.
Venant[2] vous accuser, il s'est trahi lui-même,
Et par un juste[§] trait[§] de l'équité suprême[3],
S'est découvert au Prince[§] un fourbe[§] renommé,
Dont sous un autre nom il était informé ;
1925 Et c'est un long détail[4] d'actions toutes noires
Dont on pourrait former des volumes d'histoires.
Ce monarque, en un mot, a vers vous détesté[5]
Sa lâche ingratitude et sa déloyauté ;
À ses autres horreurs il a joint cette suite[6],
1930 Et ne m'a jusqu'ici soumis à sa conduite[7]
Que pour voir l'impudence[§] aller jusques[§] au bout,
Et vous faire par lui faire raison du tout[8].
Oui, de tous vos papiers, dont il se dit le maître,
Il[9] veut qu'entre vos mains je dépouille le traître.
1935 D'un souverain pouvoir, il brise les liens
Du contrat qui lui fait un don de tous vos biens,
Et vous pardonne enfin cette offense secrète
Où vous a d'un ami fait tomber la retraite[10] ;

---

1 *Celui-ci n'était [...] surprendre* : Tartuffe n'était pas en mesure de le tromper.
2 *Venant* : en venant.
3 *équité suprême* : justice royale, voire divine.
4 *détail* : récit.
5 *a vers vous détesté* : a en votre faveur condamné.
6 *il a joint cette suite* : il a ajouté ce crime.
7 *soumis à sa conduite* : ordonné d'être à la disposition de Tartuffe.
8 *faire par lui faire raison du tout* : permettre grâce à lui d'obtenir explication et réparation de l'offense.
9 *Il* : le roi.
10 *Où [...] retraite* : par laquelle vous avez favorisé la fuite de votre ami Argas.

Et c'est le prix qu'il donne au zèle§ qu'autrefois
1940 On vous vit témoigner en appuyant ses droits[1],
Pour montrer que son cœur sait, quand moins on y pense[2],
D'une bonne action verser la récompense,
Que jamais le mérite avec lui ne perd rien,
Et que mieux que du mal il se souvient du bien[3].

DORINE

1945 Que le Ciel soit loué !

MADAME PERNELLE
Maintenant je respire.

ELMIRE

Favorable succès ![4]

MARIANE
Qui l'aurait osé dire ?

ORGON, *à Tartuffe.*

Hé bien ! te voilà, traître…

CLÉANTE
                    Ah ! mon frère, arrêtez,
Et ne descendez point à des indignités ;
À son mauvais destin laissez un misérable,
1950 Et ne vous joignez point au remords qui l'accable :
Souhaitez bien plutôt que son cœur en ce jour
Au sein de la vertu fasse un heureux retour,
Qu'il corrige sa vie en détestant son vice
Et puisse du grand Prince§ adoucir la justice,
1955 Tandis qu'à sa bonté vous irez à genoux
Rendre ce que demande[5] un traitement si doux.

---

1 *témoigner en appuyant ses droits* : manifester votre loyauté à l'égard du roi
pendant la Fronde (voir les vers 181-182).
2 *quand moins on y pense* : au moment où l'on n'y pense plus du tout.
3 *Et que mieux […] du bien* : et il se souvient davantage du bien que du mal.
4 *Favorable succès !* : excellente issue ! Heureux dénouement !
5 *Rendre ce que demande* : témoigner au roi la gratitude qu'exige.

Orgon

Oui, c'est bien dit : allons à ses pieds avec joie
Nous louer des bontés que son cœur nous déploie[1].
Puis, acquittés un peu de ce premier devoir,
1960 Aux justes[§] soins[§] d'un autre il nous faudra pourvoir,
Et 'par un doux hymen[§] couronner en Valère
La flamme[§] d'un amant[§] généreux et sincère.

J.B.P. Molière

---

1 *déploie* : prodigue, dispense.

PRÉSENTATION
DE
L'ŒUVRE

Molière et Louis XIV.

Par I. Ingres, 1857.
Bibliothèque de la Comédie-Française, Paris.

Molière et son époque

LE CONTEXTE SOCIAL ET POLITIQUE

En 1624, deux ans après la naissance de Molière, Louis XIII règne sur la France, alors en proie aux intrigues politiques et aux affrontements religieux. Son ministre, le cardinal de Richelieu, dirige le royaume avec une main de fer et une volonté d'affermir le pouvoir monarchique. À la mort du roi, en 1643, qui fut précédée de celle de son ministre, Louis XIV n'a que cinq ans. Sa mère, Anne d'Autriche, proclamée régente étant donné la minorité de son fils, confie la charge du pays au cardinal Jules Mazarin, principal collaborateur de Richelieu. Déterminé à poursuivre l'œuvre de son prédécesseur avec une autorité aussi despotique, le nouveau ministre fait face à la révolte du Parlement, suivie de celle des princes. C'est au cours de ces années d'agitation et de soulèvements, que l'on nomme la Fronde (1648-1652), que le jeune roi fait le difficile apprentissage de la politique sous le regard bienveillant de Mazarin qui déjoue les complots et triomphe finalement des Frondeurs après des périodes d'exil forcé.

À la mort de son protecteur, en 1661, Louis XIV, âgé de vingt-trois ans, accède au trône. Marqué par le souvenir des troubles de son enfance, il instaure un régime de monarchie absolue par lequel il centralise entre ses mains tous les pouvoirs de l'État et met en place un véritable culte royal, et presque divin, d'où le surnom de Roi-Soleil.

Par sa prétention à exercer le pouvoir en vertu de la volonté de Dieu et à cause de son désir de régner en maître absolu, il ne supporte aucune ombre qui ternisse son éclat. Aussi, peu après son avènement au trône, il n'hésite pas à faire emprisonner Nicolas Fouquet, son surintendant des Finances, accusé de malversation parce qu'il ose faire concurrence au roi en ce qui a trait à l'opulence, à l'éclat ostentatoire des fêtes et à la popularité auprès d'un cercle d'artistes et d'écrivains dont Molière et La Fontaine font partie. Pour s'assurer la paix avec la noblesse, Louis XIV fait toutefois preuve d'une complaisante générosité en lui distribuant faveurs, titres et privilèges, ainsi qu'en l'invitant à partager avec lui les plaisirs et les splendeurs du château de Versailles qu'elle contribue à financer. En regroupant autour de lui cette aristocratie désœuvrée et opportuniste, le souverain assure ainsi une surveillance qui permet de déjouer les intrigues et de prévenir les complots.

Comme sa méfiance naturelle pour les nobles l'incite à les divertir pour mieux les détourner des affaires publiques, Louis XIV recrute ses ministres chez certains bourgeois dont il connaît la loyauté. Aussi, pour succéder à Fouquet, il fait appel à Jean-Baptiste Colbert qui met en place une politique économique vigoureuse et efficace. Axées essentiellement sur le développement accru de la petite entreprise et du commerce, les mesures du surintendant des Finances assurent à la France, en pleine expansion territoriale et coloniale, une prospérité économique sans précédent. Cependant, après vingt années de croissance ponctuées de victoires militaires qui permettent l'annexion, notamment, de la Flandre et de la Franche-Comté, les guerres coûteuses affaiblissent considérablement l'économie du pays qui amorce son déclin à partir de 1685, année de la révocation de l'édit de Nantes. Cette fin brutale de près d'un siècle de tolérance religieuse à l'égard des protestants occasionnera l'exode d'une bonne partie de la bourgeoisie marchande.

Devenu plus dévot sous l'influence de sa seconde épouse, Madame de Maintenon, et désintéressé des questions économiques, Louis XIV, ce Roi-Soleil flamboyant des jeunes années, perd progressivement de son prestige et de sa popularité auprès du peuple dont les inégalités sociales sont toujours aussi criantes. Pendant que la noblesse oisive continue de se ruiner à Versailles et que les bourgeois s'enrichissent, le peuple, qui constitue la vaste majorité de la

Madame de Maintenon.
Cabinet des Estampes, Paris.

population, vit dans des conditions misérables, sans protection légale, à la merci des seigneurs, des famines, des épidémies et des intempéries. À la mort du roi, en 1715, la France est un pays essoufflé et aigri : avec lui s'éteignent alors l'absolutisme, le faste de Versailles et la suprématie française en Europe.

LE CONTEXTE IDÉOLOGIQUE ET RELIGIEUX

Au XVIIe siècle, le catholicisme en France est religion d'État, c'est-à-dire la seule officiellement reconnue par le roi qui la pratique et l'impose à tous ses sujets. Dans ce pays où la Contre-Réforme (appelée aussi Réforme catholique) triomphe, reléguant le protestantisme (la Réforme) dans la marginalité, la piété, la charité et la tolérance sont des vertus que prêchent avec ferveur François de Sales (1567-1622) et Vincent de Paul (1581-1660). L'éloquence de certains ecclésiastiques, dont Bossuet (1627-1704), contribue au renouveau catholique et à la consolidation de la monarchie de droit divin.

Pour Louis XIV, dont l'absolutisme s'étend aussi aux questions religieuses, le catholicisme d'État constitue moins une institution sacrée qu'un instrument d'unité nationale et, par conséquent, une arme politique de contrôle de la population. Défenseur du gallicanisme, qui prône une relative indépendance du clergé français à l'égard de Rome, il intervient régulièrement dans les affaires de l'Église de France en nommant les évêques, mais il reste prudent en ce qui concerne les questions théologiques et les dissensions spirituelles par crainte de s'aliéner l'opinion publique soumise au pape.

Si Louis XIII et Richelieu ont pourchassé les protestants, notamment lors du siège de La Rochelle en 1627 et 1628, bien qu'ils fussent pourtant légalement protégés par l'édit de Nantes depuis 1598, Louis XIV fait preuve de patience et de souplesse à leur égard. Par contre, sa méfiance est croissante à l'endroit de cette minorité religieuse, qu'il accuse de constituer un État dans l'État et dont la doctrine, basée sur une forme d'exercice de la démocratie, fait ombrage au pouvoir monarchique. À cause des pressions exercées par les représentants de la tendance la plus conservatrice du catholicisme français, il sera forcé d'abroger la loi sur la tolérance religieuse, autorisant du coup une nouvelle période de persécutions.

Soucieux de régner sur une Église soumise, unifiée et exempte de particularismes doctrinaires ou de croyances marginales, Louis XIV exerce aussi à l'égard du clergé et des groupes religieux un contrôle rigoureux. Sa vigilance a surtout pour cible les sociétés secrètes dont les pratiques occultes constituent, à ses yeux, une menace pour le pouvoir royal. C'est le cas notamment de la Compagnie du Saint-Sacrement de l'Autel, communément appelée la cabale des dévots ou le parti dévot, envers laquelle le roi adopte une attitude à tout le moins ambivalente au début de son règne.

Fondé en 1627 par le duc de Ventadour, ce mouvement recrute ses membres dans la noblesse, dans la grande bourgeoisie et, bien sûr, dans le clergé. Solidement organisée et implantée dans plusieurs villes de France, la confrérie vise à assainir les mœurs de la société en se consacrant à des œuvres de charité auprès des pauvres et des prisonniers, à la propagation de la foi et à la conversion des hérétiques. En dirigeant leur conscience, elle guide ses disciples dans la dévotion chrétienne, mais sa surveillance abusive au sein des familles, ses dénonciations en justice des blasphémateurs et des libertins, ses attaques contre les impies et les protestants, de même que sa condamnation de tous les divertissements, dont le théâtre, lui attirent l'hostilité de la population. Cette police des mœurs, qui souscrit à la soumission de l'État à l'Église, a ses entrées à la cour et à la magistrature, où elle joue un rôle politique clandestin que ne peut évidemment tolérer le roi.

Combattue par Richelieu, frappée d'interdiction par Mazarin en 1660, après s'être impliquée dans la Fronde, la cabale ne continue pas moins ses manœuvres secrètes sous Louis XIV, notamment dans la querelle du *Tartuffe*, grâce à l'appui de la dévote Anne d'Autriche que la morale hédoniste et la vie libertine de son fils exaspèrent. Vraisemblablement dissoute l'année même de la mort de la reine mère, en 1666, la Compagnie, dont les critiques agacent le roi, trouve sa plus sévère réprobation avec l'autorisation de jouer *Le Tartuffe*, en 1669. La Compagnie du Saint-Sacrement de l'Autel devra attendre le second mariage de Louis XIV, avec Madame de Maintenon, en 1683, pour voir ses actions légitimées à nouveau.

C'est sans doute contre les jansénistes, qui contestent l'absolutisme du pouvoir royal, que l'intransigeance du roi s'exerce avec le plus de fermeté. Ces dévots rigoristes sont des adeptes de la doctrine de l'évêque néerlandais Cornelius Jansen, dit Jansénius (1585-1638), auteur de l'*Augustinus* (1640), un ouvrage posthume condamné par l'Église en 1642. Ils préconisent, à l'instar de saint Augustin, une morale austère où l'homme pécheur n'est rien sans la grâce de Dieu. De ce fait, les disciples de Jansénius défendent un dogme qui nuit à l'unité des catholiques de France. Les jésuites (communauté fondée par Ignace de Loyola en 1540), plus souples dans l'application des règles de la doctrine chrétienne et, par conséquent, estimés du roi, se montrent inquiets de cette menace qui leur fait ombrage. Ils soupçonnent les jansénistes de calvinisme (doctrine protestante fondée par Jean Calvin), à cause de certaines ressemblances existant entre ces deux doctrines, et les dénoncent auprès de Rome qui les condamne en 1653.

On craint tout de même que l'abbaye de Port-Royal, résidence des jansénistes, ne devienne un nouveau bastion de frondeurs. Le plaidoyer de l'écrivain et philosophe Blaise Pascal (1623-1662) dans ses *Provinciales* (1656-1657) et

Le monastère de Port-Royal.

surtout la charge satirique qu'elles renferment contre leurs rivaux de la Compagnie de Jésus au sujet de la casuistique (partie de la morale qui traite des cas de conscience) ne font qu'accroître ces craintes. L'ouvrage de Pascal est brûlé sur la place publique par le Parlement, sous Mazarin, et les jansénistes, harcelés par Louis XIV, sont contraints de signer un formulaire par lequel ils reconnaissent toutes les condamnations qui pèsent sur l'ordre religieux. Le refus de signer des religieuses de Port-Royal les expose à de sévères sanctions dont leur expulsion de Paris, en 1664.

Après plusieurs années d'impasse, le roi accorde finalement une trêve aux jansénistes en 1669, par la signature de la «paix clémentine» qu'il conclut avec le pape Clément IX. C'est pourtant au lendemain de ce répit, qui atténue provisoirement les tensions religieuses, que Louis XIV et Molière savoureront leur victoire sur le parti dévot par la levée de l'interdit concernant *Le Tartuffe*. D'aucuns verront dans ce geste d'éclat aux incidences politiques indéniables non seulement la défaite de la pieuse confrérie, mais aussi le triomphe du libertinage dont le roi fait presque l'apologie par la protection qu'il accorde à Molière, considéré libertin, comme tous les comédiens de cette époque.

Il y a lieu de s'interroger, encore aujourd'hui, sur l'attitude tolérante, voire complaisante, de Louis XIV à l'égard de cette minorité fort marginale, mais en croissance, dans cette France catholique du XVIIe siècle. En effet, l'athéisme des libertins ou du moins leur scepticisme à l'égard des dogmes religieux, leur morale basée sur la recherche du plaisir et l'affirmation de l'individualisme, ainsi que leur quête quasi anarchique de liberté sont autant de valeurs irrévérencieuses qui heurtent de plein fouet l'absolutisme monarchique. Bien sûr, sa sympathie à leur égard trouve partiellement son explication dans le mode de vie du jeune roi hédoniste et adultère, mais ce serait oublier que, chez ce fin politique, le soutien tacite d'un groupe au détriment d'un autre est toujours guidé par l'unique désir de conserver le pouvoir absolu.

LE CONTEXTE CULTUREL, LITTÉRAIRE ET THÉÂTRAL

Le déclin de l'esthétique baroque

Si le XVIIe siècle est un siècle farouchement religieux en France, c'est parce qu'il s'inscrit dans la continuité de l'humanisme de la Renaissance, elle-même minée par les guerres de religion. La période d'instabilité politique qui secoue le règne de Louis XIII et la régence d'Anne d'Autriche a des répercussions sur la vie intellectuelle et la création artistique du pays. Le développement des sciences, la découverte de nouvelles connaissances et l'esprit de la Réforme qui souffle encore sur toute l'Europe font prendre conscience que le monde est en mouvement. La fin des certitudes suscite l'angoisse et donne naissance à une nouvelle sensibilité à laquelle la Contre-Réforme n'est pas étrangère. L'idéal de vie représenté par l'honnête homme et qui circule dans les salons mondains illustre bien la volonté d'assainir les mœurs et le désir de les raffiner. Dans ces foyers intellectuels majoritairement tenus par des femmes de la noblesse et où se côtoient écrivains, artistes et philosophes, l'honnête homme se distingue par sa vaste culture, un raffinement de la langue et de la pensée ainsi que des manières élégantes et courtoises.

C'est au cœur de ce foisonnement culturel que se développe, dans la première moitié du siècle, l'esthétique baroque née en Italie. Inspiré du mot portugais *barocco*, désignant une perle de forme irrégulière, le style baroque apparaît d'abord dans l'architecture et la sculpture sous la pulsion de la Contre-Réforme qui entend s'opposer à la sobriété et à l'austérité du protestantisme. En France, comme d'ailleurs dans l'ensemble des pays catholiques, le baroque exprime, à travers toutes les formes artistiques, l'inconstance du monde et la fragilité de l'homme, révélant par le fait même la précarité des institutions politiques. Il se caractérise par la liberté de création, l'exubérance formelle, la recherche de l'irrationnel, le goût du bizarre et l'intérêt pour la fantaisie, voire le fantastique.

Les artistes visuels créent l'illusion de la réalité par la technique du trompe-l'œil et puisent à profusion dans tous les artifices ornementaux de manière à produire des œuvres flamboyantes. Cette démesure se traduit également en littérature, et plus précisément en poésie, par une certaine surcharge de l'écriture, et notamment par le recours à des structures syntaxiques complexes et variées. Cette écriture se caractérise aussi par le recours aux figures de style d'amplification comme la périphrase, l'hyperbole et l'accumulation, susceptibles de suggérer l'excès des passions, aux figures d'analogie comme la métaphore et la personnification, et enfin à celles d'opposition, dont l'antithèse et l'oxymore. Elles constituent autant de procédés qui évoquent l'animation et les contradictions d'un monde en pleine métamorphose. Cet esprit baroque qui s'impose dans les salons mondains se concrétise par la préciosité, c'est-à-dire l'usage d'une langue excessivement riche, luxuriante, ainsi que par l'exagération des sentiments et la prétention : un monde de faussetés dont se moquera Molière dans *Les Précieuses ridicules* et *Les Femmes savantes*.

Plus que toute autre forme artistique, le théâtre, pendant la première moitié du XVIIe siècle, subit l'influence du courant baroque. Miroir du réel, espace d'illusions et de simulacres, haut lieu des apparences et du masque, le théâtre est essentiellement baroque dans sa structure formelle. Aussi n'est-il pas étonnant que des dramaturges comme Shakespeare en Angleterre, Calderon en Espagne et Corneille en France aient puisé dans cette esthétique les ressources ayant contribué à la création de certains de leurs chefs-d'œuvre.

Descente de la croix.

À l'instar des arts visuels et de la littérature, le théâtre baroque s'oppose à toute règle visant l'unité de l'œuvre et privilégie une action dramatique complexe allant jusqu'à l'entrecroisement d'intrigues parfois invraisemblables. La succession rapide des péripéties et des rebondissements, qui s'étalent sur une durée illimitée, la multiplicité des lieux, le cortège de personnages souvent hétéroclites et appelés à changer de forme au cours d'une même pièce ainsi que le mélange des genres et des tons sont autant d'éléments dramaturgiques susceptibles d'éblouir le spectateur et de frapper son imagination.

Telle est donc la tragicomédie, genre hybride au dénouement plutôt heureux, qui illustre bien les préoccupations du théâtre baroque et dont *Le Cid*, de Pierre Corneille, souligne, en 1636, la résistance à la doctrine classique alors en pleine élaboration. Néanmoins, la comédie *L'Illusion comique* (1636) est sans doute la pièce de Corneille la plus représentative du style baroque. Y sont exploités les faux-semblants, les déguisements ainsi que la technique du théâtre dans le théâtre qui interroge la confusion pouvant exister entre la réalité et la représentation.

Finalement, l'image la plus forte qui s'impose du théâtre baroque est celle d'un spectacle dramatique déployant toutes les ressources de la théâtralité, dont le recours aux machineries scéniques complexes, aptes à propulser le spectateur dans un monde de rêve et de magie, de désordre et d'anarchie. Dans le contexte d'incertitude politique qui marque la régence mouvementée d'Anne d'Autriche, la lutte pour le maintien du pouvoir monarchique est proportionnelle au déclin du baroque sur les scènes françaises où perdure, en revanche, la comédie d'intrigue dont s'inspirera Molière.

L'apogée du classicisme

La période d'instabilité politique et culturelle qui marque la régence d'Anne d'Autriche (1643-1661) correspond au déclin du baroque, que l'on nomme aussi «préclassicisme». La perte de popularité de cette esthétique du désordre, où se disputent deux tendances antagonistes, la préciosité et le burlesque, mais qui tend de plus en plus à s'assagir, est attribuable à une volonté du pouvoir d'imposer sa loi malgré la contestation et la dissidence. Sur le plan intellectuel, cette loi prend la forme du dirigisme d'État, ou interventionnisme, et se traduit par la création d'institutions artistiques qui veillent au maintien de l'orthodoxie, c'est-à-dire au respect des règles édictées par des doctes ou des savants sous la supervision de l'État. C'est d'ailleurs l'objectif que se fixe Richelieu, en 1635, lorsqu'il fonde l'Académie française, chargée d'épurer la langue et d'orienter la littérature vers des règles qui composent peu à peu la doctrine classique. Cette dernière constituera la norme esthétique officielle au cours du règne de Louis XIV.

Les règles de composition artistique qu'élaborent les érudits et les académiciens, outre qu'elles offrent une opposition aux excès du baroque, proposent un modèle idéal d'être humain et une conception renouvelée de l'art, qui puisent leurs canevas et leur inspiration dans l'Antiquité. C'est ce à quoi s'appliquent avec rigueur les théoriciens Chapelain et l'abbé d'Aubignac, entre autres, qui empruntent au philosophe grec Aristote, auteur d'un traité sur les genres littéraires intitulé *La Poétique*, les principes auxquels adhérent de plus en plus les artistes et les écrivains en quête de reconnaissance.

Progressivement défini sous Louis XIII et Mazarin, le classicisme triomphe avec l'avènement de Louis XIV et s'arroge le monopole absolu des arts au service de la monarchie. En effet, le contrôle du roi sur les activités artistiques et les productions intellectuelles s'exerce encore ici d'une façon absolue. Les mécènes d'hier (Fouquet et le prince de Conti, entre autres) doivent s'effacer devant le protecteur suprême qui entend attirer à sa cour les plus grands artistes, les écrivains les plus talentueux, lesquels se consacrent dès lors à l'édification de la gloire personnelle du Roi-Soleil. Ainsi, tous les artistes renommés qui obtiennent la protection royale jouissent de généreuses pensions pour leur contribution à l'établissement, en harmonie avec le régime politique qui le soutient, d'un style raffiné dont le rayonnement gagnera rapidement toutes les cours d'Europe. C'est le cas, notamment, de Charles Le Brun, chargé de la peinture et de la décoration de Versailles, d'André Le Nôtre, créateur des jardins à la française, du compositeur Jean-Baptiste Lully et, bien sûr, de Molière, à qui est confiée la direction des spectacles dramatiques.

À l'opposé du baroque, qui préconise la disparité, l'hétérogénéité et l'imagination, le classicisme opte pour l'unité, le conformisme et la raison en tant que sources d'ordre et de discipline. Les œuvres classiques font preuve de mesure et de sobriété, privilégient l'essentiel au détriment du détail, témoignent d'une recherche de vérité et de bon goût, d'un désir de rigueur et d'équilibre. Guidés par les théoriciens français de l'aristotélisme (doctrine d'Aristote), les créateurs souscrivent au consensus de beauté, de vérité et d'absolu par l'observation de plusieurs principes fondamentaux.

Ainsi, l'artiste doit d'abord s'inspirer des œuvres de l'Antiquité gréco-romaine, considérées comme l'idéal de perfection esthétique, de manière à les imiter, voire à les dépasser. Par son souci d'universalité, il doit représenter l'être humain dans sa nature profonde et intemporelle, ce qui le contraint à une recherche constante de vraisemblance et de vérité, ainsi qu'à une continuelle soumission aux normes, codes et conventions sociales régis par la bienséance. Quoi

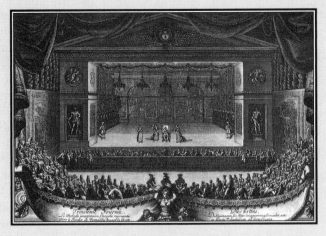

Divertissements de Versailles. Troisième journée.

GRAVURE D'ISRAËL SILVESTRE.
Bibliothèque nationale, Paris.

qu'il en soit, la règle d'or qui coiffe tous ces principes d'excellence et de rigueur, et à laquelle adhèrent plusieurs artistes dont Molière, est sans conteste la volonté d'instruire tout en divertissant. C'est cette préoccupation pédagogique et didactique qui inspire à Nicolas Boileau la composition de *L'Art poétique*, en 1674. Il s'agit d'un poème exposant les règles d'écriture et les principes de l'idéal littéraire, lesquels assureront le succès de plusieurs œuvres auprès d'un public formé et raffiné qui exige de plus en plus le respect de codes esthétiques bien circonscrits. Les arts visuels, comme la peinture, la sculpture et l'architecture, définissent donc respectivement leurs propres normes tout en partageant le sens de la proportion et de la régularité conjugué au principe de symétrie et d'équilibre. De la même façon, la langue et la littérature, sous l'influence du rationalisme cartésien (philosophie de René Descartes qui privilégie le raisonnement logique), valorisent la clarté du discours, la précision du vocabulaire, celui-ci devant être dénué de toute affectation précieuse, et la simplicité de la phrase bien équilibrée. Cette sobriété du style, qui évite le maniérisme de l'écriture baroque, apparaît dans tous les genres litté-raires, ceux-ci devenant de plus en plus différenciés et hiérarchisés.

En poésie, par exemple, l'on proscrit le hiatus et l'en-jambement, et l'on favorise l'usage de l'alexandrin (vers de douze syllabes) avec césure à l'hémistiche, par souci d'équilibre. Les poètes renient aussi les procédés d'écriture emphatiques propres à la préciosité, comme le pléonasme et l'hyperbole, pour les remplacer par les figures d'atténuation, dont l'euphémisme et la litote, susceptibles, tout comme la métaphore simple, d'adoucir les réalités choquantes, de pondérer les excès de la passion désormais soumise à l'empire de la raison. On observe la même préoccupation du côté du roman où, parallèlement au désir de sobriété et de bon goût, se dessine une tendance réaliste qui privilégie l'analyse psychologique ayant des sujets historiques pour cadre de référence. Néanmoins, c'est certainement avec le théâtre que le classicisme acquiert ses lettres de noblesse, grâce à Jean Racine, qui poussera la tragédie française vers des sommets qui demeurent inégalés.

La tragédie

Forme dramatique sans doute la plus noble qui soit, la tragédie est née dans la Grèce antique, où elle a donné ses plus beaux fruits avec Sophocle et Euripide. Ce genre (très apprécié des dramaturges élisabéthains[1], dont Shakespeare [*Hamlet, Macbeth*]), permet de donner libre cours aux sujets les plus sordides comme le meurtre, la sorcellerie ou le viol. En France, où les principes du classicisme veillent à encadrer la création dramatique — la querelle[2] entourant la pièce *Le Cid*, de Corneille, initiée par l'Académie française en 1636, est un exemple de ce phénomène — la tragédie, récupérée, pour ainsi dire, par les théoriciens, devient l'épreuve obligée pour les auteurs avides de consécration. C'est d'ailleurs la raison pour laquelle Corneille, entre autres, se pliera de plus en plus aux principes aristotéliciens dans l'écriture de ses tragédies, tout en conservant, signe de sa contestation, l'exubérance des scénographies baroques.

La tragédie classique, imposée par les doctes afin de discréditer la tragicomédie, jugée trop romanesque et trop violente, puise dans la mythologie et l'histoire des Anciens. Elle se distingue néanmoins de la tragédie antique par l'absence de caractère sacré ou religieux, l'abandon des chœurs ainsi qu'une action dramatique réduite à sa plus simple expression et développée à travers des dialogues rigoureux

---

1   En Angleterre, la période élisabéthaine correspond au règne d'Élisabeth Ire (1533-1603).

2   Après la création de la pièce, l'académicien Jean Chapelain fait paraître *Sentiments de l'Académie sur le Cid*, dans lequel il souligne avec précision les écarts de l'auteur par rapport à la règle des trois unités.

que soutiennent un nombre limité de personnages. C'est ce qu'expose l'abbé d'Aubignac dans sa *Pratique du théâtre* (1657), un traité dans lequel il réaffirme, en les aménageant selon l'esprit français, les règles d'Aristote dont celles des trois unités. Basée sur la *mimesis* (imitation d'une action par le moyen de la parole dans le but de créer l'illusion de la réalité), la tragédie souscrit au principe unitaire selon lequel l'histoire, centrée sur une intrigue simplifiée et parfois même dépourvue d'événements, se déroule dans les limites de vingt-quatre heures et s'enferme entre les quatre murs d'un seul lieu pour toute la durée de la représentation. Pour maintenir l'intérêt et la tension dramatique jusqu'à un dénouement fatal et malheureux, elle opte pour la vraisemblance des situations et la cohérence de l'action, et fait appel à des personnages nobles dont la langue hautement poétique (recours à l'alexandrin) traduit le raffinement de la pensée, les préoccupations morales et les ambitions politiques de la société monarchique à qui ces œuvres sont destinées.

Son grand souci de bienséance distingue la tragédie racinienne de la trivialité baroque, plus encline à l'expression exagérée de la souffrance et du malheur. Encore plus que la tragédie cornélienne, où le héros sort grandi de l'épreuve, celle de Racine proscrit toute manifestation explicite de violence de manière à contenir dans le stoïcisme et la volonté de transcendance la fougue des passions et les déchirements émotionnels des personnages anéantis.

La comédie

Contrairement à la tragédie, soumise à l'orthodoxie classique, la comédie, genre populaire par excellence, jouit d'une grande liberté entre 1640 et 1660. Marginalisé par l'Académie française, le genre comique tire aussi ses origines de l'Antiquité gréco-romaine (Aristophane, Plaute). Il désigne, au XVIIᵉ siècle, une forme de théâtre spécifique qui met en situation des affaires privées concernant des personnages bourgeois ou issus du peuple dans un langage truffé de plaisanteries et de lazzi ou encore de jeux de scène cocasses et burlesques. L'auteur de comédie s'attache à montrer le ridicule et les travers de caractères typés ainsi que des mœurs de la société. À l'opposé de la tragédie, qui suscite l'admiration et la pitié pour le héros condamné par la fatalité, la comédie provoque le rire et s'accommode d'un dénouement heureux.

Bien que la postérité littéraire n'ait pas retenu un grand nombre d'auteurs de comédies contemporains de Molière, la tradition comique, sous la régence d'Anne d'Autriche, est en pleine effervescence et témoigne d'une diversité remarquable dont les tendances nourriront la créativité de Molière pendant les premières années du règne de Louis XIV. Sa première source d'inspiration est la tradition de la farce médiévale, qui est très présente en province et que l'on retrouve dans les théâtres parisiens en complément de programme à des pièces de résistance comme la tragédie ou la tragicomédie.

Essentiellement axée sur les jeux de scène burlesques (coups de bâton, mimiques) et un comique de mots (calembours, jeux de mots) souvent grossier, la farce fait appel à des personnages stéréotypés comme le valet idiot, le mari cocu et la femme rusée évoluant dans un comique de situation rudimentaire qui n'est pas sans affinité avec la *commedia dell'arte*. Cette forme théâtrale d'origine italienne, basée en partie sur l'improvisation, l'usage du masque et un style de jeu d'une grande souplesse acrobatique, connaît un réel succès à Paris grâce à l'immigration d'une troupe de comédiens italiens connue sous le nom de Comédie-Italienne. Puisant leur inspiration dans la comédie latine de Plaute, les Italiens recyclent les personnages comiques du soldat fanfaron, du vieillard amoureux, du serviteur facétieux et de l'avare pour créer une nouvelle galerie de figures qui ravissent autant le public de la cour que celui de la cité. On songe entre autres au valet rusé Arlequin, au docteur pédant, à l'imbécile Pantalon qui inspirent à Molière des personnages comme Scapin, le docteur Diafoirus et Harpagon.

C'est aussi dans l'engouement populaire pour le théâtre des Italiens que la comédie d'intrigue, inspirée de la *commedia sostenuta*, considérée plus rigoureuse et soutenue, fait sa place sur les scènes parisiennes. Par son action essentiellement centrée sur les amours de jeunes premiers, ce type de comédie romanesque exploite avec brio le comique de situation que renferment, entre autres, les travestissements, les substitutions de personnages et les prises de conscience des duperies de la part des victimes : autant de ressources dramaturgiques ponctuées de coups de théâtre et de nombreux rebondissements pour le pur plaisir du spectateur. Sous l'influence progressive de la doctrine classique qui s'applique à la tragédie, on observe une soumission accrue aux règles d'unité qui atteignent aussi la comédie espagnole dont l'aspect romanesque, composé de rendez-vous galants, de billets doux et de duels dans la pénombre, contribue à la popularité du genre, entre 1640 et 1656, grâce notamment à Thomas et Pierre Corneille ainsi qu'à Paul Scarron. Ce dernier exercera une influence certaine sur Molière par sa veine burlesque où les ruptures de tons, la marginalisation de l'intrigue amoureuse reléguée au second plan et la tendance à parodier le genre comique préfigurent *Dom Juan* et *Le Tartuffe*.

Toutes ces traditions de l'art comique qui se développent à Paris et en province avant 1660, Molière apprend à les apprivoiser et à en maîtriser les techniques au cours de ses treize années de pérégrinations, mais son génie le conduira à pousser encore plus haut un genre qui, au même titre que la tragédie racinienne, contribuera au rayonnement du théâtre classique en France.

La comédie moliéresque

La contribution de Molière au renouvellement de la comédie française se dessine pendant sa période parisienne, de 1658 à 1673, et comprend trois orientations qui ne sont pas forcément définies dans la chronologie. La première tendance, autant inspirée de la comédie italienne que de la farce, regroupe des comédies d'intrigue comme *L'Étourdi*, *Le Dépit amoureux*, *Le Cocu imaginaire*, *Amphytrion*, *Le Médecin malgré lui* et *Les Fourberies de Scapin*. La deuxième tendance, qui illustre les préoccupations du moraliste et du satiriste qu'était Molière, s'exprime d'abord par des farces telles *Les Précieuses ridicules* et *L'École des maris*, respectivement en un et trois actes, puis s'approfondit au point de subordonner l'intrigue à l'analyse des personnages, à leurs rapports psychologiques et aux mœurs sociales qui les conditionnent comme dans *L'École des femmes*, *Le Tartuffe*, *Dom Juan*, *Le Misanthrope*, *L'Avare* et *Les Femmes savantes*.

Ces grandes comédies en cinq actes, généralement considérées, avec raison, comme des comédies de caractère, trouvent leur signification profonde dans le portrait satirique et la critique sociale des mœurs que les héros respectifs contribuent à mettre en valeur. Toutes ces œuvres, à l'exception de *Dom Juan*, résolument d'inspiration baroque par la transgression de la règle des trois unités et par sa part de merveilleux, souscrivent à la doctrine classique dans leur structure formelle (principe unitaire, vraisemblance et bienséance) tout en s'appuyant sur des thématiques familières à l'esprit baroque et à la tradition de la farce.

Le dernier volet de la production dramatique de Molière fait appel autant à son génie de dramaturge qu'à ses compétences d'homme de théâtre soucieux de réaliser la synthèse des arts du spectacle par la création de comédies-ballets. Cette fusion du théâtre, de la poésie, de la musique et de la danse qu'obtient l'auteur, notamment grâce à la collaboration de Jean-Baptiste Lully lors des festivités de la cour de Louis XIV, préfigure déjà, par la surcharge décorative et les costumes somptueux, l'avènement de l'opéra français et illustre la vitalité de l'esthétique baroque. Celle-ci, qui n'est pas incompatible avec la quête d'universalité du classicisme, se retrouve dans une quinzaine de comédies-ballets dont *Le Bourgeois gentilhomme* et *Le Malade imaginaire.* En mêlant le divertissement chorégraphique à l'étude de caractères (un bourgeois qui imite les nobles et un hypocondriaque dupé par ses médecins), Molière transforme la charge satirique en parodie.

Molière et son œuvre

VIE DE MOLIÈRE

Jean-Baptiste Poquelin naît à Paris en 1622 dans une famille bourgeoise. Son père, Jean Poquelin, marchand tapissier, achète en 1631 la charge de tapissier du roi. Marie Cressé, son épouse, meurt en 1632 et il se remarie l'année suivante. Molière fait ses études secondaires chez les jésuites, au collège de Clermont, et entreprend à Orléans des études de droit pour devenir avocat, un métier qu'il abandonne après quelques mois d'exercice. Au début de la vingtaine, il renonce à la charge de tapissier du roi que lui offre son père et, lié d'amitié avec un groupe de comédiens, il fonde en 1643 l'Illustre-Théâtre que dirige Madeleine Béjart, une comédienne dont il s'éprend. C'est à cette époque que le jeune comédien prend le nom de Molière et qu'il commence l'apprentissage d'un métier plutôt méprisé par la société.

Après deux années difficiles, étant donné la concurrence des troupes de l'Hôtel de Bourgogne et du Marais, la troupe fait faillite et Molière, criblé de dettes, est emprisonné quelques jours. À sa sortie de prison, en août 1645, il quitte Paris pour la province. Il y passe treize années, au cours desquelles il acquerra l'expérience de comédien et deviendra le directeur de la troupe placée sous la protection de généreux mécènes dont le prince de Conti, frère du prince de Condé. Pendant ces années, Molière, itinérant, présente dans plusieurs villes de France des tragédies et des farces dont quelques-unes sont sans doute improvisées sur le mode de la *commedia dell'arte*. À partir de ces canevas, il rédige, pour enrichir le répertoire de sa troupe, ses premières comédies dont *L'Étourdi*, créée à Lyon en 1655, et *Le Dépit amoureux*, jouée pour la première fois à Béziers en 1656.

À son retour à Paris, en 1658, la troupe obtient la protection de Monsieur, le frère du roi, et joue devant la cour la tragédie *Nicomède*, de Corneille, ainsi qu'une farce de Molière intitulée *Le Docteur amoureux*. Cette dernière fait rire Louis XIV qui accorde à la troupe le Petit-Bourbon, une salle qu'elle partagera avec les acteurs de la Comédie-Italienne, dirigés par Scaramouche (Tiberio Fiorelli), qui influencent grandement le style de jeu de Molière. L'année suivante, il crée *Les Précieuses ridicules*, une farce qui tourne en dérision les excès du langage précieux et qui lui vaudra des remontrances malgré le succès que connaît la pièce.

Installée au Palais-Royal pour les représentations de *L'École des maris* et des *Fâcheux*, en 1661, la troupe triomphe en décembre 1662 avec *L'École des femmes*, une première grande comédie en cinq actes rédigée en alexandrins. Toutefois, parce qu'elle ridiculise le mariage et tourne en dérision la religion, selon les esprits puritains, la pièce soulève une controverse au cours de laquelle l'auteur, marié depuis février 1662 à la comédienne Armande Béjart, devra se défendre contre les calomnies de ses rivaux. Ceux-ci prétendent qu'il aurait épousé sa propre fille et non la jeune sœur de Madeleine. Néanmoins, la reconnaissance du roi, qui le pourvoit d'une généreuse pension et accepte d'être le parrain de son premier fils, Louis, le protège provisoirement de l'adversité.

Au printemps de 1664, la troupe est à Versailles pour les fêtes des *Plaisirs de l'île enchantée*. C'est à cette époque qu'éclate la querelle du *Tartuffe*, qui entraînera Molière dans une tourmente de cinq années. Éprouvé par le décès de son fils et la maladie qui le contraint à ralentir périodiquement ses activités, le directeur de la compagnie, qui devient officiellement la Troupe du Roi en août 1665, défend sans relâche et sur tous les fronts sa comédie interdite et controversée. Malgré la censure de *Dom Juan* en 1665, le succès mitigé du *Misanthrope* en 1666, l'interdiction de *Panulphe ou L'Imposteur*, version remaniée du *Tarfuffe*, en 1667, les échecs de *George Dandin* et de *L'Avare* l'année suivante, Molière reste confiant d'obtenir gain de cause. En effet, le roi autorise enfin les représentations du *Tartuffe* en février 1669, le mois même au cours duquel meurt son père.

Cependant, cette victoire gagnée de haute lutte atténue peu les difficultés que connaît l'auteur au cours de ses dernières années. En décembre 1671, meurt Madeleine Béjart, sa principale partenaire de jeu depuis la fondation de l'Illustre-Théâtre, et les relations s'enveniment avec les gens de son entourage. Molière se brouille avec l'auteur de tragédies Jean Racine dont la notoriété commence à ternir l'éclat de son fidèle allié Corneille. De plus, sa collaboration avec le compositeur d'origine italienne Jean-Baptiste Lully, avec lequel il a créé de nombreux divertissements, dont la comédie-ballet *Le Bourgeois gentilhomme*, en 1670, et la tragicomédie-ballet *Psyché*, l'année suivante, est sérieusement compromise. En effet, au moment où l'Académie royale de musique connaît de sérieuses difficultés, au printemps de 1672, Lully dame le pion à Molière en obtenant du roi l'autorisation exclusive d'organiser tous les spectacles contenant musique et ballets. L'acteur se voit ainsi écarté de la fonction de maître d'opéra à laquelle il aspirait et perd ses droits d'auteur sur ses œuvres réalisées en collaboration avec le musicien italien. Vexé par cet acte de trahison et affaibli par la maladie, Molière est de nouveau éprouvé par le décès, en octobre 1672. Il s'agit cette fois de son troisième enfant, Pierre, âgé de dix jours.

Au cours des deux dernières années de sa vie, pendant lesquelles il sent l'affection du roi lui échapper, Molière renoue avec la veine comique et satirique de ses premières années parisiennes. Après un retour à la comédie italienne avec *Les Fourberies de Scapin*, en 1671, il crée *Les Femmes savantes*, une satire mordante contre les femmes prétentieuses. Puis, avec le compositeur Marc Antoine Charpentier, il signe sa dernière pièce, *Le Malade imaginaire*. Le 17 février, à la fin de la quatrième représentation de cette comédie-ballet dans laquelle il joue le rôle éponyme d'Argan, Molière, gravement malade, est pris de convulsions. Il meurt chez lui quelques heures plus tard sans avoir reçu les derniers sacrements qu'on lui a refusés. Il est inhumé de nuit dans un cimetière chrétien, grâce à l'intervention du roi. Après la mort de Molière, la Troupe du Roi sera fusionnée à celle de l'Hôtel de Bourgogne pour devenir, en 1680, en vertu d'un décret royal, la Comédie-Française.

Jean-Baptiste Lully.
GRAVURE DE BONNART.
Bibliothèque nationale, Paris.

L'ŒUVRE EXPLIQUÉE

LE TARTUFFE : LE CHEF-D'ŒUVRE DE MOLIÈRE

Les sources littéraires, religieuses et d'actualité

Tout au long du XVIIe siècle, l'hypocrisie religieuse est un sujet qui revient périodiquement à la mode dans la littérature européenne. Lorsque Molière crée *Le Tartuffe*, en 1664, il s'inscrit donc dans une longue tradition comique et satirique qui remonte à l'Antiquité. Bien qu'on ne puisse recenser avec exhaustivité toutes les sources qui ont alimenté son imagination créatrice, on en relève plusieurs ayant indiscutablement inspiré la composition de sa pièce. Dramaturge expérimenté et cultivé, Molière fréquente les auteurs comiques latins Plaute et Térence, dont il a pu lire les comédies respectives *Pseudolus* (Le Trompeur) et *Le Phormion* (Le parasite) ; il a aussi une bonne connaissance des farces médiévales qui abondent en dupeurs dupés (arroseurs arrosés) et en maris complaisants cocufiés par des moines libidineux. C'est d'ailleurs à partir du modèle de la farce qu'il structure l'intrigue première reliant Tartuffe, Orgon et Elmire.

Les sources littéraires les plus sûres viennent de la Renaissance italienne et du XVIIe siècle français. Dans la comédie *L'Hypocrite* (1542), de l'auteur vénitien l'Arétin, Molière puise l'essentiel de l'action de sa version de 1664. Invité à s'installer dans la maison d'un généreux vieillard, Ipocrito simule la piété, fait preuve de charité envers les pauvres et courtise en toute impunité la maîtresse de maison. La treizième satire (1612) de Mathurin Régnier lui fournit le portrait d'une entremetteuse, la Macette, qui feint la dévotion en s'accommodant fort bien d'une morale laxiste libérale. Chez celle qui pourrait être la mère spirituelle de Tartuffe «le péché que l'on cache est à demi pardonné. […] Le scandale et l'opprobre sont cause de l'offense». Dans la bouche de l'Imposteur, ces propos si peu rigoristes prennent les allures d'un pastiche dans les vers 1505 et 1506. Chez les contemporains, signalons Paul Scarron, auteur de la nouvelle *Les Hypocrites* (1655), inspirée d'un roman espagnol, dans laquelle Molière a certainement puisé pour élaborer la scène d'humiliation de Tartuffe devant Damis (ACTE III, SCÈNE 6). Le faux dévot Montufar, apparemment ascète et austère, boit et mange abondamment. Démasqué un jour par un noble de Séville qui le prend à partie, il se présente comme un pécheur qui mérite toutes les injures. Enfin, dans la satire *Les Pharisiens du temps ou le Dévot hypocrite* (1656), Garaby de La Luzerne présente un dévot lié à une cabale semblable à celle à laquelle Régnier fait allusion dans ses *Satires*.

À l'instar des sources littéraires, les textes à caractère religieux auxquels s'est référé Molière pour écrire *Le Tartuffe* sont très diversifiés. Pour composer un personnage qui sait l'art de simuler les rites du catholicisme et de feindre les valeurs chrétiennes, le recours au Nouveau Testament et aux ouvrages de piété est d'une grande utilité. Molière y puise abondamment afin de formuler des répliques plus savoureuses les unes que les autres. Ainsi, le propos de saint Paul, dans l'*Épître aux Philippiens* (III, 8), qui affirme : «À cause [du Christ] j'ai tout sacrifié et j'estime tout comme du fumier», aurait inspiré le vers 274 dans lequel Orgon soutient que Tartuffe regarde tout le monde comme du fumier. De même, les paroles de l'évangéliste Luc (XIV, 26), «si quelqu'un vient à moi sans haïr son père, sa mère, ses enfants, ses frères, ses sœurs et jusqu'à sa propre vie, il ne peut être mon disciple», rappellent les propos d'Orgon qui interprète de façon abusive cette affirmation de saint Luc.

Sur le plan du style, on soupçonne Molière d'avoir lu l'*Introduction à la vie dévote* (1608-1609) et le *Traité de l'amour de Dieu* de l'évêque saint François de Sales dont la langue précieuse et le vocabulaire religieux ont pu inspirer la déclaration de Tartuffe à Elmire. Mais c'est sans doute dans *Les Provinciales* (1656-1657), de Blaise Pascal, un rigoureux pamphlet épistolaire contre les jésuites, mais favorable aux jansénistes, que Molière trouve les meilleurs arguments pour dénoncer la perversion du directeur de conscience. La casuistique qu'attaque l'auteur de Port-Royal, particulièrement dans sa 7ᵉ et sa 9ᵉ lettre, est bien illustrée, à quelques reprises, par les paroles de Tartuffe. Par exemple, dans son deuxième entretien avec Elmire (ACTE IV, SCÈNE 5), il pratique la direction d'intention, cette «science [qui permet]/D'étendre les liens de notre conscience/Et de rectifier le mal de l'action/Avec la pureté de notre intention» (vers 1489 à 1492). De la même façon, l'astuce pernicieuse par laquelle il persuade Orgon de lui remettre la cassette, de manière à ce que celui-ci puisse contourner habilement la vérité sans réellement mentir, relève de la restriction mentale (vers 1585 à 1592). Cette doctrine complaisante fréquemment adoptée par un certain nombre de jésuites finit par entacher la réputation de la Compagnie de Jésus, que la pièce de Molière contribue à affaiblir davantage.

Outre les sources livresques qui nourrissent généreusement *Le Tartuffe*, Molière, perspicace observateur de ses contemporains, emprunte beaucoup aux personnalités qu'il a côtoyées et aux anecdotes qui circulent à son époque. Bien sûr, certaines pratiques de la Compagnie du Saint-Sacrement, dont l'œuvre d'assistance aux prisonniers évoquée dans la première réplique de Tartuffe (vers 855 et 856), restent facilement identifiables. Chez les membres du clergé qui ont pu servir de modèle à l'imposteur, on signale l'abbé Roquette, qui deviendra évêque et que Molière aurait croisé chez le prince de Conti. Une chanson en alexandrins intitulée *Plainte sur la ville d'Autun au Roi* précise même que «[c]'est lui que... [Molière]/Appela, dans ses vers, Tartuffe ou l'Imposteur». Tallemant des Réaux, dans ses *Historiettes*, rapporte deux anecdotes concernant des prêtres dont les attitudes ont aussi pu inspirer *Le Tartuffe*. Le premier, l'abbé de Pons, un simple roturier aspirant à la noblesse, aurait accumulé une rente appréciable en fréquentant les salons mondains de Ninon de Lenclos, une libertine notoire ; le second, l'abbé Charpy de Sainte-Croix, aurait parasité la maison d'une veuve dévote dont il se serait épris de la fille déjà mariée. Grâce à tous ces modèles issus de la fiction et de la réalité, Molière a su enrichir, approfondir et nuancer un personnage type suffisamment crédible pour susciter le rire et l'indignation du public.

L'origine du nom de Tartuffe

Molière n'a pas créé ce mot qui vient de l'italien *tartufo* signifiant truffe, c'est-à-dire une sorte de champignon parasite qui se nourrit des racines du chêne et qui constitue un mets très apprécié. Le sens figuré du terme, qui remonte au bas latin (*trufa*) et désigne la tromperie, apparaît en français classique en 1609, dans le *Mastigaphore* de l'abbé Fusy : « tu n'es qu'un Tartuffe, un butor, une happelourde », c'est-à-dire une fausse pierre qui a l'apparence d'une pierre précieuse. Dans le manuscrit *Il Malmantile* de l'écrivain italien Lorenzo Lippi, on trouve un « fripon » du nom de Tartufo dont Molière a pu emprunter l'appellation pour l'enrichir du sens d'hypocrite et d'imposteur. De plus, le phonème « uf » contenu dans le nom de Tartuffe, aussi présent dans le nom d'autres faux dévots comme le Montufar de Scarron et l'Onuphre de La Bruyère, connote la fourberie et inspire la méfiance.

LA QUERELLE DU *TARTUFFE*

Au printemps de 1664, Molière est un auteur dramatique reconnu qui jouit de la protection du roi Louis XIV. Sa contribution aux fêtes des *Plaisirs de l'île enchantée,* organisées au palais de Versailles en l'honneur de la reine mère Anne d'Autriche et de la reine Marie-Thérèse, marque une

Molière lisant *Le Tartuffe* dans le salon de Ninon de Lenclos.

GRAVURE DU XVIIᵉ SIÈCLE.
Bibliothèque nationale, Paris.

nouvelle étape de sa consécration. La comédie satirique, intitulée *Tartuffe ou l'Hypocrite*, qu'il crée le soir du 12 mai, annonce, pour l'homme de théâtre déjà controversé, le début d'un long et difficile combat connu sous le nom de querelle du *Tartuffe*. Pendant cinq années parsemées d'épreuves personnelles, Molière devra livrer une bataille à la fois littéraire et politique, laquelle est indissociablement liée à la question de la moralité du théâtre qui préoccupe périodiquement les Français du XVIIᵉ siècle. Sa lutte pour imposer sa pièce révèle la genèse inusitée d'un chef-d'œuvre, les conditions difficiles de la pratique théâtrale et la détermination d'un artiste engagé.

La première version : LE TARTUFFE OU L'HYPOCRITE

Depuis la création, en décembre 1662, de sa première grande comédie, *L'École des femmes*, jugée obscène et pernicieuse par le parti dévot à cause de certains passages dont la parodie des dix commandements, Molière est placé sous haute surveillance. Ses adversaires envieux de son succès l'attaquent, le calomnient et tentent par tous les moyens de censurer ses œuvres. Trois semaines avant la création du *Tartuffe*, le 17 avril, les membres de la pieuse Compagnie du Saint-Sacrement se réunissent dans le but de faire supprimer du programme des fêtes de Versailles «la méchante comédie» qu'ils croient dangereuse. Après deux semaines de festivités royales, la troupe de Molière reprend *Les Fâcheux* et *Le Mariage forcé*, et crée *La Princesse d'Élide*, une comédie galante qui souligne avec complaisance les amours du roi pour sa maîtresse, Mlle de La Vallière, la véritable «reine» à qui ces fêtes sont officieusement dédiées. Toutefois, la présentation du *Tartuffe* détone dans ce climat de réjouissances. Le spectacle divertit le roi et les courtisans, mais choque les dévots regroupés autour d'Anne d'Autriche, qui fera vraisemblablement pression auprès de son fils pour qu'il en interdise les représentations.

ORDONNANCE

DE MONSEIGNEVR

L'ARCHEVESQVE DE PARIS

HARDOVIN Par la grace de Dieu & du Saint Siege Apostolique Archevesque de Paris, A tous Curez & Vicaires de cette Ville & Faux-bourgs, SALVT en nostre Seigneur. Sur ce qui nous a esté remontré par nostre Promoteur, que le Vendredy cinquième de ce mois, on representa sur l'un des Theatres de cette Ville, sous le nouveau nom de *l'Imposteur*, une Comedie, tres-dangereuse & qui est d'autant plus capable de nuire à la Religion, que sous pretexte de condamner l'hypocrisie, ou la fausse devotion, elle donne lieu d'en accuser indifferemment tous ceux qui font profession de la plus solide pieté, & les expose par ce moyen aux railleries & aux calomnies continuelles des Libertins. De sorte que pour arrester le cours d'un si grand mal, qui pourroit seduire les ames foibles & les détourner du chemin de la vertu, nostredit Promoteur nous auroit requis de faire defenses à toutes personnes de nostre Diocese, de representer sous quelque nom que ce soit la susdite Comedie, de la lire, ou entendre reciter, soit en public, soit en particulier, sous peine d'Excommunication.

NOVS, sçachant combien il seroit en effet dangereux de souffrir que la veritable pieté fust blessée par une representation si scandaleuse, & que le Roy mesme avoit cy-devant tres-expressement defenduë; Et considerant d'ailleurs que dans un temps où ce grand Monarque expose si librement sa vie pour le bien de son Estat, & où nostre principal soin est d'exhorter tous les gens de bien de nostre Diocese à faire des Prieres continuelles pour la conservation de sa Personne sacrée, & pour le succés de ses Armes; Il y auroit de l'impieté de s'occuper à des spectacles capables d'attirer la colere du Ciel; Avons fait & faisons tres-expresses inhibitions & defenses à toutes personnes de nostre Diocese, de representer, lire, ou entendre reciter la susdite Comedie, soit publiquement, soit en particulier, sous quelque nom & quelque pretexte que ce soit, & ce sous peine d'Excommunication.

Si MANDONS aux Archiprestres de Sainte Marie Magdelaine & de Saint Severin, de vous signifier la presente Ordonnance, que vous publierez en vos Prônes aussi-tost que vous l'aurez receuë, en faisant connoistre à tous vos Paroissiens combien il importe à leur salut de ne point assister à la representation ou lecture de la susdite ou semblables Comedies. DONNÉ à Paris sous le Sceau de nos Armes, ce onzième Aoust mil six cens soixante-sept. Signé, HARDOVIN Archevesque de Paris; Et plus bas, Par mondit Seigneur,

De l'Imprimerie de FRANÇOIS MUGVET,
Impr. & Lib. ord. du Roy, & de Monseigneur
l'Archevefque de Paris, ruë de la Harpeaux
trois Roys.   Avec Privilege du Roy.

Ordonnance de Monseigneur L'Archevêque de Paris
relative à la représentation de *L'Imposteur*.

Il faut dire que cette première version du *Tartuffe*, dont on a perdu toute trace, fait preuve d'audace en osant porter à la scène un sujet aussi litigieux que l'hypocrisie religieuse. La dénonciation de la fausse dévotion, incarnée par un personnage vêtu d'une soutane et d'un petit collet (comme en portent à l'époque les postulants aux ordres ecclésiastiques) et surtout résolu à cocufier le maître de la maison, a tout pour offusquer la partie la plus prude de l'auditoire, déjà suffisamment indisposée par le faste des mondanités royales. Bien sûr, pour sa défense, Molière aurait pu justifier le caractère inachevé de sa comédie dont la troupe, selon le témoignage du comédien de La Grange, n'aurait présenté que «les trois premiers actes» qui devaient correspondre aux ACTES I, III et IV de la version définitive. À cet égard, la fin du dernier acte, plutôt inhabituelle pour une comédie qui réclame en principe un dénouement heureux — Orgon, après avoir chassé son fils et désigné Tartuffe comme héritier, autorisait le dévot à voir sa femme en toute liberté — pouvait laisser présager une suite où la morale put être sauve. Quoi qu'il en soit, le mal est fait aux yeux de la vieille cour scandalisée par *L'Hypocrite* qu'elle juge «absolument injurieuse à la religion et capable de produire de très dangereux effets». L'interdiction royale de donner des représentations publiques du *Tartuffe* ne constitue pas un désaveu du roi pour son protégé. Le monarque a peut-être cédé aux pressions de sa mère et au parti dévot qu'il a en aversion, mais il ne maintient pas moins son soutien à Molière.

C'est d'ailleurs grâce à cet appui discret du roi et à l'encouragement de ses amis, dont des gens de la noblesse, que Molière entreprend la défense de sa pièce. Les représentations privées n'étant pas touchées par l'interdit, la troupe a tout le loisir d'offrir ses services à des particuliers, et notamment à Monsieur, le frère du roi, à Villers-Cotterêts, ainsi qu'à la princesse Palatine et au prince de Condé au Raincy. De tous les appuis dignes de servir sa cause, le commentaire favorable du cardinal Chigi, légat du pape, au terme d'une lecture de la pièce à Fontainebleau, en août 1664, est le plus susceptible de raviver les espoirs de Molière. Celui-ci est, en effet, exaspéré par l'acharnement du curé d'une paroisse de Paris, l'abbé Roullé, qui le traite publiquement de «démon vêtu de chair» voué au feu du bûcher et de l'enfer.

Dans un premier placet[1] adressé au roi à la fin août, le dramaturge évoque l'approbation du prélat et dénonce les attaques injustifiées du curé de Saint-Barthélemy ; il a beau plaider les vertus de la comédie dont le devoir est «de corriger les hommes en les divertissant» et rappeler les précautions prises à l'égard des vrais dévots, distincts des hypocrites, sa demande de justice reste vaine auprès d'un roi qui n'est pas encore en mesure de le réhabiliter publiquement. Non découragé par ses essais infructueux, Molière poursuit sa croisade en multipliant les lectures et en retravaillant sa comédie. La pièce jouée le 29 novembre 1664, au Raincy, est désormais, encore selon le témoignage du comédien de La Grange, «parfaite, entière et achevée en cinq actes». On ne sait rien de l'état du texte à ce moment et les remaniements se poursuivront jusqu'en 1667.

Toutefois, c'est sur un autre terrain que Molière entend faire une nouvelle percée en donnant une suite au *Tartuffe* avec la création de *Dom Juan*, le 15 février 1665, au Palais-Royal. Dans cette comédie baroque inspirée de la dramaturgie espagnole et mettant en scène un noble séducteur et libertin qui joue l'hypocrite pour assouvir ses ambitions personnelles, Molière fustige ouvertement les faux dévots et dénonce ce «vice privilégié» du siècle qu'est l'hypocrisie. De manière à prévenir les nouvelles attaques de ses adversaires, il prend le soin de condamner explicitement le

---

1 Le placet est une demande écrite visant à obtenir justice ou encore une faveur de la part d'une personne en position d'autorité.

plus contagieux des péchés en vouant aux feux de l'enfer l'ignoble impie lors du dénouement.

La pièce connaît un réel succès au cours des quinze représentations offertes au public parisien, mais, après Pâques, elle est discrètement retirée de l'affiche, vraisemblablement à la suite des pressions exercées par le parti dévot. Le roi, qui n'a pas vu la pièce sur laquelle il ose à peine se prononcer, maintient pendant ce temps son appui à Molière et accorde à sa troupe le titre de Troupe du Roi avec une généreuse pension de 6000 livres. Fort de cette reconnaissance royale, Molière offre de nouvelles lectures privées du *Tartuffe* et s'emploie à l'écriture du *Misanthrope* qu'il livre au Palais-Royal, le 4 juin 1666.

Dans cette nouvelle pièce, plutôt amère, le héros Alceste dénonce cette fois l'hypocrisie mondaine en société en décochant quelques flèches aux faux dévots. La comédie passe relativement bien la rampe, mais les détracteurs de Molière, dont les membres de la cabale devenus plus discrets depuis la mort de leur alliée Anne d'Autriche, ouvrent publiquement le débat sur la moralité du théâtre. Ainsi, en août, l'abbé d'Aubignac, théoricien du théâtre et ancien allié de Molière, déplore, dans sa *Dissertation sur la condamnation des théâtres*, la «vieille corruption» dans laquelle le théâtre s'est enlisé; en décembre, la publication posthume du *Traité de la comédie* du prince de Conti, libertin notoire converti et ancien protecteur de la troupe de Molière, s'en prend avec rage à l'auteur de *Dom Juan* et décrie sa pièce qu'il qualifie d'école d'athéisme. Dans un contexte aussi rigoriste, alors que les amis d'autrefois deviennent des ennemis qui condamnent sans nuance la comédie, Molière prend presque l'allure d'un dangereux pestiféré.

La deuxième version : *L'Imposteur*

Pourtant, au début de l'année 1666, alors que Louis XIV affirme de plus en plus clairement son pouvoir, Molière sent le vent tourner en sa faveur. Après avoir sans doute interprété comme des paroles d'encouragement de la part du roi la levée de l'interdit qui pèse sur *Le Tartuffe*, il met à l'affiche au Palais-Royal, le 5 août 1667, ce qui apparaît comme une nouvelle comédie en cinq actes intitulée *Panulphe ou l'Imposteur*. Le personnage éponyme a beau avoir changé son nom pour celui de Panulphe et troqué son petit collet et sa soutane pour «un petit chapeau, de grands cheveux, un grand collet, une épée et des dentelles sur tout l'habit», dit Molière dans son second placet, ni le public, ni les dévots, ni les autorités ne sont dupes du subterfuge. Tous reconnaissent en cet homme du monde, et ce, malgré la suppression de certains passages irritants et désobligeants à l'égard de la religion, *L'Hypocrite* de 1664.

Malgré le succès, la controverse recommence et le président du Parlement, Lamoignon, membre du parti dévot et détenteur de l'autorité en l'absence du roi, qui participe au siège de Lille, en Flandre, en interdit dès le lendemain les représentations. Après de vaines démarches auprès de ses alliés, Molière rédige un nouveau placet au roi, que ses comédiens de La Grange et La Thorillière vont personnellement lui porter. L'auteur souligne les adoucissements qu'il a apportés à sa pièce et dénonce encore une fois l'offensive des faux dévots qui, s'ils persistent, précise-t-il, l'obligeront à cesser d'écrire des comédies. Malgré la promesse du roi de faire examiner la pièce à son retour à Paris, l'interdiction reste sans appel et les portes du Palais-Royal, closes jusqu'au 26 septembre. La tension est à son comble pendant cette période puisque, depuis le 11 août, un mandement de l'archevêque de Paris défend à «toutes personnes [...] de représenter, lire ou entendre réciter la susdite comédie soit publiquement soit en particulier [...], et ce sous peine d'excommunication». Son *Tartuffe* censuré, Molière, bâillonné, doit s'armer de patience pendant une année et demie, période au cours de laquelle il créera des comédies plus inoffensives comme *Amphytrion*, *L'Avare* et *George Dandin*.

C'est aussi pendant ces dix-huit mois d'accalmie que circule un ouvrage anonyme, vraisemblablement rédigé par un ami de Molière, qui prend le relais en ce qui concerne la défense du *Tartuffe*. En effet, *La lettre sur la comédie de l'Imposteur*, signée C. et publiée le 20 août 1667, fait l'éloge du dramaturge et propose une longue analyse de l'action, scène par scène. C'est d'ailleurs à partir de ce précieux document qui commente et paraphrase de nombreux passages de la pièce qu'il nous est possible de reconstituer la deuxième version de ce texte qui a été perdue. La pièce en cinq actes, qui a été remaniée depuis 1664, ressemble sensiblement à la version définitive qui sera autorisée en 1669. Molière y a ajouté un acte mettant en situation Mariane et Valère, dans la scène du dépit amoureux, transformé la finale du triomphe de l'hypocrite en simple péripétie à la fin de l'ACTE IV et proposé un dénouement plus conforme aux règles du genre comique en condamnant à la prison l'imposteur et en rétablissant Orgon dans ses droits. La pièce, il va sans dire, est pleinement achevée et Molière n'attend plus qu'une conjoncture favorable pour lui donner son envol.

La troisième version : *Le Tartuffe ou l'Imposteur*

La «paix clémentine» que conclut Louis XIV avec le pape Clément IX, en janvier 1669, met fin aux tensions religieuses qui affectaient notamment les jansénistes et affaiblit les dévots de plus en plus effacés devant l'autorité du roi, encore plus déterminé à les accabler. La volonté royale s'exprime le 5 février par la levée de l'interdit qui frappait *Le Tartuffe* depuis 1664. Molière modifie le titre de sa troisième version en *Le Tartuffe ou l'Imposteur*, transforme le héros en directeur de conscience laïc plus sobre et austère que noble et mondain, supprime certains passages litigieux, abrège la longue attaque contre la casuistique, assouplit le style de

TROISIESME PLACET,
PRESENTE' AV ROY.

Sire,

Vn fort honneste Medecin, dont i'ay l'honneur d'estre le Malade, me promet, & veut s'obliger pardeuant Notaires, de me faire viure encore trente années, si ie puis luy obtenir vne grace de Vostre Majesté. Ie luy ay dit sur sa promesse, que ie ne luy demandois pas tant, & que ie serois satisfait de luy, pourueu qu'il s'obligeât de ne me point tuer. Cette grace, Sire, est vn Canonicat de vostre Chapelle Royale de Vincennes, vaccant par la mort de......

Oserois-je demander encore cette grace à Vostre Majesté le propre jour de la grande resurrection de Tartuffe, ressuscité par vos bontez? Ie suis par cette premiere faueur réconcilié auec les Deuots. & ie le serois par cette seconde auec les Medecins. C'est pour moy sans doute trop de grace à la fois; mais peut-estre n'en est-ce pas trop pour Vostre Majesté; & i attend auec vn peu d'esperance respectueuse la réponse de mon Placet.

Troisième placet au roi sur *Tartuffe*.

ÉDITIONS ORIGINALES DE JEAN RIBOU.
Bibliothèque nationale, Paris.

quelques dialogues et change les appels du pied d'Elmire par une toux ; bref, il peaufine une pièce déjà prête à recevoir l'accueil généreux d'un public dont la curiosité a été piquée par cinq années de censure.

La première a lieu le jour même au Palais-Royal et remporte un succès sans précédent : une première recette de 2680 livres et 34 représentations consécutives. C'est le triomphe du roi et du poète sur la cabale, une grande victoire pour la liberté de création. En signe de reconnaissance, l'auteur signe un troisième et dernier placet qui souligne «la grande résurrection de Tartuffe», et s'empresse de faire publier le texte qui sort des presses le 23 mars, accompagné d'une longue préface[1] qui prévient les attaques éventuelles des dévots. Trois mois plus tard paraît une seconde édition incluant les trois placets. Le succès du chef-d'œuvre se poursuit du vivant de Molière et atteint 77 représentations.

Le Tartuffe en Nouvelle-France

Trente ans après la création du *Tartuffe* à Paris, en 1664, le projet de monter la célèbre pièce controversée de Molière dans la jeune colonie d'Amérique suscite l'inquiétude de l'évêque de Québec, Mgr de Saint-Vallier. Forts du succès remporté avec *Nicodème* de Corneille et *Mithridate* de Racine au château Saint-Louis en 1693, des acteurs amateurs soutenus par le gouverneur Frontenac organisent, au début de l'hiver 1694, les répétitions du *Tartuffe*, vraisemblablement sous la direction du lieutenant Jacques de Mareuil qui doit en assurer le rôle-titre. Alerté par la rumeur, l'évêque demande à l'abbé Glandelet de lire, le dimanche 10 janvier à l'église de Notre-Dame-des-Victoires, une instruction concernant les comédies considérées tantôt

---

1 Cette préface est présentée en annexe aux pages 265 à 269.

La Nouvelle-France (Québec) en 1700.
Archives nationales du Canada.

comme «absolument mauvaises et criminelles», tantôt «comme étant très mauvaises et très pernicieuses d'elles-mêmes, quand même on se servirait du prétexte de les représenter pour reprendre le vice et corriger les mœurs»[1].

Malgré l'allusion précise à la comédie de Molière et la condamnation du théâtre en général, le projet n'est pas abandonné pour autant. L'évêque est alors forcé d'affirmer personnellement son autorité en signant deux mandements qui sont lus le dimanche 17 janvier à l'église. Dans le premier, *Mandement sur les discours impies*, il accuse Mareuil d'avoir tenu des propos blasphématoires et demande aux prêtres du diocèse de lui refuser la communion ; dans le second, *Mandement au sujet des comédies*, qui s'inscrit dans l'esprit de l'instruction de l'abbé Glandelet lue la semaine précédente, il attaque explicitement *Le Tartuffe*, classé parmi les «comédies impies ou impures, ou injurieuses au prochain», et défend expressément «à toutes les personnes [...] de quelque qualité et condition qu'elles soient de s'y trouver»[2].

L'interdiction formelle de jouer *Le Tartuffe* et d'assister aux représentations constitue une attaque directe au gouverneur qui fait la sourde oreille puisque les répétitions semblent aller bon train au château Saint-Louis. Convaincu de la nécessité d'empêcher ce spectacle qui, à ses yeux, ridiculise la religion et, par conséquent, risque d'entacher son prestige et celui de l'Église canadienne, Mgr de Saint-Vallier se voit contraint de soudoyer Frontenac. Selon certains témoignages, alors qu'il se promenait en compagnie de l'intendant Champigny par une belle journée d'hiver, le

---

1 Charles de Glandelet, «Éclaircissement touchant la comédie», 9 janvier 1694, MEQ, VOL. 1, p. 305-306, cité dans LAFLAMME et TOURANGEAU, *L'Église et le théâtre au Québec*, Fides, 1979, p. 61 et 63.

2 Mgr de SAINT-VALLIER, «Mandement au sujet des comédies», 16 janvier 1694, MEQ, VOL. 1, p. 303, cité dans LAFLAMME et TOURANGEAU, *op. cit.* p. 65. Voir aussi l'article de Baudouin Burger, «Les spectacles dramatiques en Nouvelle-France», dans *Le théâtre canadien français*, Montréal, Fides, 1976, p. 49-52.

prélat aurait rencontré devant la chapelle des jésuites le gouverneur à qui il aurait offert cent pistoles pour qu'il renonce au projet de présenter la comédie. Ce dernier, alléguant les dépenses encourues, aurait finalement accepté l'offre en riant. Mais la victoire de Saint-Vallier ne s'arrête pas là. Le 1er février 1694, il fait traduire Mareuil devant le conseil souverain. Le lieutenant, qui a osé adresser des reproches à l'évêque par notaire interposé, est incarcéré en vertu de la Loi sur les blasphémateurs. Frontenac tente de se mêler de l'affaire, mais doit attendre le départ de l'évêque pour la France avant de libérer son protégé, le 24 novembre 1694. «L'affaire Tartuffe» illustre à plus petite échelle la lutte entre les pouvoirs religieux et politique qui avait cours dans la métropole : le gouverneur et l'évêque ont été l'objet de légères réprimandes par les autorités. Il faudra attendre deux siècles, soit jusqu'en 1893, pour finalement voir *L'Imposteur* sur les scènes québécoises[1].

L'ESTHÉTIQUE DE L'ŒUVRE

Une grande comédie de mœurs et de caractère

Depuis *L'École des femmes*, Molière excelle dans la grande comédie, en cinq actes et en alexandrins, dans laquelle il privilégie la profondeur psychologique des personnages au détriment de l'intrigue. Bien qu'elle soit solidement appuyée sur le modèle de la comédie italienne par l'intrigue des jeunes amoureux aidés par la servante dans leur lutte contre un mariage forcé et largement inspirée de la farce médiévale par la thématique du cocuage et le comique de gestes, la comédie du *Tartuffe* dépasse sa fonction traditionnelle, qui est de faire rire le public, pour lui offrir une étude de caractère et une critique des mœurs de son époque. En effet, en déplaçant le centre d'intérêt, de la liaison entre

---

1 Sur l'affaire Tartuffe, voir SALOMON, Herman Prins, *Tartuffe devant l'opinion française*, Paris, P.U.F., 1962, p. 102-121.

Mariane et Valère vers l'analyse des traits de personnalité de Tartuffe et d'Orgon, Molière développe la comédie de caractère dans laquelle l'exagération des comportements contribue à la satire sociale.

Contrairement aux personnages traditionnels de la farce, de la comédie d'intrigue ou de la *commedia dell'arte*, où le personnage est d'abord une figure type vaguement esquissée, les protagonistes de la comédie de caractère atteignent une finesse de psychologie et une humanité qui révèlent leur universalité. À l'instar d'Arnolphe, ce père tyrannique, d'Harpagon, ce cupide avaricieux, et d'Argan, cet hypocondriaque obsédé, Tartuffe et Orgon sont deux personnages dévorés respectivement par les vices de l'hypocrisie et du fanatisme poussés à l'extrême, dont les signes extérieurs provoquent le rire. A priori, le personnage éponyme apparaît sombre et inquiétant, compte tenu de la menace qu'il laisse planer sur la famille, mais ses attitudes ostentatoires, son langage affecté et surtout ses contradictions illustrent sa maladresse d'acteur. En jouant gros et mal son rôle d'hypocrite, Tartuffe montre à son insu la distance qui sépare son masque de dévot de son vrai visage d'imposteur et suscite ainsi l'indignation ou la moquerie des autres personnages, à l'exception d'Orgon et de madame Pernelle, qui sont aveuglés par l'image de sainteté qu'ils se sont fabriquée.

C'est d'ailleurs cette naïveté et cette obsession digne de la folie qui font d'Orgon le personnage le plus comique de la pièce. Dévot sincère, Orgon devient ridicule dans son admiration exagérée envers Tartuffe (ACTE I, SCÈNE 5) et dans son emportement puéril auprès de Dorine (ACTE II, SCÈNE 2) ; il est même odieux dans sa colère contre Damis qu'il chasse (ACTE III, SCÈNE 6) et contre Mariane à laquelle il impose un mariage qui ne lui convient pas (ACTE IV, SCÈNE 3). Presque pitoyable dans sa position humiliante sous la table pendant que Tartuffe révèle sa vraie nature à Elmire (ACTE IV, SCÈNE 5), Orgon ne suscite jamais la sympathie du spectateur qui ne peut évidemment s'identifier à un être aussi borné et fanatique.

Des procédés comiques

Si le comique de caractère fait preuve d'efficacité auprès du public, c'est qu'il est soutenu par d'autres procédés comiques qui contribuent à révéler le ridicule des situations, à amplifier les traits de caractère. Parmi ces procédés, hérités notamment de la tradition de la farce et qui entrent en jeu dans la pièce, signalons trois catégories. Le comique de situation se développe lorsqu'un élément inhabituel et cocasse survient dans le déroulement de l'action, provoquant aussi un effet de surprise. C'est le cas notamment lors de la sortie de l'armoire de Damis qui interrompt Tartuffe et Elmire (ACTE III, SCÈNE 4), de même que pendant la longue attente d'Orgon caché sous la table (ACTE IV, SCÈNE 5). Le quiproquo, qui correspond à un malentendu ou à une méprise de la part des personnages interprétant différemment une situation, se dessine dans la scène du dépit amoureux entre Mariane et Valère (ACTE II, SCÈNE 4). Enfin, le procédé de la manipulation ou du pantin à ficelle est bien exploité par la confession de Tartuffe (ACTE III, SCÈNE 6). Piégé par la dénonciation de Damis, l'hypocrite attire la pitié d'Orgon par un aveu spectaculaire qui suscite une méprise dont l'effet renverse la situation en sa faveur. Ce procédé de l'inversion, où les rôles sont intervertis selon le principe de l'arroseur arrosé, apparaît aussi dans le deuxième entretien d'Elmire avec Tartuffe (ACTE IV, SCÈNE 5). En voulant piéger l'imposteur, Elmire se fait prendre à son propre jeu étant donné le silence d'Orgon. Une situation analogue, mais moins dramatique, s'impose à ce dernier lorsqu'il tente désespérément de convaincre sa mère de l'imposture de Tartuffe : «Juste retour, Monsieur, des choses [lui rappelle Dorine]/Vous ne vouliez point croire, et l'on ne vous croit pas» (ACTE V, SCÈNE 3, vers 1695 et 1696).

Complémentaire du comique de situation, le comique de gestes suscite le rire lorsque la gestuelle, les déplacements ou les mouvements des personnages acquièrent une habitude mécanique ou prennent la forme d'un automatisme. On songe à la gifle de madame Pernelle à Flipote (ACTE I, SCÈNE 1), au soufflet manqué d'Orgon à Dorine (ACTE II, SCÈNE 2), au ballet des amoureux et à la course de Dorine pour les réconcilier (ACTE II, SCÈNE 4), à la scène du mouchoir que tend Tartuffe à Dorine pour couvrir son sein (ACTE III, SCÈNE 2), au jeu de chaises de Tartuffe et d'Elmire précédé des attouchements de l'imposteur (ACTE III, SCÈNE 3) et, finalement, à la toux d'Elmire pour signifier à Orgon l'urgence de sortir de sous la table (ACTE IV, SCÈNE 5).

Le comique de mots, quant à lui, a recours à des procédés verbaux comme le calembour, la répétition, l'ambiguïté, la parodie, l'ironie et la satire. Relativement peu riche en jeux de mots ou en inventions verbales, exception faite du néologisme «tartuffiée» (vers 674) visant à désigner le sort peu enviable qui attend Mariane une fois mariée à Tartuffe, la comédie abonde cependant en procédés aussi efficaces comme la répétition des répliques «Et Tartuffe?» suivies de «Le pauvre homme!» que prononce Orgon pendant que Dorine lui fait part de la maladie de sa femme et de la santé de Tartuffe (ACTE I, SCÈNE 4). Tout aussi mécaniques sont les questions et réponses brèves de Mariane et de Valère, suivies des stichomythies[1] (vers 699 à 703), dans la scène du dépit amoureux (ACTE II, SCÈNE 4). Le procédé de l'ambiguïté trouve, quant à lui, sa meilleure illustration dans la réplique d'Elmire (ACTE IV, SCÈNE 5, vers 1507 à 1519) dans laquelle le pronom personnel «on» renvoie autant à Tartuffe qu'à Orgon.

---

1 Les stichomythies apparaissent dans le dialogue lorsque les personnages se donnent la réplique vers pour vers, créant ainsi un effet de symétrie.

La parodie s'exprime dans la confession de Tartuffe, s'humiliant et réclamant le châtiment pour tous ses péchés (ACTE III, SCÈNE 6), et surtout lorsqu'il essaie d'influencer Elmire par une imitation de directeur de conscience qui frôle le burlesque (ACTE IV, SCÈNE 5, vers 1488 à 1496). À l'instar de l'antiphrase, l'ironie est le procédé privilégié par le personnage de Dorine, qui se moque allègrement de Mariane et d'Orgon en leur exprimant le contraire de sa pensée. Ainsi, pour stimuler la combativité de Mariane à s'objecter à un éventuel mariage avec Tartuffe, elle lui recommande d'obéir à son père (ACTE II, SCÈNE 3) et, pour appuyer l'imposture de Tartuffe qu'évoque Orgon devant sa mère, Dorine reprend en écho la réplique «Le pauvre homme!» sur un ton ironique signifiant qu'il a désormais acquis un statut social respectable (ACTE V, SCÈNE 3, vers 1657). Toutefois, l'ironie devient vraiment cinglante lorsque la servante parodie l'aveuglement de madame Pernelle après que cette dernière eut admis la vérité sur Tartuffe (ACTE V, SCÈNE 5, vers 1815 à 1820).

Une satire de mœurs

Le comique de caractère, conjugué aux procédés comiques propres à la farce ou à la comédie d'intrigue, contribue à la richesse de cette grande comédie qu'est *Le Tartuffe*. Mais, ici, Molière élargit le portrait de l'hypocrite pour brosser un tableau de la famille bourgeoise ainsi qu'une fresque sociale. En créant, d'une part, des personnages empruntés à la réalité et regroupés autour de la cellule familiale, puis en amplifiant, d'autre part, les comportements hypocrites et fanatiques de certaines personnalités types de la société de l'époque, Molière propose à ses contemporains une cruelle satire de mœurs qu'ils ont beaucoup de mal à accepter. Même si l'auteur prétend ne pas critiquer la religion, ce qui serait inconvenant, voire sacrilège, ni blesser les vrais dévots — les interventions de Cléante le démontrent — la charge qu'il lance contre l'imposture religieuse et la dérision de la dévotion aveugle offusquent une large part de la population qui entend porter le débat sur la place publique. En dénonçant, par le mode satirique, le vice qu'il estime être ce qu'il y a de plus dangereux pour l'État et en attaquant explicitement la cabale des dévots, *Le Tartuffe* prend la forme d'une arme politique subversive et fait de la comédie un instrument de combat moral et philosophique où la vérité lumineuse triomphe du mensonge des ténèbres.

Une structure classique

D'abord créée en trois actes dans le cadre des fêtes baroques des *Plaisirs de l'île enchantée*, en mai 1664, puis représentée avec le succès que l'on sait à partir de février 1669 dans sa version définitive, la pièce *Le Tartuffe*, avec *Le Misanthrope*, constitue le sommet de la comédie classique. En effet, cette grande comédie en cinq actes et en vers souscrit aux principes de raison, d'équilibre et d'universalité, respecte les règles de la vraisemblance, de la bienséance et des trois unités. Soucieux de clarté et de rigueur, Molière conçoit une structure dramatique complexe, certes, mais solidement organisée autour d'un héros unique et stable qui reste fidèle à son masque de dévot jusqu'à la fin. Il répartit, de plus, la douzaine de personnages dans les cinq actes, tous relativement égaux, les regroupe dès la première scène de manière à les placer en situation d'affrontement, en deux clans opposés (la raison contre la passion), pour finalement les réunir contre l'imposteur à la scène finale. L'auteur trace des situations parallèles, dont les deux entretiens d'Elmire et de Tartuffe épiés par un personnage dissimulé, et s'assure de la continuité entre les actes de manière à soutenir l'action et l'intérêt du spectateur. Grâce à une économie de ressources scéniques (un seul décor, peu d'accessoires) et à une prédilection marquée pour l'action et l'approfondissement des

P. Brissart d.   J. Sauvé f.

LES PLAISIRS DE L'ILE ENCHANTÉE

Frontispice pour l'édition originale :
Les Plaisirs de l'Île enchantée.

GRAVURE DE BRISSARE ET SAUVÉ, 1682.
Bibliothèque nationale, Paris.

personnages, *Le Tartuffe* s'inscrit a priori dans l'esprit de la doctrine classique en observant les règles de la vraisemblance, de la bienséance et des trois unités.

La vraisemblance et la bienséance

La vraisemblance, selon le théoricien du théâtre Patrice Pavis, se définit par la possibilité, pour le public, de croire en la fiction, par la nécessité d'y reconnaître des comportements humains et par le désir de s'identifier aux personnages. À cet égard, le portrait de la famille bourgeoise, de même que les traits de caractère des personnages reflètent bien une certaine «vérité» psychologique et sociale, même si la témérité de Tartuffe et la naïveté d'Orgon peuvent sembler exagérées. Néanmoins, les personnages évoluent avec cohérence et les actes qu'ils posent sont en accord avec la logique de l'action et leurs motivations profondes.

Cette recherche de cohésion rejoint aussi la règle de la bienséance qui requiert des héros des mœurs socialement acceptables, c'est-à-dire conformes aux codes de conduites, aux valeurs et aux idéologies en cours dans la société. Cela implique donc l'exclusion de la violence explicite, de la sexualité ou de la vulgarité. Si l'on peut affirmer que Molière respecte l'esprit de la bienséance en maintenant les personnages et les situations à un niveau acceptable de morale et de bon goût, il faut en revanche avouer qu'il frôle parfois la grossièreté, notamment dans la scène du mouchoir, où Dorine évoque la nudité de Tartuffe, ainsi que dans les deux entretiens entre Tartuffe et Elmire. La sensualité de l'imposteur, ses attouchements sur Elmire et surtout son invitation à commettre l'adultère en présence d'Orgon dissimulé sous la table versent presque dans l'indécence sans toutefois compromettre la bienséance. En effet, l'auteur se rend à la limite de l'acceptable pour une plus grande efficacité comique; aussi prend-il soin d'élever le niveau de langage dans les situations les plus scabreuses et, de même, il justifie l'emploi de termes familiers ou de propos scandaleux par des didascalies — entre autres, pour Dorine (ACTE I, SCÈNE 2, vers 194)[1] et pour Tartuffe (ACTE IV, SCÈNE 5, vers 1487) — de manière à atténuer toute susceptibilité de la part du spectateur.

L'unité de temps et de lieu

Conséquence directe de la vraisemblance, l'unité de temps et de lieu réclame que l'action se déroule en moins de vingt-quatre heures, dans un seul espace dramatique et scénique. Depuis le lever du rideau à l'ACTE I jusqu'à la dernière scène de l'ACTE V, les personnages évoluent dans la salle basse du rez-de-chaussée de la maison parisienne d'Orgon au cours d'une période de la journée inférieure à douze heures. La scène première débute vraisemblablement un matin d'hiver des années 1660 et la dernière scène prend fin avant le début de la nuit. Entre les actes, les personnes se livrent à diverses occupations, dont la rédaction des documents de la donation et du contrat de mariage après l'ACTE III, la préparation de l'acte de saisie de monsieur Loyal et la dénonciation d'Orgon auprès du roi avant l'ACTE V. Bien sûr, le dernier acte, fertile en rebondissements et en coups de théâtre, crée l'impression d'un éparpillement de l'action en un court laps de temps, ce qui soulève la question de l'unité d'action et de la cohérence de la structure dramatique qu'il convient maintenant d'examiner.

L'unité d'action

Des trois unités, nous dit Patrice Pavis, l'unité d'action reste fondamentale, «car elle engage la structure dramatique tout entière»[2]. Étant donné sa complexité structurelle, *Le Tartuffe* n'offre pas une action vraiment unifiée. Cette

---

1   La didascalie (ou indication scénique) «*C'est une servante qui parle*», qui apparaît au vers 194, justifie la trivialité du verbe «roter» que prononce Dorine.

2   Patrice Pavis, *Dictionnaire du théâtre*, «Unité d'action», Paris, A. Colin, 2002.

unité est, en fait, plutôt centrée sur le personnage principal qui, plus qu'un simple obstacle, constitue le centre d'intérêt de la pièce, le cœur de l'intrigue principale, reléguant ainsi l'intrigue amoureuse entre Mariane et Valère au second plan. L'intrigue première du *Tartuffe* repose sur une double question, pour la famille d'une part et pour Tartuffe d'autre part : comment se débarrasser du parasite ? et, son corollaire, comment s'incruster jusqu'à satiété ? La réponse comprend aussi deux volets : mettre fin à l'aveuglement du maître de la maison et maintenir Orgon dans son ignorance. Rigoureusement organisée autour de cette tension, l'action se resserre et est relancée au fil des scènes par de nombreuses péripéties toutes plus périlleuses les unes que les autres. Ces périls et la vaine tentative pour les contrer nouent de façon très serrée une action qui n'obtiendra sa résolution qu'à la toute fin, dans un dénouement aussi imprévisible que spectaculaire.

Dans la dramaturgie classique, l'exposition, c'est-à-dire la situation initiale qui fournit les informations utiles à la compréhension de l'action, se retrouve dans les premières scènes de la pièce. Tout l'ACTE I expose le danger potentiel qui plane sur la famille d'Orgon, désorganisée depuis l'installation du parasite. Ce désordre général qui menace l'autorité paternelle enclenche une série de péripéties, ou revirements de situation, qui agissent comme un engrenage sur les personnages victimes de l'imposture. La passion aveugle d'Orgon pour Tartuffe a pour conséquence l'apparition de cinq périls, dont le premier réside dans le projet de mariage entre Tartuffe et Mariane, lequel fait obstacle à l'union entre Mariane et Valère. Pour vaincre cet obstacle, Elmire intervient auprès de Tartuffe qui tente de la séduire et, par conséquent, menace la fidélité du couple. Cette tentative échoue à cause de l'intervention inopinée de Damis dont la maladresse renforce le pouvoir et l'avidité de l'imposteur. Deux nouveaux périls apparaissent à la suite de

Le Tartuffe.

DESSIN DE GARNERAY.
Bibliothèque de la Comédie-Française.

cette bévue : Damis est déshérité, Orgon réclame la présence de Tartuffe auprès de sa femme, lui fait don de ses biens et concrétise le projet de mariage. La deuxième intervention d'Elmire, qui amène Orgon à la lucidité, écarte le péril du mariage forcé, mais la donation et la remise de la cassette laissent craindre la vengeance de Tartuffe. La dépossession d'Orgon s'accomplit par l'acte de saisie de monsieur Loyal et la trahison de l'imposteur se révèle à l'arrivée de l'exempt accompagné de Tartuffe, venu expressément pour assister à l'arrestation de son bienfaiteur.

Cette succession de périls qui assaillent Orgon et sa famille jusqu'à la condamnation crée une atmosphère d'angoisse qui préfigure le climat des drames bourgeois du XVIIIe siècle. Cependant, la comédie classique requiert un dénouement heureux, c'est-à-dire une résolution des conflits et des obstacles en faveur des protagonistes qui ont acquis la sympathie du public. Bien sûr, la situation d'Orgon, à la fin de l'ACTE V, est si désespérée qu'on ose à peine entrevoir une issue favorable. Par conséquent, Molière fait appel à une astuce dramaturgique appelée *deus ex machina* qui signifie en latin «un dieu descendu au moyen d'une machine». Il s'agit donc d'une intervention inattendue et providentielle d'un personnage ou d'un événement suffisamment fort pour dénouer une situation inextricable. À cet égard, l'intervention surprise de l'exempt, représentant du roi chargé en apparence d'arrêter Orgon, est un coup de théâtre qui assure un dénouement euphorique par un renversement de situation inespéré.

D'aucuns ont critiqué ce dénouement jugé artificiel et imprévisible, donc éloigné de la doctrine classique qui exige l'apparition d'indices du dénouement dès le premier acte. De fait, l'existence de la cassette compromettante, qui est à la source de la trahison de Tartuffe et la cause de son échec, n'est révélée qu'à la fin de l'ACTE IV. Toutefois, l'intervention royale n'est pas moins justifiable et logique du point de vue du dramaturge, qui a besoin d'une autorité suprême plus clairvoyante pour punir le criminel, restituer le père aveugle dans ses droits et rétablir l'ordre social menacé par le fléau de l'hypocrisie. C'est d'ailleurs cette présence du prince, par la voix de l'exempt, dans ce dénouement inusité qui a amené des critiques comme Jacques Guicharnaud à observer les signes d'inspiration baroque du *Tartuffe*. La place de Louis XIV dans le système dramaturgique de la pièce est semblable à celle de Dieu dans les œuvres baroques et celle d'Orgon, exprimant sa gratitude à l'égard de son souverain avant de confirmer le mariage de Mariane et de Valère, est comparable à la nouvelle position de Molière qui, après cinq années de disgrâce, retrouve ses droits et la liberté de création.

Une dramaturgie baroque

Bien qu'il soit de facture classique par son respect des règles de vraisemblance, de bienséance et des trois unités — l'unité d'action frôlant les limites de la transgression — *Le Tartuffe* ne nie pas pour autant ses influences baroques. Celles-ci se font sentir, notamment, par cette tendance aux déplacements constants des personnages et à leur arrivée soudaine dans le cœur de conversations animées au début de chaque acte (à l'exception de l'ACTE II). Plus encore, cette inspiration baroque est au centre même de la dramaturgie qui fait appel à des personnages masqués, contraints de s'efforcer à paraître ce qu'ils ne sont pas afin d'accéder à la réalité désirée. Ainsi, le personnage de Tartuffe est essentiellement baroque, malgré son opacité et sa stabilité apparente.

Sauf devant Elmire, à qui il témoigne de ses sentiments amoureux sincères dans deux déclarations non dénuées de théâtralité, Tartuffe est d'abord «hypocrite» au sens grec du terme, c'est-à-dire l'acteur qui joue un rôle, qui feint l'ascétisme, la dévotion et l'humilité pour mieux cacher, maladroitement, cela va sans dire, son appétit, sa soif de pouvoir, voire sa mégalomanie. Mais cette deuxième nature que s'impose Tartuffe en demeurant chez Orgon devient sa nature première, une habitude parfaitement intégrée au point de contaminer tous les membres de la famille piqués, pour ainsi dire, par le virus de la comédie. Les premiers affectés sont, bien entendu, Orgon et madame Pernelle qui, prenant l'illusion de la dévotion pour la réalité, se jouent eux-mêmes la tartufferie et s'enfoncent aveuglément dans le mensonge ; à l'opposé, les personnages de bonne foi comme Damis ou Elmire doivent respectivement se dissimuler dans une armoire et jouer la coquette séductrice avec la complicité d'Orgon «déguisé» en table, pour faire éclater la vérité, pour démasquer l'imposteur. Cette tendance à feindre des sentiments atteint même Cléante, qui fait semblant de voir en Tartuffe un bon chrétien capable de pardon (ACTE IV, SCÈNE 1), ainsi que Mariane et Valère qui jouent la comédie des amants blessés sous le regard amusé de Dorine. Elle-même se montre bonne comédienne lorsqu'elle tente d'infléchir la volonté d'Orgon au sujet du mariage de Mariane avec Tartuffe (ACTE II, SCÈNE 2) et d'arranger le complot susceptible de retarder ce projet (ACTE II, SCÈNE 4). Que dire du rôle de monsieur Loyal dont le langage dévot, d'une douceur affectée, cache une violence redoutable ? Et comment interpréter le silence complice de l'exempt pendant la victoire illusoire de Tartuffe, si ce n'est que par le désir de faire durer cette comédie des apparences et de rendre plus éclatante la vérité ? En somme, tout concourt à jouer le jeu, tout force à mentir dans cette comédie où la franchise de Damis est punie et la probité de Cléante n'est d'aucune efficacité.

Cette expansion de l'hypocrisie ou de la duplicité s'exprime aussi de façon ludique par les regroupements de personnages en duo ou en couple permettant autant de variations sur le thème du double : le couple Elmire-Orgon

L'hypocrisie Sous le Costume de Tartuffe.

GRAVURE DU XVIIe SIÈCLE.
Bibliothèque nationale, Paris.

entre en conflit avec le couple Tartuffe-Orgon, lui-même en opposition avec le couple Elmire-Tartuffe ; le couple Mariane-Valère fonctionne en symétrie avec le couple formé par Damis et la sœur de Valère ; le fils colérique est le portrait de son père impulsif, alors qu'Elmire a la modération et l'élégance de son frère Cléante ; monsieur Loyal est le double de Tartuffe, tout comme l'exempt est le double du roi ; la raison de Cléante et le gros bon sens de Dorine dans leur lutte contre l'imposteur s'opposent au fanatisme et à la bêtise d'Orgon et de madame Pernelle ; Flipote, le souffre-douleur de la grand-mère, trouve même un écho chez Laurent, l'apprenti dévot chargé de ranger les instruments de pénitence de Tartuffe (ACTE III, SCÈNE 2).

Cette notion du double apparaît aussi à travers la présence de situations symétriques comme les deux scènes de groupe, au début et à la fin de la pièce, les deux entretiens épiés d'Elmire et de Tartuffe (ACTES III et IV) ; les inter-ventions respectives de monsieur Loyal et de l'exempt confirmant toutes deux les périls répondent aussi, à leur manière, aux entrées aussi vaines que soudaines de Damis et de Valère à l'ACTE V. Finalement, par cette comédie des illusions où chacun a son double et est l'antithèse d'un autre, où il faut mentir pour atteindre la vérité, Molière a réussi l'exploit de créer une pièce baroque qui se cache, en quelque sorte, sous le masque du classicisme ; en drama-turge habile, il nous convie à une réflexion sur le théâtre dont l'art consiste à jouer sur les apparences de la vérité pour mieux nous faire apprécier la fragilité du réel.

Un style classique qui frôle la préciosité

Le Tartuffe est la deuxième grande comédie de Molière, après *L'École des femmes*. La rigueur de ses cinq actes en vers et son désir de divertir tout en proposant une réflexion sur une question morale l'élèvent ainsi au niveau de la tragédie classique. On a vu précédemment que la pièce souscrit au classicisme par ses règles de composition, et ce, tout en maintenant des liens avec l'esthétique baroque sur le plan de la dramaturgie. Ces deux courants qui traversent l'œuvre sur les plans formel et thématique ont aussi des échos quant au style, à la langue et à la tonalité de l'œuvre. Que l'auteur ait choisi l'alexandrin et ait privilégié une syntaxe sobre et normative classent d'emblée *Le Tartuffe* du côté de la tradition classique; en revanche, la diversité des tons adoptés et le recours occasionnel à un vocabulaire précieux révèlent ses influences baroques.

LA VERSIFICATION

Le Tartuffe compte 1962 alexandrins (vers de douze syllabes) dont les rimes plates (ou suivies) respectent l'alternance des rimes masculines (sans e final) et féminines (avec un e final). L'alexandrin classique comprend une césure (coupure) entre la sixième et la septième syllabe, donc au milieu du vers, que l'on nomme hémistiche. Pour scander le vers, c'est-à-dire pour effectuer le compte des syllabes, il faut considérer certaines règles, dont celles du e sonore qui compte comme syllabe et du e muet qui est exclu du calcul. À la fin du vers, la syllabe qui se termine par e est toujours muette; à l'intérieur, la même syllabe reste muette en fin de mot si elle est suivie d'un mot qui commence par une voyelle ou un h muet. En revanche, si la syllabe est suivie d'un mot qui débute par une consonne, elle devient sonore et compte comme une syllabe. Le vers 201 illustre bien cette règle.

1	2	3	4	5	6	7	8	9	10	11	12
Son	ca	go	tis	me_en	ti	re_à	tou	te heu	re	des	sommes,

Les syllabes numérotées 5, 7, 9 et 12 sont composées d'un e muet compte tenu respectivement de la voyelle, du h muet qui suivent et de la fin du vers. Les traits indiquent le décompte des syllabes et le double trait représente la césure à l'hémistiche.

Autre particularité importante : deux voyelles consécutives, dans un même mot, peuvent compter pour deux syllabes ou pour une seule, selon que l'auteur décide ou non de les dissocier. Lorsque celles-ci forment une syllabe, il s'agit d'une synérèse, comme dans des mots tels a/mi/tié, bruy/ant, ma/niè/re, en/tre/tien ; elles produisent plutôt une diérèse lorsque l'auteur décide de les dissocier pour créer deux syllabes, comme dans le vers 1490, dans lequel les substantifs «li/ens» et «con/sci/ence» contiennent respectivement deux et trois syllabes. N'oublions pas qu'un vers peut être composé de plusieurs répliques ; c'est le cas des vers 695 et 697, par exemple.

À l'instar des auteurs classiques qui se permettent des licences poétiques, aussi appelées libertés orthographiques, Molière modifie l'orthographe de certains mots de manière à assurer l'alexandrin. Ainsi, on trouve régulièrement l'adverbe «encore» écrit «encor» pour annuler la syllabe formée par le e final devant un mot qui débute par une consomme (vers 172) ; en ce qui concerne la préposition «jusque», qui devient «jusques», l'ajout de la consonne s assure la liaison devant un mot commençant par une voyelle et crée artificiellement une nouvelle syllabe (vers 248) ; il en est de même pour la préposition «avec» qui devient «avecque». Dans l'édition originale, l'auteur a aussi fait appel à des rimes visuelles notamment dans les mots «je voi» qui riment avec «ma foi» (vers 1155 et 1156), mais notre édition a supprimé la rime visuelle pour respecter l'orthographe ou la règle.

D'autres rimes nous renseignent sur la prononciation de certains mots qui avait cours au XVIIe siècle. Par exemple, l'adjectif «adroite» se prononce «adrète» et rime avec le mot «secrète» (vers 945 et 946). Ces particularités phonétiques apparaissaient de façon plus importante dans les premières éditions originales où les terminaisons des verbes à l'imparfait et au conditionnel s'écrivaient en «ois» et se prononçaient «oué»[1]. Les éditions contemporaines ont opté pour la terminaison moderne en «ais», c'est-à-dire pour l'état de la langue française telle qu'elle s'est définitivement fixée au milieu du XVIIIe siècle.

LES PROCÉDÉS STYLISTIQUES

En destinant sa pièce au public de la noblesse raffinée de la cour et au public bourgeois lettré du Palais-Royal, Molière se préoccupe de l'élégance de son style, ce dont témoigne d'ailleurs le rigoureux travail de versification. À l'instar de ses contemporains Corneille et Racine, qui savent faire éclater la richesse stylistique de la poésie dramatique française, l'auteur du *Tartuffe* contribue à hausser, par les nuances de son écriture, la comédie au rang des grandes œuvres. Ce classicisme de la langue moliéresque se traduit par la recherche de procédés stylistiques d'atténuation, comme l'euphémisme, la litote, l'ellipse, la comparaison et la métaphore simple, qui permettent, entre autres, de respecter la bienséance en adoucissant le propos. Voici quelques exemples que l'on retrouve dans *Le Tartuffe*.

Euphémisme
«Sachez que d'une fille *on risque la vertu*» (vers 507) : signifie qu'on incite une fille à tromper délibérément son mari.

Litote
«Il est *bien difficile* enfin d'être fidèle» (vers 513) : il est très facile de tromper son mari.

---

1 Signalons que la prononciation française de certains mots comme «moi» et «toi» donnait respectivement «moué» et «toué» au XVIIe siècle; ces particularités phonétiques sont encore fréquentes au Québec.

Ellipse

«Quelque sotte, ma foi!» (vers 576) :
une sotte aurait parlé, ce qui n'est pas le cas de Dorine.

Comparaison

«Il est de faux dévots *ainsi que* de faux braves» (vers 326) :
les faux dévots sont comme les faux braves.

Métaphore

«Vous avez là, ma fille, une *peste* avec vous» (vers 580) :
Dorine est aussi pénible que la peste.

Les figures de substitution, comme la métonymie et la synecdoque, peuvent aussi atténuer les propos.

Métonymie

«Que j'ai de quoi confondre et punir l'*imposture*» (vers 1562) :
l'imposture (mot abstrait) désigne ici l'imposteur (personne concrète), c'est-à-dire Orgon accusé d'imposture par Tartuffe, comme si les rôles se trouvaient inversés.

Synecdoque

«Et jamais d'un mari n'en trouble les *oreilles*» (vers 1034) :
les oreilles constituent une partie de toute la personne.

L'inspiration baroque de cette comédie se caractérisant, notamment, par l'exagération, qui contribue à susciter le rire, implique le recours aux procédés stylistiques comme les figures d'amplification ou d'insistance, parmi lesquelles se trouvent l'hyperbole, la périphrase, la répétition, la métaphore forte et la personnification. Les procédés d'opposition, dont l'antithèse, l'oxymore, le chiasme, l'antiphrase ou l'ironie, renforcent aussi, à leur manière, le ton baroque de plusieurs dialogues. En voici encore quelques exemples.

Hyperbole

«*Mille* caquets divers s'y font en moins de rien» (vers 159) :
le nombre de ragots est nettement exagéré.

Périphrase

«Monsieur Tartuffe ! […]

N'est pas *un homme, non, qui se mouche du pied*»

(vers 641 à 643) :

l'expression désigne un contorsionniste.

Répétition

«C'est un homme… qui, ha ! un homme… un homme enfin.»

(vers 272)

Métaphore forte ou personnification

«Mon Dieu, que votre amour en vrai *tyran* agit» (vers 1467) :

les sentiments de Tartuffe sont comparés à des actions tyranniques.

Antithèse

«Et rendre même honneur au *masque* qu'au *visage*» (vers 334) :

les deux noms ont des définitions opposées.

Oxymore

«Que ces francs charlatans» (vers 361) :

par définition un charlatan est un faux médecin.

Parallélisme, inversion et énumération

«En vous est mon espoir, mon bien, ma quiétude,

De vous dépend ma peine ou ma béatitude» (vers 957 et 958) :

les deux propositions contenues dans ces vers forment un parallélisme puisqu'elles présentent une même structure syntaxique, c'est-à-dire complément de phrase (circonstanciel), verbe, sujet. De plus, comme le sujet suit le verbe, il s'agit d'une inversion. Les trois sujets du vers 957 forment une énumération.

Chiasme

«Vous n'aurez pas grand-peine à le suivre, [je crois].

Pas plus qu'à le donner en a souffert votre âme»

(vers 700 et 701) :

les deux propositions contenues dans ces vers forment un chiasme puisqu'elles présentent une structure syntaxique inversée ou en miroir, c'est-à-dire sujet, verbe et complément de phrase/complément de phrase, verbe et sujet; bien sûr, il faut exclure les deux mots entre crochets du vers 700.

Antiphrase ou ironie

«Je suis votre servante» (vers 669):
Dorine manifeste ici qu'elle refuse de servir Mariane.

La variété des procédés littéraires utilisés contribue à la richesse stylistique du *Tartuffe*, comme nous venons de l'observer. Ce foisonnement de figures de style confirme l'appartenance de l'œuvre au classicisme et l'influence de son héritage baroque. Mais cet habile équilibre entre ces deux tendances apparaît également dans la diversité des tons et des registres de langage auxquels ont recours les personnages. À cet égard, le vocabulaire et la syntaxe jouent un rôle déterminant quant à la coloration des propos et au niveau de langue des dialogues. On évoque, bien sûr, le vocabulaire religieux et galant de Tartuffe qui, par la difficile fusion du spirituel et du charnel, révèle toute la duplicité de cet homme; de même les réponses voilées et les invitations précieuses de la coquette Elmire devant les propos insistants de l'imposteur nous convainquent que le langage peut être un masque. De plus, on observe l'opposition entre la langue familière et pittoresque de Dorine et l'éloquence hautement littéraire de Cléante, tous deux solidaires dans la même cause; les comportements puérils de Damis et le tempérament romanesque de Mariane s'expriment avec le vocabulaire et les tons propres au drame; la langue stéréotypée et vieillie de madame Pernelle trouve bien des échos dans les propos d'Orgon, prisonnier, lui aussi, des clichés et des préjugés de son époque.

Frontispice de la *Comédie des comédiens*.

GRAVURE DE G. DE SCUDÉRY, 1635.
Bibliothèque de la Comédie-Française.

LES COMPOSANTES DE L'ŒUVRE

SCHÉMA ÉVÉNEMENTIEL OU NARRATIF		
ACTE I	EXPOSITION	Visite de Mme Pernelle et affrontement avec la famille au sujet de Tartuffe, que certains considèrent comme un parasite.
	PÉRIPÉTIES	Remise en question du mariage de Mariane et Valère par Orgon.
ACTE II		Orgon impose à Mariane d'épouser Tartuffe. Opposition de Dorine au mariage forcé.
ACTE III		Elmire convainc Tartuffe de renoncer à épouser Mariane. Tartuffe menace l'union du couple Orgon-Elmire. Révélation de Damis à Orgon qui annule le succès d'Elmire et cause la déchéance du fils. Tartuffe reçoit la donation d'Orgon et a l'autorisation de fréquenter Elmire.
ACTE IV		Projet imminent de mariage entre Mariane et Tartuffe. Elmire séduit Tartuffe et le démasque. Orgon expulse Tartuffe.
	NŒUD	Tartuffe menace Orgon (coup de théâtre).
ACTE V		Monsieur Loyal expulse Orgon et sa famille. Valère propose la fuite à Orgon. Tartuffe et l'exempt viennent arrêter Orgon.
	DÉNOUEMENT	L'exempt arrête Tartuffe (coup de théâtre) et rétablit Orgon dans ses droits. Orgon annonce le mariage de Mariane et Valère.

SCHÉMA ACTANTIEL N° 1 : LA QUÊTE DE TARTUFFE

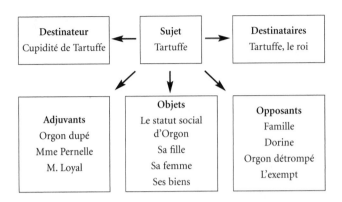

Destinateur	Sujet	Destinataires
Cupidité de Tartuffe	Tartuffe	Tartuffe, le roi

Adjuvants	Objets	Opposants
Orgon dupé Mme Pernelle M. Loyal	Le statut social d'Orgon Sa fille Sa femme Ses biens	Famille Dorine Orgon détrompé L'exempt

SCHÉMA ACTANTIEL N° 2 : LA QUÊTE D'ORGON

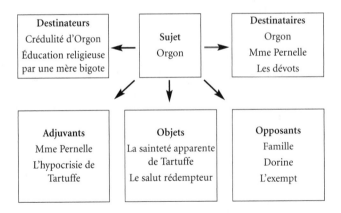

Destinateurs	Sujet	Destinataires
Crédulité d'Orgon Éducation religieuse par une mère bigote	Orgon	Orgon Mme Pernelle Les dévots

Adjuvants	Objets	Opposants
Mme Pernelle L'hypocrisie de Tartuffe	La sainteté apparente de Tartuffe Le salut rédempteur	Famille Dorine L'exempt

TABLEAU DE L'ACTION ET DES THÈMES

Acte	Scène	Action	Hypocrisie	Fanatisme	Amour	Mariage forcé	Famille	Raison/Ordre
I	1	La famille d'Orgon se dispute au sujet de Tartuffe : vrai ou faux dévot ?	•				•	
	2	Dorine raconte à Cléante comment Orgon s'est entiché de Tartuffe.		•				
	3	Damis demande à Cléante d'intervenir auprès d'Orgon au sujet du mariage prévu entre Mariane et Valère.			•	•	•	
	4	Arrivée d'Orgon qui s'informe de Tartuffe auprès de Dorine sans se soucier d'Elmire.		•	•		•	
	5	Orgon s'entretient avec Cléante au sujet de Tartuffe : discussion sur les vrais et les faux dévots.	•	•			•	•
II	1	Orgon propose à Mariane d'épouser Tartuffe.		•		•	•	
	2	Dorine tente de dissuader Orgon de marier Mariane à Tartuffe. Orgon s'emporte.	•	•		•		
	3	Dorine incite Mariane, désespérée, à s'objecter au mariage avec Tartuffe auquel Orgon veut la contraindre.				•	•	
	4	Mariane et Valère se disputent ; Dorine les réconcilie et leur propose un plan pour retarder le mariage.			•	•		
III	1	Damis se cache pour épier l'entretien d'Elmire avec Tartuffe, malgré les objections de Dorine.	•				•	
	2	Tartuffe entre en scène et s'offusque de la tenue vestimentaire de Dorine.	•					
	3	Tartuffe déclare son amour à Elmire, qui lui demande de renoncer à épouser Mariane.	•		•	•	•	
	4	Damis sort de sa cachette et tente de confondre Tartuffe. Elmire réclame la discrétion de Damis.	•				•	
	5	Damis révèle à Orgon l'aveu fait par Tartuffe à Elmire, qui banalise la déclaration.			•		•	•
	6	Tartuffe joue le jeu de la culpabilité pour sauver la face. Orgon chasse et déshérite Damis.	•	•			•	
	7	Orgon supplie Tartuffe de rester chez lui et lui fait donation de ses biens.	•	•			•	•
IV	1	Cléante tente de convaincre Tartuffe de réconcilier Orgon et Damis et de renoncer à l'héritage.	•				•	•
	2	Dorine évoque le désespoir de Mariane.			•			
	3	Mariane implore son père de renoncer à la contraindre à épouser Tartuffe. Elmire propose à Orgon une astuce visant à démasquer l'imposteur.	•			•	•	
	4	Elmire demande à Orgon de se cacher sous la table.	•					

Acte	Scène	Action	Hypocrisie	Fanatisme	Amour	Mariage forcé	Famille	Raison/Ordre
IV	5	Elmire joue le jeu de la séduction auprès de Tartuffe et le démasque.	•		•			
	6	Orgon sort de sa cachette abasourdi ; Elmire ironise au sujet de sa longue attente sous la table.						•
	7	Orgon chasse Tartuffe, qui le menace de représailles.					•	•
	8	Orgon s'inquiète au sujet d'une cassette.						•
V	1	Orgon avoue à Cléante avoir confié une cassette compromettante à Tartuffe.		•				
	2	Damis veut venger son père.					•	
	3	Madame Pernelle s'entête à croire à l'innocence de Tartuffe.		•				
	4	Monsieur Loyal apporte un mandat d'expulsion qu'il doit exécuter pendant la nuit.	•				•	
	5	Madame Pernelle reconnaît la culpabilité de Tartuffe.						•
	6	Valère propose à Orgon de fuir avant son arrestation pour trahison.					•	
	7	Tartuffe arrive en compagnie de l'exempt pour arrêter Orgon. Coup de théâtre : Tartuffe est arrêté. Orgon retrouve ses biens et annonce le mariage de Mariane et Valère.	•		•		•	•

LES PERSONNAGES

Tartuffe

Tartuffe, dont le nom s'inspire d'un personnage de la comédie italienne, s'avère un personnage méchant et hypocrite qui est devenu un type littéraire, tout comme Dom Juan et Harpagon. Cet imposteur, comme le précise le titre de la deuxième version du texte, celle de 1667, est probablement le héros le plus théâtral de l'œuvre de Molière par sa fonction qui consiste à jouer, à mentir, à simuler les gestes, à être vis-à-vis les autres ce qu'il n'est pas dans la réalité. Cet habile manipulateur du langage s'avère un escroc dangereux puisqu'en prenant le visage et l'habit d'un directeur de conscience, il réussit à parasiter la maison d'un bourgeois dévot dont il a emprisonné l'âme, ainsi que celle de la mère

de celui-ci, pour mieux le dépouiller et l'anéantir. Énigma-
tique, Tartuffe l'est au cours des deux premiers actes, alors
qu'il n'apparaît pas en scène, mais que sa présence, dans les
dialogues des membres de la famille divisée, accentue l'inquiétude, renforce la menace qu'il représente et pique la
curiosité du spectateur qui a choisi le camp des opposants.

Madame Pernelle honore Tartuffe et Orgon l'adule. Ces
deux personnages ne perçoivent en lui que les signes
extérieurs de la dévotion susceptible de leur procurer le
bien-être spirituel et d'assainir les mœurs de la famille,
jugées trop mondaines. L'imposteur est, par contre, méprisé
par ses adversaires qui ont percé à jour sa duplicité, mais qui
luttent en vain pour le chasser. Car l'hypocrite est doté
d'une force redoutable qui repose sur sa discrétion, sur son
flegme et sur son habileté à manipuler Orgon, maître de la
maison dont l'autorité est captive de sa volonté de plaire à
Tartuffe. Son véritable pouvoir réside dans le fait de tout
obtenir sans rien demander à Orgon qui, séduit par la ferveur du faux dévot à l'église, a consenti à lui offrir le gîte, le
couvert, la fonction de directeur de conscience et le futur
rôle de gendre. Mais cet insatiable glouton, qui ne peut se
contenter de la fille, Mariane, convoite la femme, Elmire,
l'argent de Damis, la maison et le statut social d'Orgon.
C'est d'ailleurs cette dernière imprudence mégalomane qui
le conduira à sa perte.

L'intelligence de Tartuffe réside aussi dans son habileté à
se sortir de situations embarrassantes et dans sa maîtrise du
langage qu'il parvient à vider de sa substance. Pour séduire
Elmire et la convaincre de la banalité de l'adultère, il
invoque son humaine faiblesse d'homme fait de chair et a
recours à la direction d'intention qui prétend que «ce n'est
pas pécher que pécher en silence» (vers 1506). Pour dissimuler sa faute à Orgon à la suite de l'accusation lancée par
Damis, qui l'a surpris faisant une déclaration d'amour à
Elmire, il se proclame le plus grand des pécheurs, discréditant

Déroute et confusion des Jansénistes.

GRAVURE DU XVIIe SIÈCLE.
Bibliothèque nationale, Paris.

ainsi le témoignage du fils, accusé de mauvaise foi par son père. Cependant, l'astuce devient véritablement machiavélique lorsque Orgon fait le contraire de ce que lui demande Tartuffe. En effet, en réclamant la clémence du père pour son fils, l'hypocrite réussit à faire chasser ce dernier et à obtenir son héritage ; en annonçant son intention de quitter la maison, la dupe le supplie de rester et de fréquenter Elmire.

Bien que le pouvoir de Tartuffe s'appuie sur la faiblesse et l'aveuglement d'Orgon, qui lui ouvre toutes les portes menant à la réalisation de ses objectifs, l'hypocrite n'est pas moins prisonnier de son masque et de ses contradictions qui minent sa crédibilité aux yeux de ceux qui veulent sa perte. C'est d'ailleurs la difficulté de concilier son rôle de dévot austère et rigoriste avec ses désirs et sa soif de grandeur qui sera la cause de son échec. Le paradoxe de sa duplicité illustre bien l'écart qui se creuse progressivement entre les vertus qu'il prône et les gestes qu'il pose. En effet, le gueux prêche l'humilité et la pauvreté, mais prétend à des origines nobles et aspire aux biens d'Orgon ; il condamne les plaisirs et mortifie apparemment ses sens, mais sa taille, «son teint frais et sa bouche vermeille» trahissent son inclination à boire et à manger comme tout bon vivant ; il s'offusque devant le décolleté de Dorine, mais se fait entreprenant et sensuel auprès d'Elmire ; il feint une piété exagérée devant Orgon, mais se comporte en véritable libertin en subornant la maîtresse de maison ; il soutient avoir pardonné à Damis, mais refuse de le réconcilier avec son père ; il prétend diriger ses actions en vertu de «l'intérêt du Ciel», mais se soucie avant tout de ses intérêts personnels. Aussi, à la dernière scène de l'ACTE V, lorsqu'il invoque «l'intérêt du Prince» pour justifier sa trahison envers Orgon, sa cupidité n'a d'égal que sa jubilation de voir sa proie anéantie et de savourer son triomphe. Tartuffe est un être ignoble et repoussant sur le plan moral, car il se sert des

signes de la religion pour piéger ses victimes et les escro-
quer. Criminel dangereux, monstre subversif, l'imposteur
ne peut être démasqué que par la clairvoyance du roi qu'il
déclare servir. C'est peut-être moins cette loyauté affichée à
l'égard du roi que la sincérité de ses sentiments amoureux
pour Elmire qui rend le personnage moins odieux et
presque pitoyable. Fidèle à son rôle de dévot, même dans
son vocabulaire amoureux truffé d'expressions religieuses,
Tartuffe maintient jusqu'à la fin le mystère sur sa véritable
personnalité par son silence opaque nous persuadant qu'il
est devenu réellement ce personnage qu'il a créé.

Orgon

Père de famille et maître de la maison, Orgon, dont le
nom renvoie au mot grec *orge* signifiant colère, occupe la
place centrale dans le système dramaturgique de la pièce.
Représentant de l'ordre, il est celui sur qui repose le bon
fonctionnement de la famille, que l'arrivée de Tartuffe va
compromettre. Grand bourgeois de Paris qui vit sans doute
des rentes foncières que lui procurent ses propriétés à la
campagne, Orgon, selon l'avis et l'attitude de ses proches,
avait tout l'air d'être, à l'origine, un homme bien équilibré.
Bon père de famille apprécié de ses enfants, Mariane et
Damis, veuf remarié à Elmire, une femme plus jeune que lui
et respectueuse, servie par Dorine, une domestique qui
affectionne l'époux de sa maîtresse, celui-ci semblait même
estimé par son beau-frère Cléante, serviable et dévoué.

Orgon se distingue a priori des pères tyranniques de la
comédie moliéresque. Ses qualités «d'homme sage»,
courageux et loyal à l'égard du roi pendant la Fronde, ainsi
que sa sollicitude à l'égard de son ami Argas, suscitent
l'admiration. Toutefois, cette dernière vertu chrétienne,
inspirée de l'éducation religieuse que lui a imposée sa mère,
bigote et acariâtre, et qui a fait de lui un homme dévot,
laisse entrevoir un immense besoin de servir de grandes

causes, de s'abandonner à un idéal spirituel susceptible d'apaiser ses angoisses métaphysiques. En effet, Orgon, malgré son pouvoir de patriarche, est un homme tourmenté et faible qui cherche le réconfort et la paix intérieure dans les signes extérieurs de la religion, d'où sa fréquentation régulière de l'église où il a fait la rencontre de Tartuffe. C'est d'ailleurs cette soif d'absolu qui le conduit vers Tartuffe, lequel s'ajuste à ses attentes et comble son désir. Par sa soumission aveugle à son gourou, par son obéissance inconsciente à son héros, qu'il vénère comme un saint, qu'il affectionne plus que sa propre femme et pour lequel il se dit prêt à sacrifier toute sa famille, Orgon devient à son insu le principal obstacle à l'ordre familial qu'il est censé protéger.

Le contrôle de plus en plus rigoureux exercé par l'imposteur dans la maison est proportionnel à l'obsession qui s'est emparée de la raison d'Orgon. Celui-ci est médusé, subjugué, aliéné — ne dit-il pas qu'il «devien[t] tout autre avec son entretien» (vers 275) — par ce parasite qui le manipule et lui donne l'illusion d'être le maître pendant qu'il le dépouille lentement. Cependant, c'est aussi, paradoxalement, à cause de cette perte d'identité et de l'abdication de son pouvoir qu'Orgon révèle sa véritable personnalité déséquilibrée, colérique et dénuée de tout jugement critique. «Entiché», selon Dorine, de sa lubie, qui occupe sa maison et son esprit opiniâtre, cet homme au tempérament impulsif ne peut supporter les contrariétés venant des membres de sa famille et se livre à tous les excès en leur imposant sa tyrannie capricieuse et puérile. Cet abus d'autorité paternelle s'exprime auprès de Damis qu'il menace de coups, chasse et déshérite (ACTE III, SCÈNE 6) et contre Mariane qu'il contraint à épouser Tartuffe (ACTE IV, SCÈNE 3). C'est aussi avec un cruel plaisir, presque sadique, qu'il soutient que «[f]aire enrager le monde est [s]a plus grande joie» (vers 1173). Sa susceptibilité et son impatience sont aussi mises à l'épreuve par Dorine, à qui il tente de donner un soufflet (ACTE II, SCÈNE 2), et par Cléante, qu'il éconduit tout de même ironiquement (ACTE I, SCÈNE 5). Finalement, on soupçonne aisément la violence de son emportement contre Tartuffe, démasqué et arrêté, avant l'intervention modérée de Cléante (ACTE V, SCÈNE 7). À cause de sa démesure et de sa folie, Orgon demeure le personnage le plus comique et le plus ridicule de la pièce, mais aussi le plus pathétique. Sa naïveté et son aveuglement, qui en font la dupe de Tartuffe, suscitent autant le rire que la pitié. Même une fois débarrassé de Tartuffe et restitué dans ses droits grâce à l'intervention royale, on se doute bien qu'il trouvera chez le roi une nouvelle cause à servir.

Elmire

Elmire, dont le nom, en espagnol, signifie admirable, est probablement le personnage féminin le plus nuancé de l'œuvre de Molière. Seconde épouse d'Orgon, belle-mère proche des enfants de son époux, Mariane et Damis, elle possède une multitude de qualités qui lui attirent le respect de son entourage, à l'exception de madame Pernelle, sa belle-mère, qui lui reproche son train de vie mondain. Grande bourgeoise raffinée et élégante, Elmire cultive les bonnes manières sans tomber dans la préciosité. Ouverte d'esprit, sans fausse pruderie, plus équilibrée qu'Orgon qui se soucie plus du bien-être de Tartuffe que de la santé de son épouse, elle reste une femme fidèle et préoccupée par le bonheur des siens. C'est d'ailleurs son affection pour Mariane qui l'amène à persuader Tartuffe de renoncer au mariage qu'Orgon veut imposer à sa fille ; c'est aussi par bienveillance à l'égard d'Orgon qu'elle lui propose le stratagème susceptible de mettre fin à son aveuglement.

Bien que sa discrétion la pousse à fuir les bruits et les scandales, Elmire fait preuve d'une remarquable efficacité dans le système dramaturgique. À l'opposé d'Orgon, qui subit l'action par le jeu manipulateur de Tartuffe, elle la relance à deux reprises, ce qui provoque la chute de l'imposteur. Dans son premier entretien avec lui (ACTE III, SCÈNE 3), elle a recours au chantage pour obtenir l'abandon du projet de mariage avec Mariane; dans le second (ACTE IV, SCÈNE 5), elle s'aventure dans une entreprise astucieuse mais risquée, avec la complicité de son mari caché sous la table. En utilisant les armes mêmes de l'adversaire, c'est-à-dire l'hypocrisie et la comédie, Elmire réussit si bien dans son œuvre de séduction qu'elle se fait prendre à son propre piège devant Orgon abasourdi. Grâce à sa dernière prestation, empreinte d'une rouerie dont elle s'excuse, la menace du mariage forcé est enfin dissipée et l'ordre de nouveau rétabli, quoique provisoirement, puisque Tartuffe utilise d'autres moyens pour arriver à ses fins. Malgré cet échec contre lequel elle demeure sans ressource, Elmire constitue, par sa détermination pondérée et son charme discret, un des principaux moteurs de l'action et celle qui révèle le vrai visage de l'hypocrite.

Cléante

À l'instar de sa sœur Elmire, Cléante, dont le nom évoque le philosophe grec Cléanthe de l'école stoïcienne, représente l'équilibre et la modération. Il correspond tout à fait à l'honnête homme du XVIIe siècle par sa recherche de vérité et son souci d'élégance. Esprit lucide et perspicace, il est à l'opposé du dévot Orgon, dont il tente en vain de tempérer les excès et de prévenir les décisions fâcheuses. Ses arguments judicieux, basés sur la raison et le bon sens, lui attirent l'antipathie de madame Pernelle et la méfiance d'Orgon, qui le soupçonne de libertinage. Derrière son rôle de raisonneur, Cléante est tout entier dévoué au service de la famille qu'il défend avec une rigueur intellectuelle et une franchise peu communes. Ses interventions désintéressées auprès d'Orgon (ACTE I, SCÈNE 5) et de Tartuffe (ACTE IV, SCÈNE 1) sont motivées par l'affection qu'il éprouve pour Mariane et

L'HONNESTE-HOMME
OV,
L'ART DE PLAIRE
A LA COVRT.

PAR LE SIEVR FARET.

A PARIS,

Chez Touſſainčts du Bray, ruë ſainčt
Iacques, aux Epics meurs.

M. DC. XXX.

AVEC PRIVILEGE DV ROY.

Première de couverture, *L'Honneste-Homme.*

Damis, ainsi que par l'amitié qu'il porte à son beau-frère. Bien qu'il échoue dans ses tentatives d'éclairer le jugement d'Orgon sur la vraie nature de l'imposteur et de convaincre ce dernier de réconcilier le père et le fils tout en renonçant à l'héritage, Cléante parvient finalement par exercer un certain ascendant sur Orgon par sa recherche de solution dans le calme et la modération. Sa position équilibrée à l'égard des dévots et son regard critique sur l'hypocrisie font de ce personnage la norme qui guide les spectateurs.

Dorine

Assurément le personnage féminin le plus comique de la pièce, Dorine est plus qu'une simple servante de comédie. Son statut de suivante de Mariane lui confère un rôle presque maternel de confidente à l'égard de la fille d'Orgon et lui donne le droit de parole sur toutes les affaires de la maison, au grand dam de madame Pernelle qui la trouve «[u]n peu trop forte en gueule» (vers 14). Au service de la famille depuis, sans doute, plusieurs années, elle a acquis, grâce à son dévouement et à sa loyauté, l'estime de son maître et l'affection des enfants de celui-ci, qui tolèrent sa familiarité. Préoccupée par la menace qui pèse sur sa protégée depuis l'arrivée de Tartuffe, Dorine poursuit le même objectif que Cléante, mais dans un registre plus populaire, non dénué d'expressions colorées et d'images appropriées à son statut social de domestique.

Son franc parler et son sens de la répartie ironique témoignent de sa vivacité d'esprit et de sa clairvoyance. En effet, encore mieux que les membres de la famille dont elle sert les intérêts, qui sont aussi les siens, Dorine a su repérer l'aveuglement d'Orgon et cerner la duplicité de l'hypocrite qu'elle soupçonne d'être amoureux d'Elmire. Pour contrecarrer le projet de mariage entre Mariane et Tartuffe, elle se montre cinglante à l'égard d'Orgon qu'elle exaspère et tourne en dérision en le plaçant devant ses contradictions d'homme dévot et colérique. Sarcastique à l'égard de Mariane dont elle ironise le sort qui l'attend avec Tartuffe, elle n'est pas moins au service des amants et contre le parasite. Sa rencontre avec ce dernier, lors de son entrée en scène (ACTE III, SCÈNE 2), illustre bien sa perspicacité et son mépris de l'hypocrisie. Confiante et enthousiaste, même dans les moments les plus angoissants, Dorine reste, grâce à son humour et à sa bonhomie, le personnage qui permet à la comédie de ne jamais sombrer dans le drame.

Damis, Mariane et Valère

Fils et fille d'Orgon, nés d'un premier mariage, Damis et Mariane tiennent de leur père leur tempérament impulsif ainsi que leur tendance aux excès. Dès la première scène, l'irritation de Damis devant l'envahissement de Tartuffe annonce la colère et le coup d'éclat de l'ACTE III. Malgré ses bonnes intentions à l'égard de son père, dont il veille aux intérêts, son imprudence et sa maladresse dans sa tentative de démasquer l'imposteur le mènent provisoirement à l'échec. Sa sortie contre Tartuffe, qu'il tente de confondre devant Orgon, se retourne contre lui et lui vaut le châtiment qu'il espérait infliger à l'hypocrite. Chassé de la maison et déshérité par son père presque sans protestation, Damis ne garde aucune rancune à son égard ; au contraire, dès qu'il apprend la nouvelle du péril qui pèse sur sa famille, son retour et son désir de soutenir son père témoignent de l'affection inébranlable qu'il lui voue. Bien à l'opposé du «méchant garnement» que décrit sa grand-mère (ACTE I, SCÈNE 1), Damis, en s'attaquant à Tartuffe, contribue au maintien de l'ordre familial et, en défendant le projet de mariage de Mariane et Valère, il protège aussi son union avec la sœur de ce dernier.

A priori moins encline aux emportements que son frère, Mariane apparaît comme la jeune fille réservée et «doucette», selon madame Pernelle, qui sent intuitivement l'impétuosité qui sommeille derrière cette discrétion. En effet, malgré sa soumission ou sa piètre résistance à la volonté de son père qui lui impose d'épouser Tartuffe, Mariane montre bien qu'elle est prête à tous les excès pour échapper à la décision paternelle. Impuissante à trouver une solution autre que le suicide, elle implore l'aide de Dorine qui parvient à la raisonner et à la réconcilier avec Valère après une amusante scène de dépit amoureux truffée d'enfantillages. Orgueilleuse et susceptible devant son amant blessé qui feint l'indifférence, pleurnicharde auprès de son père insensible auquel elle réclame la pitié et la possibilité d'entrer au couvent, Mariane possède tous les traits de la jeune fille romanesque de la comédie italienne. Quant à Valère, sa présence au deuxième acte, au cours duquel Orgon le soupçonne d'être joueur et libertin, ne doit pas faire oublier la générosité dont il fait preuve à l'ACTE v, lorsqu'il offre à son futur beau-père la possibilité d'échapper au mandat d'arrestation qui s'abat malgré tout sur lui à l'arrivée de l'exempt.

Madame Pernelle

Nom créé par Molière à partir du mot «péronnelle» désignant une femme sotte et bavarde, madame Pernelle ouvre d'entrée de jeu la pièce sur le ton de la comédie. Ses déplacements, sa gestuelle, dont sa gifle à Flipote, et surtout son attitude à maugréer contre tous les membres de sa famille font d'elle un personnage antipathique qui suscite le rire et les moqueries. Sa critique du mode de vie moderne dans un langage stéréotypé et vieilli atteste de son tempérament excessivement conservateur ainsi que d'une certaine nostalgie pour une époque plus rigoriste. Mère d'Orgon, qu'elle a sans doute éduqué dans les valeurs traditionnelles d'un catholicisme très austère, cette mégère acariâtre entend révéler à chacun ses quatre vérités. Sa condamnation des plaisirs mondains, son souci des apparences et son désir de ramener les siens dans les rangs de la vertu et de la morale chrétienne la portent naturellement vers Tartuffe. À ses yeux, Orgon a agi de la meilleure façon qui soit en invitant chez lui ce directeur de conscience qui corrige les mœurs libertines et qui assure ainsi le salut de la famille. Tout aussi envoûtée que son fils, «coiffée» de son Tartuffe, selon Dorine, la vieille dévote défend envers et contre tous cet homme qu'elle vénère et qui répond à ses attentes spirituelles. Mais son aveuglement est poussé jusqu'à l'entêtement lorsque, après le désabusement d'Orgon, elle refuse d'entendre la vérité sur la réelle nature de l'imposteur (ACTE V, SCÈNE 3). Il faudra l'intervention de monsieur Loyal pour la faire sortir de son obstination.

Monsieur Loyal et L'exempt

Ces deux personnages secondaires qui apparaissent à l'ACTE V sont pour ainsi dire réduits à leur fonction sociale. Monsieur Loyal, nommé ainsi par antiphrase, occupe une profession souvent raillée dans le théâtre comique et vient de la Normandie, une région reconnue pour ses querelles juridiques. Ce huissier à verge, au service de Tartuffe dans l'acte de saisie des biens d'Orgon, est sans conteste son complice et appartient à la même confrérie des faux dévots. Son ton mielleux, ses propos entremêlés d'expressions à caractère religieux et de termes administratifs laissent entendre le caractère louche, voire clandestin, de ses activités. Derrière sa courtoisie affectée plane la menace de représailles contre Damis et Dorine, réduits à l'ironie à défaut de pouvoir passer à l'action.

Tout comme l'intervention de monsieur Loyal, qui vient confirmer le péril de la dépossession d'Orgon, l'arrivée de l'exempt, accompagné de Tartuffe, marque le sommet de la tension dramatique atteint par l'arrestation effective du maître déchu. L'officier de police, dont on ignore le nom, joue le rôle dramaturgique du *deus ex machina* qui survient pour dénouer l'intrigue de manière favorable. Digne représentant du roi sur scène, il joue, à sa façon, la comédie en gardant le silence jusqu'au moment où il provoque le coup de théâtre spectaculaire que forment l'arrestation de Tartuffe et son corollaire, le rétablissement des droits d'Orgon.

Flipote et Laurent

Ces deux personnages très secondaires et muets n'ont évidemment aucune fonction dramaturgique. Toutefois, l'un et l'autre contribuent à souligner un trait de caractère de leur maître. La servante amorphe et souffre-douleur de madame Pernelle sert d'exutoire à la frustration et à la tyrannie de la vieille dévote. Laurent, le disciple de Tartuffe, qu'on ne voit cependant jamais en scène, permet en revanche au parasite de se mettre lui-même en scène lors de sa première intervention, à l'ACTE III. L'ordre de ranger sa haire avec sa discipline, qu'il adresse à son serviteur en sortant de sa chambre, en présence de Dorine qui l'entend, illustre d'entrée de jeu l'effet de théâtralisation que crée la fausseté de l'hypocrite.

Jugements sur l'œuvre

«Il est vraiment puéril de rétrécir *le Tartuffe*, comme on l'a fait trop souvent, dans les limites d'une question scolaire, et de se demander si Molière a voulu ridiculiser seulement la fausse dévotion ou atteindre aussi la véritable. [...] Mais la question est ailleurs. Elle est d'ordre historique. Molière a porté sur la société chrétienne de son temps trois jugements : ici les hypocrites — l'étaient-ils ? ici les imbéciles butés — l'étaient-ils ? ici les chrétiens véritables — l'étaient-ils ? Voilà trois questions qui sont à peu près toute la question du *Tartuffe*; elles ne mettent pas en cause la loyauté de Molière, elles ne mettent en cause que sa clairvoyance; elles relèvent de l'histoire; il faut les examiner à la lumière de l'histoire si on veut faire du *Tartuffe* une critique objective et le comprendre.»

Jean Calvet, *Molière est-il chrétien ?*, 1950.

«En choisissant l'hypocrite comme centre d'une comédie, Molière a réussi, avec *Tartuffe*, à exprimer l'essence même du théâtre par les moyens du théâtre. L'hypocrite et sa dupe forment un couple dont chaque membre est le symétrique de l'autre. Trompeur et trompé permettent d'exploiter toutes les combinaisons possibles des quatre moments du jeu de la vérité, dans les rapports humains : le mensonge, la sincérité, l'illusion, la connaissance. Ces combinaisons prennent tout leur sens si on les organise sur un fond de références : le monde des personnages qui ne sont ni trompeurs ni dupes et représentent une norme.»

Jacques Guicharnaud, *Molière, une aventure théâtrale*, 1963.

«Telle est la nouveauté étonnante du *Tartuffe* en son temps : une "grande comédie" qui ne doit que peu de choses à la farce et rien à la comédie d'intrigue, qui renouvelle les fonctions du rire et en étend les gammes ; qui présente la peinture également soutenue de tout un groupe social, autour d'un personnage central volontairement mal délimité, pour que sa puissance inquiétante et fascinante déborde les limites de l'intrigue et porte au cœur du public la leçon de Molière. »

Pierre Voltz, La comédie, 1964.

« Contentons-nous simplement de noter que Tartuffe, indestructible quand il ment, est abattu quand il est sincère, parce qu'il est sincère et parce qu'enfin il va jusqu'au bout de lui-même. Et Elmire, la droite Elmire, l'abat grâce au mensonge et à l'imposture. Moralité : si tu veux vaincre, mens ; si tu veux être vrai, tu seras vaincu. Molière ne devait pas beaucoup rire quand il songeait à cela. »

Roger Ikor, Molière double, 1977.

« C'est un homme qui porte en lui un déséquilibre fondamental. C'est un homme d'affaires prospère, qui sait gérer ses biens, un homme qui fonctionne bien dans sa société, un homme qui paraît équilibré. Quand je pense à Orgon, je pense à ce maire d'une ville de la Rive-Sud qui faisait partie de l'Ordre du Temple Solaire : un homme professionnellement compétent, respecté, qui se fait avaler par un insensé désir de croire, jusqu'à en mourir. Orgon est une proie idéale, car il est perdu et il cherche à croire. Il rencontre Tartuffe : tous les membres de sa famille — sauf sa mère — voient tout de suite que Tartuffe est un imposteur, mais Orgon a choisi de croire. Cet homme-là est un benêt. »

Gérard Poirier, dans un entretien
réalisé par Paul Lefebvre.
Extrait du programme de Tartuffe,
présenté au TNM en 1997.

Molière et sa troupe.

DESSIN PAR G. MELINGUE.

Molière.

Par Pierre Mignard.
Musée Condé, Chantilly.

PLONGÉE

DANS

L'ŒUVRE

Affiche : *Le Tartuffe.*
Théâtre National Populaire, Paris.

Questions sur l'œuvre

 ACTE I

Acte i, scène 1

Compréhension

1. a) Les reproches que madame Pernelle, aux vers 7 à 40, adresse aux membres de sa famille permettent d'esquisser, pour chacun d'eux, un trait de caractère particulier. Résumez en quelques mots ce trait chez Dorine, Damis, Mariane, Elmire et Cléante.

   b) Que déduisez-vous du caractère de madame Pernelle ?

   c) En quoi ses interventions sont-elles comiques ? Justifiez.

2. Montrez en quoi la mention du nom de Tartuffe, au vers 41, constitue un ressort dramatique.

3. a) Quelle opinion madame Pernelle a-t-elle de Tartuffe ?

   b) Quelles qualités admire-t-elle chez cet homme ?

   c) Pourquoi les membres de sa famille sont-ils en désaccord avec sa perception ?

   d) En quoi cette opposition illustre-t-elle qu'elle appartient à une autre génération ?

4. a) Montrez en quoi la vie mondaine de la famille indispose madame Pernelle (voir les vers 85 à 92).

   b) Quelle attitude, qui est à l'opposé de celle de madame Pernelle, Cléante propose-t-il d'adopter (voir les vers 93 à 102) ?

5. a) Quels sont les traits de caractère mis en valeur dans les portraits de Daphné et d'Orante que brosse Dorine ?

   b) À quoi servent ces portraits dans le contexte de la scène 1 ?

6. Quels sont les indices qui permettent de croire que la famille d'Orgon appartient à la grande bourgeoisie française du XVIIe siècle ?

7. Divisez la scène 1 en trois parties et donnez un titre à chacune d'elles.

8. Expliquez pourquoi cette première scène ne peut être considérée comme une scène d'exposition complète.

9. Quelle est l'utilité dramaturgique de commencer la pièce par une scène de groupe ?

Écriture

10. Relevez, dans les propos des personnages, les expressions qui dénotent le mouvement, au début de la scène, et qui dispensent l'auteur d'avoir recours à des didascalies.

11. Montrez en quoi la périphrase «la cour du roi Pétaut», au vers 12, est aussi une métaphore.

12. Que connote la remarque que madame Pernelle adresse à Dorine aux vers 13 à 15?

13. Quel procédé comique madame Pernelle emploie-t-elle au vers 16? Expliquez-le.

14. Identifiez et expliquez la figure de style apparaissant au vers 23.

15. Identifiez et expliquez la figure de style propre à la langue classique au vers 32.

16. Identifiez et expliquez la figure de style, qui est, en l'occurrence, un procédé comique, au vers 34.

17. Que connotent les expressions «Votre Monsieur Tartuffe», au vers 41, et «ce beau monsieur-là», au vers 48?

18. a) Identifiez et expliquez la figure de style introduite par l'expression «pied plat», au vers 59.
    b) Comparez-la à la figure «n'avait pas de souliers» apparaissant au vers 63.

19. Que connote l'adverbe «céans» aux vers 46, 62, 80 et 147?

20. Identifiez et expliquez la figure de style apparaissant au début du vers 71.

21. Identifiez et expliquez la figure de style contenue dans le mot «cœur» apparaissant aux vers 77 et 125.

22. Identifiez et expliquez le comique de mots au vers 124.

23. Identifiez et expliquez les deux figures de style que contient le vers 140.

24. Qu'ont de comique et de paradoxal, dans la bouche de madame Pernelle, les vers 142 et 143, de même que les vers 161 et 162?

25. Quel procédé comique est exploité à la fin de la SCÈNE 1? Expliquez en comparant les derniers vers aux premiers.

ACTE I, SCÈNES 2 et 3

Compréhension

1. Identifiez les traits de caractère d'Orgon révélés par Dorine avant et après qu'il eut rencontré Tartuffe.

2. a) Quelles sont les expressions, dans le portrait que brosse Dorine à la SCÈNE 2, qui révèlent l'hypocrisie de Tartuffe ?

   b) Quel trait de caractère précis est mis en relief par Dorine aux vers 205 à 210 ?

3. Quelle demande Damis fait-il à Cléante à la SCÈNE 3 ?

Écriture

4. Quelle est la connotation des vers 189 et 190 ?

5. Pourquoi Molière a-t-il inséré une didascalie après le vers 194 ?

6. a) Identifiez et expliquez les deux figures de style apparaissant aux vers 197 et 198.

   b) Précisez leur connotation.

ACTE I, SCÈNE 4

Compréhension

1. Pourquoi Cléante reste-t-il silencieux pendant presque toute la scène ?

2. Analysez cette scène en faisant ressortir l'attachement excessif d'Orgon pour Tartuffe et son désintérêt envers sa propre femme.

Écriture

3. À partir de quels procédés comiques est construite cette scène ? Expliquez et justifiez leur efficacité.

4. Identifiez et expliquez la figure de style sur laquelle est construit le propos de Dorine.

5. Identifiez et expliquez la figure de style apparaissant au vers 242.

ACTE I, SCÈNE 5

Compréhension

1. a) Relevez, dans les deux tirades de Cléante (vers 318 à 345 et vers 351 à 407), les mots et les expressions empruntés au champ lexical de la vue ou du regard.

   b) Montrez comment ils contribuent à structurer l'argumentation du personnage.

2. a) Dans la deuxième tirade de Cléante, aux vers 351 à 407, faites ressortir les attitudes des faux dévots qui pourraient s'appliquer au portrait de Tartuffe qu'Orgon et Dorine ont brossé précédemment.

    b) Relevez aussi des indices de comportements qui pourraient annoncer une menace éventuelle pour la famille d'Orgon.

3. Pourquoi Orgon reste-il évasif dans ses réponses concernant le mariage de Valère et Mariane ?

4. Montrez en quoi Cléante apparaît, dans cette scène, comme le porte-parole des idées de Molière sur les dévots en particulier et sur la religion en général.

Écriture

5. Identifiez et expliquez les figures de style récurrentes qu'emploie Cléante pour appuyer son argumentation, plus précisément aux vers 331 à 338.

6. Identifiez et expliquez le procédé comique auquel ont recours Orgon et Cléante aux vers 346 à 352.

7. Identifiez et expliquez la figure de style apparaissant au vers 361.

8. Identifiez et expliquez la figure de style apparaissant au vers 372.

9. a) À quelles figures de style classiques a recours Cléante pour décrire les véritables dévots aux vers 387, 388, 389, 391, 397, 399 et 401 ?

    b) Expliquez l'effet que ces figures produisent en les comparant aux figures de style baroques désignant les faux dévots aux vers 361, 362, 371, 372, 378 et 380.

*Synthèse de l'*ACTE I

1. À la lumière du principe voulant qu'au théâtre un personnage se révèle parfois par ce que les autres disent de lui, brossez un bref portrait du personnage absent et controversé qu'est Tartuffe.

2. Entre le point de vue de madame Pernelle et d'Orgon, d'une part, et celui des autres membres de la famille, d'autre part, lequel vous semble le plus crédible ? Justifiez.

3. À la lumière des propos tenus par madame Pernelle et Orgon à l'ACTE I, faites le portrait de chacun d'eux en démontrant qu'ils se ressemblent dans leur aveuglement, dans leur désir de servir une grande cause et d'abandonner leur pouvoir et leurs responsabilités.

4. À la fin de l'ACTE I, peut-on affirmer que l'exposition est complétée ? Justifiez.

ACTE II

ACTE II, SCÈNES 1 et 2

Compréhension

1. a) Pourquoi Orgon veut-il parler en secret à Mariane ?
   b) Que connote la didascalie du vers 428 ?
2. Quel trait de personnalité caractérise Mariane dans cette première rencontre avec son père ? Justifiez.
3. a) Quelles motivations, conscientes ou inconscientes, poussent Orgon à marier sa fille à Tartuffe ?
   b) Montrez en quoi cette façon de faire était socialement acceptable à l'époque.
   c) Montrez en quoi elle est moralement discutable dans le contexte.
4. Montrez en quoi ce mariage avec Mariane peut présenter un intérêt pour Tartuffe.
5. Si ce mariage est, a priori, socialement acceptable, pourquoi Dorine le désapprouve-t-elle ? Relevez les arguments qu'elle fait valoir pour convaincre Orgon de renoncer à son projet.
6. Selon Orgon, pourquoi Valère ne représente-t-il pas un époux convenable pour Mariane ?
7. Quelles qualités de Tartuffe Orgon souligne-t-il pour persuader Mariane de l'épouser, démolissant ainsi les arguments de Dorine ?
8. Pourquoi Mariane reste-t-elle muette pendant toute la SCÈNE 2 ? Que révèle ce silence ?
9. Bien que Mariane ait réussi à mener le jeu par lequel elle a épuisé Orgon et attisé sa colère, peut-on affirmer qu'elle a mieux atteint son objectif que Cléante ? Justifiez.

Écriture

10. Identifiez et expliquez les procédés comiques exploités dans la SCÈNE 1.
11. Relevez et expliquez les figures de style qu'emploie Dorine aux vers 495 à 500.

12. Précisez la connotation des deux pronoms personnels employés au vers 504.

13. a) Relevez, identifiez et expliquez les figures de style récurrentes qu'emploie Dorine pour évoquer l'adultère éventuel de Mariane.

    b) Ces procédés de rhétorique respectent-ils la règle de la bienséance à laquelle doit se conformer une pièce classique ? Justifiez.

14. Que connote l'argument invoqué par Dorine aux vers 539 et 540 ?

15. Faites ressortir les procédés comiques exploités dans la deuxième partie de la scène 2, c'est-à-dire à partir du vers 541 jusqu'à la fin, et montrez que la situation tourne à la farce.

ACTE II, SCÈNES 3 et 4

Compréhension

1. a) Montrez en quoi les reproches que Dorine adresse à Mariane, aux vers 585 à 606, sont justifiés.

   b) Que dénotent les réponses de Mariane à ces reproches ?

2. a) Montrez en quoi le sort de Mariane apparaît dramatique.

   b) Montrez comment son sort passe du dramatique au tragique.

3. Quelle autre stratégie emploie Dorine, aux vers 636 à 674, pour convaincre Marianne de s'opposer au mariage que lui impose son père ?

4. La stratégie de Dorine donne-t-elle les résultats escomptés ? Justifiez.

5. a) Pourquoi Dorine reste-t-elle muette pendant presque toute la première moitié de la scène 4 ?

   b) Sa réplique, au vers 704, peut-elle être considérée comme un aparté ? Justifiez.

6. a) Montrez en quoi cette première partie de la scène 4 peut apparaître comme une comédie dans la comédie, c'est-à-dire un jeu que jouent Mariane et Valère. Expliquez.

   b) Quels traits de caractère des deux amants cette comédie du dépit amoureux laisse-t-elle voir à Dorine et au spectateur ?

7. a) Quel stratagème Dorine propose-t-elle d'abord à Mariane ?

   b) Quel conseil donne-t-elle à Valère pour éviter le mariage imposé par Orgon ?

8. a) Montrez en quoi, à l'ACTE II, Dorine est véritablement le moteur de l'action.

   b) Ses interventions auprès d'Orgon, puis auprès de Mariane ont-elles fait progresser l'action ? Justifiez.

9. Comparez le portrait que Mariane a révélé d'elle-même à l'ACTE II avec celui que sa grand-mère, madame Pernelle, a esquissé d'elle à l'ACTE I, vers 21 à 24. Quelles ressemblances et quelles différences constatez-vous ?

Écriture

10. Identifiez et expliquez la figure de style et le procédé comique qu'emploie Dorine aux vers 615 à 617.

11. a) Relevez et expliquez, dans les propos de Mariane, les mots et les expressions hyperboliques.

    b) Que connote l'usage de ces hyperboles dans le contexte ?

12. Identifiez et expliquez les procédés comiques qui soutiennent la stratégie de Dorine aux vers 636 à 674.

13. Expliquez la connotation des mots «coche», «siège pliant», «grand'bande», «musettes» et «Fagotin» dans la réplique où Dorine évoque la vie de femme mariée qui attend Mariane. Voir les vers 657 à 666.

14. a) Identifiez et expliquez le comique de mots qui se trouve aux vers 672 et 674.

    b) Compte tenu du contexte, que connote le néologisme «tartuffiée» ?

15. Identifiez et expliquez les procédés comiques exploités dans la première partie de la SCÈNE 4, puis dans la deuxième partie, au moment où Dorine intervient pour réconcilier les amants, c'est-à-dire à partir du vers 753. Portez une attention particulière aux didascalies.

16. a) Faites ressortir, dans les répliques de Mariane et de Valère, aux vers 693 à 753, les mots et les expressions du langage galant, voire précieux, et précisez comment ils contribuent à amplifier le caractère dramatique de la situation.

    b) Comparez ce langage à celui utilisé aux vers 788 à 791.

*Synthèse de l'*ACTE II

1. Au cours de l'ACTE II, les personnages ont continué à dépeindre Tartuffe, qui ne s'est pas encore présenté sur scène. Faites ressortir les traits mis en valeur et montrez en quoi ils contribuent à susciter l'intérêt du spectateur.
2. À la fin de l'ACTE II, peut-on enfin affirmer que l'exposition est achevée ? Justifiez
3. Démontrez que l'ACTE II est indispensable à la progression de l'action.

ACTE III, SCÈNES 1 et 2

Compréhension

1. a) Quels traits de caractère Damis montre-t-il en présence de Dorine ?
   b) Montrez en quoi ceux-ci s'opposent à l'attitude de Dorine dans cette situation.
2. a) Quel ressort dramatique fait agir Damis dans cette scène ?
   b) Montrez en quoi son intervention est utile à la suite de l'action.
3. Selon Dorine, pourquoi Elmire est-elle la personne toute désignée pour intervenir auprès de Tartuffe ?
4. a) Montrez à quoi sert la didascalie *apercevant Dorine* au début de la SCÈNE 2.
   b) En tenant compte de la réplique apparaissant aux vers 853 à 856, qu'est-ce que cette didascalie révèle du personnage de Tartuffe ?
5. a) À quelles activités religieuses Tartuffe fait-il référence aux vers 853 à 856 ?
   b) Compte tenu de ce que l'on a précédemment appris du personnage, ces pratiques de la vie dévote sont-elles crédibles ? Justifiez.
6. Pourquoi Molière n'a-t-il pas mis en aparté la réplique de Dorine apparaissant au vers 857 ?
7. a) Quel principe de la vie dévote est offensé, selon Tartuffe, aux vers 858 à 862 ?

b) Quels indices laissent croire que Tartuffe joue l'offensé ?

8. a) Expliquez le caractère paradoxal de la réplique de Tartuffe apparaissant au vers 875.

b) Comment Dorine interprète-t-elle cette contradiction ?

9. a) Pourquoi le personnage de Laurent est-il muet dans cette scène ?

b) Montrez à quoi il sert sur le plan dramaturgique.

10. a) Pourquoi Molière a-t-il retardé à l'ACTE III l'entrée en scène de Tartuffe ?

b) Cette entrée est-elle à la hauteur des attentes du spectateur ? En d'autres termes, le personnage est-il conforme aux portraits qu'en ont brossé les autres personnages aux ACTES I et II ?

11. Pourquoi Molière a-t-il choisi Dorine pour présenter Tartuffe lorsqu'il apparaît sur scène pour la première fois ? Justifiez.

Écriture

12. a) Montrez en quoi la réplique de Dorine, aux vers 863 à 868, est comique et cinglante.

b) Identifiez et expliquez deux figures de style s'y trouvant.

13. Relevez les mots et les expressions empruntés au champ lexical du corps dans la SCÈNE 2 et identifiez leurs connotations.

ACTE III, SCÈNE 3

Compréhension

1. Montrez en quoi la sollicitude de Tartuffe à l'égard d'Elmire se distingue de l'attitude d'Orgon, à la SCÈNE 4 de l'ACTE I.

2. a) Montrez en quoi les distiques 894-895, 897-898 et 903-904 que prononce Elmire peuvent sembler équivoques aux yeux de Tartuffe.

b) Est-elle responsable de cette ambiguïté ? Justifiez.

3. a) Pourquoi Elmire veut-elle s'entretenir en secret avec Tartuffe ?

b) Quel ressort dramatique externe sous-tend son entretien ?

4. Montrez en quoi le comportement de Tartuffe à l'égard d'Elmire s'oppose à l'attitude qu'il a eue avec Dorine à la scène précédente.

Écriture

5. Au début de la scène, aux vers 879 à 932, relevez les mots et les expressions empruntés au champ lexical de la dévotion par Tartuffe et montrez comment ce vocabulaire devient de plus en plus ambigu, voire paradoxal.

6. Montrez en quoi la drôlerie de ce début de scène relève du comique de caractère et du comique de situation.

7. Identifiez et expliquez les procédés du comique de mots et du comique de gestes employés dans ce début de scène, plus particulièrement aux vers 879 à 932.

8. Que connotent les courtes répliques d'Elmire aux vers 914, 916 et 918 ?

9. Identifiez et expliquez les deux figures de style récurrentes apparaissant aux vers 926 à 932.

Acte iii, scènes 4 et 5

Compréhension

1. a) Identifiez et justifiez le coup de théâtre survenant à la scène 4.

   b) Quel geste d'Orgon, à l'acte ii, quelle attitude de Damis, au début de l'acte iii, et quelle replique d'Elmire, à l'acte iii, scène 3, ont préparé cet incident ou cette péripétie ?

2. Quel ressort dramatique interne fait agir Damis ?

3. Montrez en quoi l'intervention de Damis est utile à la progression de l'action.

4. a) Pourquoi Elmire refuse-t-elle de dénoncer Tartuffe et s'emploie-t-elle à calmer la colère de Damis ?

   b) Ses explications et son attitude révèlent quels traits de sa personnalité ?

5. Pourquoi Tartuffe reste-t-il silencieux pendant ces deux scènes ?

6. a) Pourquoi Elmire quitte-t-elle la scène avant d'entendre l'explication de Tartuffe ?

   b) À qui profite cette sortie ? Justifiez.

   c) À qui est-elle défavorable ? Justifiez.

7. Malgré le caractère bouillant et colérique de Damis, quel autre trait de personnalité son attitude révèle-t-elle dans les scènes 4 et 5 ?

Écriture

8. Identifiez et expliquez la figure de style apparaissant au vers 1034.

9. Montrez en quoi la connotation du substantif «Ciel», employé par Damis aux vers 1023 et 1044, se distingue de celle que lui donne Tartuffe dans la SCÈNE 3.

10. Identifiez et expliquez l'ironie de Damis à la SCÈNE 5.

11. Identifiez et expliquez la figure de style apparaissant au vers 1062.

12. Montrez à qui réfèrent les pronoms personnels «nous» au vers 1070.

ACTE III, SCÈNES 6 et 7

Compréhension

1. a) À quelle astuce a recours Tartuffe pour se sortir de l'impasse dans laquelle il s'est engagé à la SCÈNE 3 ?

   b) Montrez en quoi cette stratégie lui est favorable; en d'autres termes, faites voir comment elle agit efficacement sur Orgon.

2. Faites ressortir les aspects contradictoires ou paradoxaux de la SCÈNE 6.

3. Identifiez les vers où se trouvent les vérités que dit Tartuffe à propos de lui-même. Expliquez leur efficacité rhétorique.

4. Parmi tous les péchés dont s'accuse Tartuffe, pourquoi ne mentionne-t-il pas celui que Damis lui reproche, c'est-à-dire la subornation ou la tentative de séduction d'Elmire ?

5. Quel ressort dramatique pousse Orgon à refuser la confession de Tartuffe et à s'en prendre à Damis ?

6. Identifiez les raisons pour lesquelles le personnage d'Orgon devient de plus en plus antipathique, alors que Damis suscite la pitié du spectateur.

7. Montrez comment les SCÈNES 6 et 7 constituent, pour Tartuffe, une comédie dans la comédie qui tend vers le drame, voire la tragédie.

8. Quelles sont les conséquences du stratagème machiavélique de Tartuffe sur Damis, sur Mariane, sur Elmire et sur l'ensemble de la famille ?

9. Quel ressort dramatique interne motive les décisions d'Orgon à la SCÈNE 7 ?

10. a) Montrez comment les propos d'Orgon, aux vers 1179
    et 1180, révèlent la perspicacité démontrée par Dorine
    à l'ACTE I, SCÈNE 2.

    b) Précisez la connotation que prend la confidence d'Orgon
    dans cette seule scène d'intimité avec Tartuffe.

11. a) À quelle situation précédente l'expression «Le pauvre
    homme !», au vers 1183, fait-elle référence ?

    b) Montrez en quoi cette expression résume ironiquement
    le destin qui lie désormais Orgon et Tartuffe.

Écriture

12. Quels procédés du comique de caractère, de situation et de
    gestes sont exploités dans les scènes 6 et 7 ? Expliquez-les.

13. a) À quelle figure de style d'amplification, à la SCÈNE 6,
    Tartuffe a-t-il recours dans sa confession ?

    b) Relevez-en quatre exemples et expliquez-les brièvement
    en faisant ressortir leur efficacité sur le plan du comique
    de mots.

14. Que connote l'emploi du pronom «on» dans les propos
    qu'Orgon adresse à Damis aux vers 1131, 1132, 1136 et 1137 ?

15. a) Quel personnage historique Tartuffe parodie-t-il dans
    les vers 1142 et 1182 ? Justifiez.

    b) Montrez en quoi ce procédé comique a pu offusquer
    les dévots et les membres du clergé au XVIIe siècle.

16. Identifiez et expliquez le procédé comique employé au
    vers 1166.

Synthèse de l'ACTE III

1. Identifiez les péripéties de l'ACTE III qui ont contribué
   à resserrer le nœud de l'action.

2. Brossez le portrait de Tartuffe en faisant ressortir l'art
   du comédien chez lui.

ACTE IV

ACTE IV, SCÈNE 1

Compréhension

1. a) Quel est l'objectif de Cléante lors de son entretien avec Tartuffe ?

   b) L'atteint-il ? Justifiez.

   c) Montrez en quoi sa stratégie ou son argumentation ressemble à celle d'Elmire à l'ACTE III, SCÈNE 3.

2. Quel ressort dramatique sous-tend l'entretien ? En d'autres termes, quelle motivation anime respectivement Cléante et Tartuffe ?

3. Montrez comment Cléante parvient à pousser Tartuffe dans ses retranchements, à le forcer à dévoiler malgré lui ses contradictions d'homme soi-disant dévot qui manque à la charité chrétienne.

4. Montrez en quoi les propos de Tartuffe se distinguent de ceux qu'il tenait devant Orgon à la SCÈNE 7 de l'ACTE III.

5. Relevez, dans les répliques de Tartuffe, les vers qui illustrent sa duplicité, son hypocrisie, voire ses manigances machiavéliques, notamment en ce qui a trait à la donation.

6. Montrez en quoi cette donation constitue une nouvelle étape dans la stratégie d'ascension sociale de Tartuffe. Identifiez les étapes précédentes et faites voir en quoi cette dernière leur est supérieure.

7. Qu'est-ce qui pousse Tartuffe à évoquer le prétexte de l'heure de sa prière pour mettre fin à la conversation ?

8. Combien de temps s'est-il écoulé depuis la fin de l'ACTE III ? Justifiez.

Écriture

9. Montrez comment l'argumentation de Tartuffe est basée sur une idéologie religieuse aux raisonnements spécieux, c'est-à-dire qui n'ont que l'apparence de la vérité. Pour ce faire, relevez la présence du mot «Ciel» dans les répliques de Tartuffe et précisez-en les connotations.

10. Montrez comment la présence du mot «Ciel», dans les répliques de Cléante, contribue à l'ironie du discours.

11. Identifiez et expliquez deux des figures de style d'atténuation apparaissant aux vers 1237 à 1248.

12. Identifiez et expliquez deux des figures de style de substitution apparaissant aux vers 1237 à 1248.

Acte iv, scènes 2, 3 et 4

Compréhension

1. Montrez comment les scènes 2 et 3 tendent vers le drame, voire la tragédie, notamment pour le personnage de Mariane. En d'autres termes, faites voir comment l'attitude d'Orgon face à Damis à l'acte iii, puis maintenant face à sa fille, fait monter d'un cran l'intensité dramatique de l'action.

2. a) Identifiez et expliquez les vers prononcés par Orgon qui illustrent sa cruauté, voire son sadisme, à l'égard de Mariane.

   b) Comparez son attitude à celle qu'il a évoquée aux vers 275 à 279 de l'acte i.

3. Montrez, par ses deux répliques, aux vers 1279 à 1300, comment Mariane reste fidèle au rôle de victime ou d'héroïne tragique qu'elle a précédemment adopté à l'acte ii, scène 3.

4. a) Quel ressort dramatique motive la conduite d'Orgon dans ses répliques respectivement adressées à Dorine, à Cléante et à Elmire ?

   b) Pourquoi se montre-t-il si prompt à l'égard de Dorine et ironique à l'égard de Cléante et d'Elmire ?

5. Montrez, par sa réplique, aux vers 1323 à 1336, comment Elmire reste fidèle à la première explication qu'elle a donnée à Damis, à l'acte iii, vers 1029 à 1034, et à Orgon, aux vers 1067 à 1072.

6. Que signifient les paroles d'Orgon aux vers 1321-1322 et au vers 1337 ?

7. a) Quelles qualités Elmire met-elle en valeur devant Orgon dans sa présentation du stratagème ?

   b) Ces qualités sont-elles en accord ou en contradiction avec celles que doit posséder une femme de la classe d'Elmire ? Justifiez.

8. a) Quels arguments Orgon évoque-t-il pour s'objecter à la proposition d'Elmire ?

b) Que propose Elmire pour tenter de le convaincre ?

9. Montrez en quoi la situation ou la position dans laquelle Orgon doit se placer est paradoxale, en apparence, par rapport à l'objectif visé par Elmire, qui est de lui faire voir la vérité. En d'autres termes, identifiez le sens qu'Elmire entend solliciter chez Orgon pour lui révéler la vérité sur Tartuffe.

10. a) Pourquoi Elmire est-elle si confiante en la réussite de son stratagème ?

b) Montrez en quoi cette ruse constitue le dernier espoir de mettre un terme à l'aveuglement d'Orgon et ainsi d'empêcher le mariage forcé.

11. a) Quelles recommandations Elmire fait-elle à Orgon pour justifier la conduite qu'elle entend adopter auprès de Tartuffe ?

b) Pourquoi lui fait-elle comprendre qu'il a le plein pouvoir d'interrompre le jeu au moment où il le jugera bon ?

Écriture

12. Relevez les mots et les expressions empruntés au champ lexical de la vue, à partir du vers 1340, et montrez en quoi ils constituent l'élément essentiel du stratagème d'Elmire.

13. Identifiez et expliquez la figure de style apparaissant au vers 1350.

14. Montrez en quoi le stratagème d'Elmire relève de la farce.

15. a) Relevez et expliquez, à la scène 4, les mots et les expressions empruntés au champ lexical de la séduction dans les propos d'Elmire et montrez de quelle figure de style ils relèvent.

b) Faites voir en quoi ce vocabulaire respecte la règle de la bienséance du théâtre classique.

Acte iv, scènes 6, 7 et 8

Compréhension

1. Quelle nouvelle opinion Orgon a-t-il de Tartuffe ? Comparez son vocabulaire à celui qu'il a utilisé précédemment au sujet de Tartuffe, à l'acte i, et montrez en quoi il sait encore donner dans l'excès ou la démesure.

2. Faites ressortir les ressemblances et les différences qui existent entre la scène 7 de l'acte iv et la scène 4 de l'acte iii.

3. a) Quels vers, prononcés par Orgon, illustrent son explication pour le retard qu'il a mis à se manifester, à sortir de sous la table ?

   b) Quel éclairage cette explication apporte-t-elle quant au caractère d'Orgon ?

4. Pourquoi Elmire justifie-t-elle sa conduite auprès de Tartuffe aux vers 1551 et 1552 ?

5. a) Quelle excuse tente d'invoquer Tartuffe au vers 1553 ?

   b) Complétez la phrase interrompue de Tartuffe, au vers 1555, et justifiez votre réponse.

6. a) Montrez en quoi le stratagème d'Elmire apparaît comme une réussite. Précisez les dangers qu'il a permis d'éviter.

   b) En revanche, montrez et expliquez comment ce succès éphémère crée deux nouveaux dangers.

7. a) Identifiez et expliquez le coup de théâtre survenant à la SCÈNE 7.

   b) Faites ressortir son caractère dramatique.

8. a) À quoi sert la dernière réplique d'Orgon aux vers 1571 et 1572 ?

   b) À qui ou à quoi réfère la cassette dont il parle ?

   c) En a-t-il déjà été question dans les scènes précédentes ?

9. Montrez que, même une fois démasqué, Tartuffe reprend aussitôt son masque pour continuer de composer le personnage qu'il a joué depuis le début.

Écriture

10. a) Justifiez les deux répliques d'Elmire à la SCÈNE 6.

    b) Identifiez et expliquez les deux procédés comiques auxquels elle a recours.

11. a) Relevez et expliquez les figures de style d'atténuation (euphémisme, litote) qui contribuent à l'écriture classique de ces scènes.

    b) Quel effet ces figures donnent-elles aux situations et aux attitudes des personnages ?

*Synthèse de l'*ACTE IV

1. Montrez qu'Elmire apparaît, dans l'ACTE IV, comme le personnage le plus fort de la pièce.

2. Montrez que l'ACTE IV est le plus sombre et le plus dramatique de la pièce.

ACTE V

ACTE V, SCÈNES 1 et 2

Compréhension

1. a) Sur le plan de la gestuelle, qu'ont en commun le début de la SCÈNE 1 de l'ACTE I et celui de la SCÈNE 1 de l'ACTE V ?
   b) Quel est l'effet de cette gestuelle sur l'action ?

2. a) Montrez en quoi la SCÈNE 1 de l'ACTE V ressemble à la SCÈNE 5 de l'ACTE I.
   b) Montez en quoi elles se distinguent en faisant ressortir, notamment, les renversements de situations.

3. Pourquoi Orgon est-il désemparé ?

4. a) Comment Orgon justifie-t-il son geste imprudent ?
   b) À quel autre raisonnement de Tartuffe, à l'ACTE IV, l'explication d'Orgon s'apparente-t-elle ?
   c) Que révèle cette imprudence ?

5. Quelle est la conséquence de cette imprudence pour Orgon ?

6. Quel trait de la personnalité d'Orgon Cléante attise-t-il en lui reprochant son imprudence ?

7. Montrez en quoi Cléante se distingue encore d'Orgon par son attitude et par les valeurs qu'il préconise, aux vers 1607 à 1628.

8. Quel ressort dramatique justifie le retour de Damis à la maison de son père ?

9. Quel trait de caractère Damis expose-t-il dans son intervention ?

10. À quoi Cléante fait-il allusion aux vers 1640 et 1641 ?

11. Quelle règle du théâtre classique Molière a-t-il failli transgresser à la SCÈNE 2 ? Justifiez.

Écriture

12. Quelle figure de style illustre le caractère d'Orgon dans les vers 1601 à 1606 ? Justifiez.

13. a) Sur quelle figure de style récurrente est construite l'argumentation de Cléante, aux vers 1607 à 1628 ?
    b) Relevez-en trois exemples et expliquez-les globalement en faisant ressortir les champs lexicaux auxquels ils se rattachent.

14. De quel procédé comique relève la solution que propose Damis ? Expliquez.

15. Identifiez et expliquez le procédé comique qu'emploie Cléante au vers 1638.

ACTE V, SCÈNES 4 et 5

Compréhension

1. a) Quel ressort dramatique justifie l'intervention de M. Loyal ?
   b) Son arrivée, ou le message qu'il apporte, peut-elle être considérée comme un coup de théâtre ? Justifiez.

2. Montrez en quoi, par son langage et son attitude, M. Loyal peut être considéré comme le confrère et le complice de Tartuffe.

3. a) Quel conseil Cléante donne-t-il à Orgon avant de recevoir M. Loyal ?
   b) Pourquoi ?
   c) Orgon suit-il ce conseil ? Justifiez.

4. Si l'on considère la position centrale qu'occupe M. Loyal dans cette scène de groupe, à quel autre personnage, ayant déjà été dans une situation analogue, ressemble-t-il ? Justifiez.

5. a) Quelle est la conséquence de l'intervention de M. Loyal pour Orgon et sa famille ?
   b) Malgré tout, quel est l'aspect positif de cette intervention pour la famille ?

6. a) Quelle solution de dernière minute Elmire propose-t-elle afin de renverser la situation catastrophique qui s'abat sur la famille ?
   b) Ce recours serait-il efficace compte tenu du droit de l'époque ?

Écriture

7. Relevez et expliquez les procédés du comique de mots apparaissant dans les répliques de M. Loyal.

8. a) Relevez et expliquez les figures de style d'amplification apparaissant dans les répliques de M. Loyal et précisez leur effet.
   b) Relevez et expliquez les figures d'atténuation s'y trouvant et précisez leur effet.

9. De quel procédé comique relèvent les répliques de Damis, aux vers 1767, 1768, 1801 et 1802 ? Expliquez.

10. De quel procédé comique relèvent les répliques de Dorine, aux vers 1772, 1803 et 1804 ? Expliquez.

11. Identifiez et analysez le procédé comique utilisé dans la réplique de Dorine, aux vers 1815 à 1820, et faites ressortir son efficacité dans le contexte de la SCÈNE 5.

ACTE V, SCÈNES 6 et 7

Compréhension

1. a) Quel ressort dramatique justifie le retour de Valère à la SCÈNE 6 ?

   b) De quel nouveau et ultime danger est-il le messager ?

   c) Pourquoi Molière a-t-il choisi ce personnage pour annoncer ce message ?

2. Quelle est la conséquence de cette nouvelle pour Orgon ?

3. Quelle solution Valère propose-t-il à Orgon pour échapper au danger qui pèse sur lui ?

4. a) Combien de temps s'est-il écoulé depuis la fin de l'ACTE IV ?

   b) Compte tenu des événements qui se bousculent à l'ACTE V, cette ellipse temporelle respecte-t-elle la vraisemblance requise par le théâtre classique ? Justifiez.

5. Quel est «le détail du crime», au vers 1841, qu'ignore Valère, mais qu'Orgon a révélé précédemment à Cléante ?

6. Montrez en quoi la trahison de Tartuffe, auprès du roi, lui permet d'atteindre son objectif ultime.

7. a) Quel ressort dramatique justifie le retour de Tartuffe à la dernière scène ?

   b) Pourquoi revient-il accompagné de l'exempt ?

   c) À quelle nécessité dramaturgique le retour du traître obéit-il ?

8. a) Bien que Tartuffe se soit révélé un imposteur qui a trahi la confiance d'Orgon, montrez qu'il continue néanmoins à jouer un rôle, qu'il reste fidèle au personnage hypocrite de faux dévot qu'il a su composer depuis le début.

   b) Quel nouvel idéal l'anime désormais ?

9. Pourquoi l'exempt laisse-t-il parler Tartuffe, retardant ainsi le moment de son arrestation officielle ?

10. a) Montrez en quoi l'arrestation de Tartuffe constitue un coup de théâtre qui provoque le dénouement.

b) Montrez en quoi ce dénouement, relevant du *deus ex machina*, respecte les règles du théâtre classique d'une part et celles de la comédie d'autre part.

11. Pourquoi Tartuffe ne répond-il pas aux questions que lui pose Cléante aux vers 1887 à 1896 ?

12. a) Pourquoi Tartuffe reste-t-il muet jusqu'à la fin de la pièce après qu'un mandat d'arrestation eut été prononcé contre lui aux vers 1901 à 1903 ?

b) Comment interprétez-vous ce silence du point de vue dramaturgique, c'est-à-dire du point de vue de la cohérence du personnage ?

c) Si Molière avait donné la possibilité à Tartuffe de s'exprimer en aparté, quel type de réplique lui aurait-il mis en bouche ? Justifiez.

13. a) De qui l'exempt est-il le messager ou le porte-parole ? Justifiez.

b) Pourquoi Molière n'a-t-il pas fait paraître sur scène l'auteur du message ?

14. Grâce aux grandes qualités qui sont évoquées à son sujet, de quel personnage de la pièce l'auteur du message peut-il représenter l'antithèse ? Justifiez.

15. Quelle morale ou quelle leçon Cléante tire-t-il de la démarche de Tartuffe et du sort qui l'attend ?

16. a) Quel ressort dramatique justifie la dernière phrase d'Orgon, aux vers 1959 à 1962 ?

b) À quelle nécessité dramaturgique obéissent ces dernières paroles ?

Écriture

17. Relevez et expliquez, dans les répliques de Tartuffe, les expressions et les figures de style qui connotent son triomphe et le mépris qu'il éprouve envers Orgon et sa famille.

18. Montrez en quoi la tirade de l'exempt, au vers 1904-1944, constitue, de la part de Molière, un hommage à la gloire de Louis XIV, un éloge enthousiaste à la grandeur du pouvoir royal. À cet égard, relevez les expressions empruntées aux champs lexicaux de la vue et de la lumière et précisez de quelle figure de style elles relèvent.

19. Dans cette tirade, relevez et expliquez trois litotes.

20. Identifiez et expliquez la figure de style contenue dans le substantif «cœur» apparaissant aux vers 1907, 1915, 1920 et 1941.

21. Identifiez et expliquez les deux figures de style apparaissant aux vers 1925 et 1926.

22. Identifiez le procédé syntaxique récurrent employé dans la tirade de l'exempt et précisez son effet.

23. Identifiez et expliquez deux figures de style apparaissant aux vers 1952 et 1953.

*Synthèse de l'*ACTE V

Bien qu'Orgon ait reconnu son aveuglement et récupéré une certaine autorité au cours de l'ACTE V, montrez qu'il reste fidèle à lui-même en continuant de se fier toujours aux apparences; en d'autres termes, démontrez que le personnage n'a rien appris de sa mésaventure, qu'il n'a pas évolué et qu'il pourrait éventuellement commettre d'autres erreurs semblables.

QUESTIONS DE SYNTHÈSE ET SUJETS DE DISSERTATIONS

1. Tartuffe est une créature d'Orgon; il s'ajuste à ses désirs. Orgon a créé Tartuffe par besoin de servir une cause plus grande que lui, par désir de s'abandonner, d'abdiquer son pouvoir et de fuir les responsabilités. Démontrez la vérité de cette affirmation.

2. Bien que la comédie du *Tartuffe* souscrive aux règles du théâtre classique, à savoir les trois unités de temps, de lieu et d'action, montrez qu'elle a recours, dans son écriture, à certains procédés relevant de l'esthétique baroque.

3. Montrez comment, par son intransigeance et son refus de voir la vérité, Orgon impose aux gens de son entourage de porter un masque, les force indirectement à jouer malgré eux un rôle qu'ils refusent.

4. Montrez comment Tartuffe peut être comparé à un virus ou à un cancer qui s'est infiltré dans la maison et dans la tête d'Orgon pour le détruire. Par conséquent, faites voir les astuces ou les remèdes parfois audacieux auxquels les membres de la famille doivent avoir recours afin de rétablir la santé mentale d'Orgon et de ramener l'ordre dans la maison.

5. *Le Tartuffe* est une comédie classique qui a des accents de tragédie. Elle préfigure ainsi le drame bourgeois du XVIIIe siècle. Critiquez cette affirmation.

6. Le personnage de Tartuffe est fondamentalement athée et libertin. Critiquez cette affirmation.

7. Les buts de la comédie, selon Molière, sont de plaire tout en corrigeant les vices des êtres humains. À cet égard, *Le Tartuffe* fait preuve de pessimisme puisque aucun des personnages de la pièce ne s'améliore sur le plan moral. Critiquez cette affirmation.

Extrait 1

Acte i, scène 5, vers 259 à 317

Action et personnages

1. Relevez, dans les propos d'Orgon, les mots et les expressions empruntés au champ lexical de la dévotion ou de la religion qui révèlent qu'il est un dévot.

2. L'attitude et les sentiments qu'éprouve Orgon pour Tartuffe sont-ils fidèles au portrait qu'en a brossé Dorine à la scène 2 ? Justifiez.

3. Montrez en quoi ces sentiments ressemblent au coup de foudre amoureux.

4. a) Relevez, dans la réplique d'Orgon, aux vers 281 à 310, les expressions empruntées au champ lexical de la vue ou du regard.

   b) Montrez qu'elles révèlent la stratégie de manipulation de Tartuffe et la naïveté d'Orgon.

5. a) Mettez en valeur le caractère paradoxal du portrait qu'Orgon dresse de Tartuffe aux vers 281 à 310.

   b) Montrez comment, en vantant les mérites de Tartuffe, Orgon le présente à son insu comme un hypocrite dont il ne perçoit que les apparences ou le masque.

6. a) Quelle menace pour Orgon laissent présager les vers 301 à 304 ?

   b) Reliez le vers 304 à l'allusion faite par Dorine au vers 84.

Écriture

7. Quelle est la connotation de la comparaison apparaissant au vers 274 ?

8. Identifiez et expliquez la figure de style d'atténuation apparaissant aux vers 276 et 277.

9. Identifiez et expliquez la figure de style qu'emploie Cléante au vers 280.

10. Identifiez et expliquez la figure de style apparaissant au vers 285.

11. Identifiez et expliquez les procédés syntaxiques employés aux vers 286 et 287.

12. Identifiez et expliquez la figure de style d'atténuation apparaissant au vers 296.

13. Faites ressortir la nature hyperbolique, voire grotesque, des actions ou des gestes de Tartuffe que décrit Orgon.

Sujet d'analyse littéraire

14. Analysez le caractère comique du portrait de Tartuffe en le comparant à ceux de Daphné et d'Orante esquissés à la SCÈNE 1.

Extrait 2

Action et personnages

1. Divisez l'extrait en deux parties et donnez un titre à chacune d'elles.

2. a) Divisez la première tirade de Tartuffe (vers 933 à 960) en trois parties et faites ressortir les articulations de l'argumentation.

   b) Faites la même chose pour la deuxième tirade (vers 966 à 1000).

3. Dans la première tirade, montrez comment Tartuffe essaie d'enlever progressivement son masque, mais qu'il en est, en même temps, prisonnier.

4. Identifiez et expliquez les vers qui illustrent l'opportunisme et l'hypocrisie de Tartuffe en matière d'amour et de religion, dans la première tirade, puis dans la seconde.

5. a) Pourquoi Elmire se dit-elle surprise de la déclaration de Tartuffe ?

   b) Pourquoi n'a-t-elle pas réagi plus tôt ?

6. a) Quelle objection Tartuffe offre-t-il à Elmire pour justifier sa déclaration et son attitude ?

   b) Montrez en quoi, selon lui, son comportement est tout à fait honnête et irréprochable.

7. Dans la deuxième tirade, aux vers 966 à 1000, montrez comment Tartuffe dévoile de plus en plus son vrai visage d'amoureux sincère, mais de faux dévot concupiscent.

8. Identifiez et expliquez le vers illustrant qu'Elmire est responsable des sentiments qu'éprouve Tartuffe.

9. a) Pourquoi Tartuffe fustige-t-il les galants de cour aux vers 989 à 994 ?

   b) Montrez en quoi lui et ses semblables se distinguent de ceux-ci.

10. a) À quelles astuces a recours Tartuffe pour convaincre Elmire de la sincérité de sa déclaration ?

    b) Réussit-il à la convaincre ? Justifiez.

11. Bien que le personnage de Tartuffe puisse sembler ridicule, montrez en quoi il peut devenir pitoyable, voire pathétique.

12. À quelle condition Elmire assure-t-elle Tartuffe de sa discrétion auprès de son mari Orgon ?

Écriture

13. Dans ses deux tirades, Tartuffe mêle habilement les vocabulaires de l'amour et de la religion. Dressez le champ lexical de chacun d'eux et déterminez-en les connotations.

14. Montrez en quoi le langage galant de Tartuffe s'inspire de l'esthétique baroque, voire de la préciosité, en faisant ressortir les figures de style d'amplification, notamment l'hyperbole et la périphrase. Relevez trois exemples de chacune et expliquez-les brièvement.

15. a) Repérez et expliquez les mots de la métaphore filée qui se développe dans les deux tirades de Tartuffe.

b) Montrez en quoi sa progression atteint la démesure, se transforme pour ainsi dire en hyperbole.

16. En revanche, afin de maintenir un équilibre dans son style, Molière a fait appel à des figures de style d'atténuation, comme l'euphémisme et la litote, qui relèvent davantage de l'écriture classique. Relevez quatre exemples de chacune et expliquez-les brièvement.

17. Quelle règle du théâtre classique le recours aux figures d'atténuation permet-il de respecter ? Justifiez.

18. a) À quelle figure de style l'usage du substantif «cœur», apparaissant aux vers 940, 943, 947, 952, 954, 968, 976, 994 et 999, et du substantif «yeux», aux vers 940, 947 et 979, correspond-il ?

b) Expliquez-la et précisez ses connotations.

19. Dans les vers 966 à 1000, relevez un autre exemple de recours au champ lexical de l'anatomie qui exploite la même figure de style et expliquez-la.

20. a) Identifiez et expliquez une autre figure de style récurrente aux vers 933-934, 948-950, 966 et 993-995.

b) Quels traits de caractère de Tartuffe cette figure met-elle en relief ?

21. Dans sa première tirade, Tartuffe commence par employer le pronom «nous» avant de privilégier le pronom «je»; en revanche, dans la seconde tirade, il use abondamment du «je» pour revenir au «nous», auquel se mêle le pronom «on».

    a) Pourquoi cette distinction entre le «je» et le «nous»?

    b) À qui réfère le pronom «nous»?

    c) Est-il synonyme du pronom «on» employé aux vers 991, 993, 996 et 999? Justifiez.

22. Quels sont les procédés comiques exploités dans les deux tirades de Tartuffe? Justifiez.

23. Identifiez et expliquez la figure de substitution apparaissant au vers 1009.

24. Identifiez et expliquez les figures d'atténuation apparaissant aux vers 1012 et 1015.

Sujet d'analyse littéraire

25. Analysez les tirades de Tartuffe en faisant ressortir l'ambiguïté du personnage qui se montre à la fois amoureux et dévot.

Extrait 3

Acte iv, scène 5, vers 1387 à 1528

Action et personnages

1. a) Comparez les ressemblances et les différences existant entre cette scène et la scène 3 de l'acte iii.

   b) Montrez qu'Elmire poursuit un objectif beaucoup plus dangereux.

2. Divisez la scène en ses trois parties essentielles et montrez la progression de l'action.

3. Quels arguments Elmire invoque-t-elle pour obtenir la confiance de Tartuffe ?

4. a) Identifiez les vers qui dénotent la méfiance de Tartuffe à l'égard des intentions d'Elmire. Expliquez.

   b) Que réclame-t-il pour s'assurer de sa bonne foi ?

5. a) Quel argument moral Elmire oppose-t-elle à Tartuffe pour freiner ses ardeurs ?

   b) Que lui réplique Tartuffe ?

   c) Montrez que sa réponse révèle sa duplicité, ou son hypocrisie, et sa personnalité de faux dévot.

6. Quel point faible du caractère de Tartuffe Elmire parvient-elle à révéler ? Justifiez.

7. Montrez en quoi cette scène peut être considérée comme une comédie dans la comédie en faisant ressortir le rôle respectif d'Elmire, de Tartuffe et d'Orgon.

8. Montrez à quel point le jeu d'Elmire risque de transgresser les règles de vraisemblance et de bienséance du théâtre classique.

9. À quels moyens Elmire a-t-elle recours pour inciter Orgon à se manifester sans éveiller les soupçons de Tartuffe ?

10. a) Pourquoi Orgon tarde-t-il à sortir de sa cachette ?

    b) Quelle est la conséquence, sur l'action, de ce silence prolongé ?

11. a) Quelle opinion Tartuffe exprime-t-il au sujet d'Orgon ?

    b) Quel effet cette opinion peut-elle avoir sur Orgon ?

12. Comparez les vers 1504 à 1506, prononcés par Tartuffe, à ceux prononcés par madame Pernelle à l'acte i (vers 88 à 92) et montrez en quoi ils se ressemblent.

13. a) Malgré les risques présentés par le stratagème, pour Elmire et Orgon, montrez en quoi il atteint l'objectif fixé.

   b) Malgré l'atteinte de l'objectif, faites voir en quoi il révèle autant la fracture du couple Elmire-Orgon que celle du couple Tartuffe-Orgon.

Écriture

14. Identifiez et expliquez les figures de style apparaissant aux vers 1401 et 1407.

15. À qui réfèrent le pronom personnel «on» et le déterminant «notre» dans la réplique d'Elmire, aux vers 1411 à 1436 ? Expliquez la raison de leur usage.

16. Dans cette même réplique d'Elmire, relevez et expliquez les mots dénotant son comportement amoureux et montrez que le champ lexical auquel ils appartiennent constitue une métaphore filée.

17. a) Faites ressortir le caractère précieux du langage de Tartuffe en mettant l'accent sur les mots et les expressions empruntés au champ lexical de la religion, aux vers 1437 à 1452.

   b) Relevez et expliquez les principales figures de style qui connotent ce mélange de galanterie et de dévotion.

18. a) Dans la réplique d'Elmire, aux vers 1467 à 1476, relevez et expliquez les figures d'amplification (périphrase, hyperbole, métaphores fortes).

   b) Précisez leur effet dans la situation.

19. a) Identifiez et expliquez la figure de style apparaissant au vers 1486.

   b) Expliquez en quoi cette figure s'inspire du procédé du comique de mots.

20. Pourquoi Molière a-t-il cru bon d'insérer la didascalie *C'est un scélérat qui parle* après le vers 1487 ?

21. Que connotent les diérèses qu'emploie Tartuffe dans sa présentation de la casuistique, aux vers 1489 à 1492 ?

22. Expliquez le procédé du comique de mots auquel a recours Elmire, aux vers 1499 à 1501.

23. a) Faites ressortir l'ambiguïté sémantique du pronom «on» dans la réplique d'Elmire, aux vers 1510 à 1519. Expliquez.

   b) De quel procédé comique cette ambiguïté relève-t-elle ? Justifiez.

   c) Relevez un nom et un pronom qui contribuent à maintenir
      cette équivoque.

24. Qu'est-ce qui permet de croire que ni Tartuffe ni Orgon n'ont
    saisi l'ambiguïté du pronom «on» et le double sens des propos
    d'Elmire ?

25. Identifiez et expliquez le procédé comique employé dans
    la proposition d'Elmire, aux vers 1521 et 1522.

Sujets d'analyse littéraire

26. Dans la scène 5, analysez les thèmes du mensonge et de
    la vérité chez les personnages d'Elmire et de Tartuffe ; en
    d'autres termes, montrez comment, par le stratagème de la
    duperie, Elmire parvient à révéler à Orgon la véritable nature
    de l'imposteur.

27. Analysez la scène 5 en mettant en valeur le procédé du
    comique de situation ; faites ressortir l'inversion des rôles chez
    Elmire et Tartuffe, d'une part, puis chez Elmire et Orgon,
    d'autre part.

Extrait 4

Action et personnages

1. a) À quelle scène de l'acte i peut-on comparer la scène 3 ?
   b) Quelles sont les similitudes existant entre ces deux scènes ?
   c) Montrez en quoi elles sont différentes.

2. a) Quel objectif vise Orgon dans le récit des faits qu'il offre à madame Pernelle, aux vers 1643 à 1656 ?
   b) Y parvient-il ? Justifiez.

3. a) Montrez en quoi madame Pernelle est fidèle aux valeurs qu'elle a défendues à la première scène de l'acte i.
   b) Que connote cette fidélité chez ce personnage ? En d'autres termes, que révèle cette constance de caractère chez madame Pernelle ?

4. a) Le vers 1686, prononcé par madame Pernelle, fait écho à quel vers prononcé par Elmire à la scène 6 de l'acte iv ?
   b) Montrez en quoi l'intention de madame Pernelle se distingue de celle d'Elmire.

5. Quelle solution Cléante préconise-t-il pour contrer les attaques éventuelles de Tartuffe ?

6. À quoi voit-on que les personnages sont dans une impasse ou qu'ils sont impuissants devant le danger qui les menace ?

Écriture

7. a) À quelles répliques d'Orgon, à l'acte i, scène 4, et à l'acte iii, scène 7, la réplique de Dorine, au vers 1657, fait-elle écho ?
   b) De quel procédé comique la réplique de Dorine relève-t-elle ? Expliquez.

8. a) Quel verbe et quel substantif, qui peuvent référer à un champ lexical particulier, Orgon emploie-t-il pour convaincre sa mère de l'imposture de Tartuffe ?
   b) De quelle figure de style, qui est aussi un procédé comique, l'emploi de ce verbe relève-t-il ? Justifiez.

9. a) Identifiez et expliquez le procédé du comique de situation qui entre en jeu dans la conversation entre Orgon et madame Pernelle.

   b) Montrez en quoi cette situation relève aussi du comique de caractère.

10. a) Quelle est la figure d'amplification récurrente dans les répliques d'Orgon et de madame Pernelle ?

   b) Relevez-en trois exemples et expliquez-les.

11. Malgré le ton dramatique et excessif de la conversation entre Orgon et madame Pernelle, montrez que Molière tente de ménager la règle de la bienséance en recourant à des procédés d'atténuation. Relevez-en trois exemples et expliquez-les.

12. Identifiez et expliquez les figures de style apparaissant aux vers 1665-1666 et 1673.

Sujet d'analyse littéraire

13. Analysez la situation dans laquelle se trouvent Orgon et madame Pernelle en mettant en valeur le ridicule de leur propos et de leur comportement.

ANNEXES

Frontispice des œuvres de Molière.

Gravure de F. Chauveau, 1666.
Bibliothèque nationale, Paris.

Préface du *Tartuffe* de Molière
publié en 1669

Voici une comédie dont on a fait beaucoup de bruit, qui a été longtemps persécutée ; et les gens qu'elle joue ont bien fait voir qu'ils étaient plus puissants en France que tous ceux que j'ai joués jusques ici. Les marquis, les précieuses, les cocus et les médecins ont souffert doucement qu'on les ait représentés, et ils ont fait semblant de se divertir, avec tout le monde, des peintures que l'on a faites d'eux ; mais les hypocrites n'ont point entendu raillerie ; ils se sont effarouchés d'abord, et ont trouvé étrange que j'eusse la hardiesse de jouer leurs grimaces et de vouloir décrier un métier dont tant d'honnêtes gens se mêlent. C'est un crime qu'ils ne sauraient me pardonner ; et ils se sont tous armés contre ma comédie avec une fureur épouvantable. Ils n'ont eu garde de l'attaquer par le côté qui les a blessés : ils sont trop politiques pour cela, et savent trop bien vivre pour découvrir le fond de leur âme. Suivant leur louable coutume, ils ont couvert leurs intérêts de la cause de Dieu ; et *Le Tartuffe*, dans leur bouche, est une pièce qui offense la piété. Elle est, d'un bout à l'autre, pleine d'abominations, et l'on n'y trouve rien qui ne mérite le feu. Toutes les syllabes en sont impies ; les gestes même y sont criminels ; et le moindre coup d'œil, le moindre branlement de tête, le moindre pas à droite ou à gauche, y cache des mystères qu'ils trouvent moyen d'expliquer à mon désavantage. J'ai eu beau la soumettre aux lumières de mes amis, et à la censure de tout le monde, les corrections que j'ai pu faire, le jugement du roi et de la reine, qui l'ont vue, l'approbation des grands princes et de messieurs les ministres, qui l'ont honorée publiquement de leur présence, le témoignage des gens de bien qui l'ont trouvée profitable, tout cela n'a de rien servi. Ils n'en veulent point démordre ; et, tous les jours encore, ils font crier en public des zélés indiscrets, qui me disent des injures pieusement et me damnent par charité.

Je me soucierais fort peu de tout ce qu'ils peuvent dire, n'était l'artifice qu'ils ont de me faire des ennemis que je respecte, et de jeter dans leur parti de véritables gens de bien, dont ils préviennent la bonne foi, et qui, par la chaleur qu'ils ont pour les intérêts du ciel, sont faciles à recevoir les impressions qu'on veut leur donner. Voilà ce qui m'oblige à me défendre. C'est aux vrais dévots que je veux partout me justifier sur la conduite de ma comédie ; et je les conjure de tout mon cœur de ne point condamner les choses avant que de les voir, de se défaire de toute prévention et de ne point servir la passion de ceux dont les grimaces les déshonorent.

Si l'on prend la peine d'examiner de bonne foi ma comédie, on verra sans doute que mes intentions y sont partout innocentes, et qu'elle ne tend nullement à jouer les choses que l'on doit révérer ; que je l'ai traitée avec toutes les précautions que me demandait la délicatesse de la matière et que j'ai mis tout l'art et tous les soins qu'il m'a été possible pour bien distinguer le personnage de l'hypocrite d'avec celui du vrai dévot. J'ai employé pour cela deux actes entiers à préparer la venue de mon scélérat. Il ne tient pas un seul moment l'auditeur en balance ; on le connaît d'abord aux marques que je lui donne ; et d'un bout à l'autre il ne dit pas un mot, il ne fait pas une action, qui ne peigne aux spectateurs le caractère d'un méchant homme, et ne fasse éclater celui du véritable homme de bien que je lui oppose.

Je sais bien que pour répondre ces messieurs tâchent d'insinuer que ce n'est point au théâtre à parler de ces matières ; mais je leur demande, avec leur permission, sur quoi ils fondent cette belle maxime. C'est une proposition qu'ils ne font que supposer et qu'ils ne prouvent en aucune façon ; et sans doute il ne serait pas difficile de leur faire voir que la comédie, chez les Anciens, a pris son origine de la religion, et faisait partie de leurs mystères ; que les Espagnols, nos voisins, ne célèbrent guère de fête où la comédie ne soit mêlée, et que même, parmi nous, elle doit sa naissance aux soins d'une confrérie à qui appartient encore aujourd'hui l'Hôtel de Bourgogne, que c'est un lieu qui fut donné pour y représenter les plus importants mystères de notre foi ; qu'on en voit encore des comédies imprimées en lettres gothiques, sous le nom d'un docteur de Sorbonne et, sans aller chercher si loin que l'on a joué, de notre temps des pièces saintes de M. de Corneille, qui ont été l'admiration de toute la France.

Si l'emploi de la comédie est de corriger les vices des hommes, je ne vois pas pour quelle raison il y en aura de privilégiés. Celui-ci est, dans l'État, d'une conséquence bien plus dangereuse que tous les autres ; et nous avons vu que le théâtre a une grande vertu pour la correction. Les plus beaux traits d'une sérieuse morale sont moins puissants, le plus souvent, que ceux de la satire ; et rien ne reprend mieux la plupart des hommes que la peinture de leurs défauts. C'est une grande atteinte aux vices que de les exposer à la risée de tout le monde. On souffre aisément des répréhensions ; mais on ne souffre point la raillerie. On veut bien être méchant, mais on ne veut point être ridicule.

On me reproche d'avoir mis des termes de piété dans la bouche de mon Imposteur. Et pouvais-je m'en empêcher, pour bien représenter le caractère d'un hypocrite ? Il suffit, ce me semble, que je fasse connaître les motifs criminels qui lui font dire des choses, et que j'en aie retranché les termes consacrés, dont on aurait eu peine à lui entendre faire un mauvais usage. Mais il débite au quatrième acte une morale pernicieuse. Mais cette morale est-elle quelque chose dont tout le monde n'eût les oreilles rebattues ? Dit-elle rien de nouveau dans ma comédie ? Et peut-on craindre que des choses si généralement détestées fassent quelque impression dans les esprits ; que je les rende dangereuses en les faisant monter sur le théâtre ; qu'elles reçoivent quelque autorité de la bouche d'un scélérat ? Il n'y a nulle apparence à cela ; et l'on doit approuver la comédie du *Tartuffe*, ou condamner généralement toutes les comédies.

C'est à quoi l'on s'attache furieusement depuis un temps, et jamais on ne s'était si fort déchaîné contre le théâtre. Je ne puis pas nier qu'il n'y ait eu des Pères de l'Église qui ont condamné la comédie ; mais on ne peut pas me nier aussi qu'il n'y en ait eu quelques-uns qui l'ont traitée un peu plus doucement. Ainsi l'autorité dont on prétend appuyer la censure est détruite par ce partage ; et toute la conséquence qu'on peut tirer de cette diversité d'opinions en des esprits éclairés des mêmes lumières, c'est qu'ils ont pris la comédie différemment, et que les uns l'ont considérée dans sa pureté lorsque les autres l'ont regardée dans sa corruption et confondue avec tous ces vilains spectacles qu'on a eu raison de nommer des spectacles de turpitude.

Et, en effet, puisqu'on doit discourir des choses et non pas des mots, et que la plupart des contrariétés viennent de ne se pas entendre et d'envelopper dans un même mot des choses opposées, il ne faut qu'ôter le voile de l'équivoque et regarder ce qu'est la comédie en soi, pour voir si elle est condamnable. On connaîtra sans doute que, n'étant autre chose qu'un poème ingénieux, qui, par des leçons agréables, reprend les défauts des hommes, on ne saurait la censurer sans injustice ; et si nous voulons ouïr là-dessus le témoignage de l'Antiquité, elle nous dira que ses plus célèbres philosophes ont donné des louanges à la comédie, eux qui faisaient profession d'une sagesse si austère, et qui criaient sans cesse après les vices de leur siècle ; elle nous fera voir qu'Aristote a consacré des veilles au théâtre, et s'est donné le soin de réduire en préceptes l'art de faire des comédies ; elle nous apprendra que de ses plus grands hommes, et des premiers en dignité, ont fait gloire d'en composer eux-mêmes, qu'il y en a eu d'autres qui n'ont pas dédaigné de réciter en public celles qu'ils avaient composées, que la Grèce a fait pour cet art éclater son estime par les prix glorieux et par les superbes théâtres dont elle a voulu l'honorer, et que, dans Rome enfin, ce même art a reçu aussi des honneurs extraordinaires : je ne dis pas dans Rome débauchée, et sous la licence des empereurs, mais dans Rome disciplinée, sous la sagesse des consuls, et dans le temps de la vigueur de la vertu romaine.

J'avoue qu'il y a eu des temps où la comédie s'est corrompue. Et qu'est-ce que dans le monde on ne corrompt point tous les jours ? Il n'y a chose si innocente où les hommes ne puissent porter du crime, point d'art si salutaire dont ils ne soient capables de renverser les intentions, rien de si bon en soi qu'ils ne puissent tourner à de mauvais usages. La médecine est un art profitable, et chacun la révère comme une des plus excellentes choses que nous ayons ; et cependant il y a eu des temps où elle s'est rendue odieuse, et souvent on en a fait un art d'empoisonner les hommes. La philosophie est un présent du Ciel ; elle nous a été sonnée pour porter nos esprits à la connaissance d'un Dieu par la contemplation des merveilles de la nature ; et pourtant on n'ignore pas que souvent on l'a détournée de son emploi, et qu'on l'a occupée publiquement à soutenir l'impiété. Les choses même les plus saintes ne sont point à couvert de la corruption des hommes ; et nous voyons des scélérats qui, tous les jours, abusent de la piété, et la font servir méchamment aux crimes les plus grands. Mais on ne laisse pas pour cela de faire les distinctions qu'il est besoin de faire. On n'enveloppe point dans une fausse conséquence la bonté des choses que l'on corrompt avec la malice des corrupteurs. On sépare toujours le mauvais usage d'avec l'intention de l'art ; et comme on ne s'avise point de défendre la médecine pour avoir été bannie de Rome, ni la philosophie, pour avoir été condamnée publiquement dans Athènes, on ne doit point aussi vouloir interdire la comédie pour avoir été censurée en de certains temps. Cette censure a eu ses raisons, qui ne subsistent point ici. Elle s'est renfermée dans ce qu'elle a pu voir ; et nous ne devons point la tirer des bornes qu'elle s'est données, l'étendre plus loin qu'il ne faut, et lui faire embrasser l'innocent avec le coupable. La comédie qu'elle a eu dessein d'attaquer n'est point du tout la comédie que nous voulons défendre. Il se faut bien garder de confondre celle-là avec celle-ci. Ce sont deux personnes de qui les mœurs sont tout à fait opposées. Elles n'ont aucun rapport l'une avec l'autre que la ressemblance du nom ; et ce serait une injustice épouvantable que de vouloir condamner Olimpe, qui est femme de bien, parce qu'il y a eu une Olimpe qui a été une débauchée. De semblables arrêts, sans doute, feraient un grand désordre dans le monde. Il n'y aurait rien par là qui ne fût condamné ; et puisque l'on ne garde point cette rigueur à tant de choses dont on abuse tous les jours, on doit bien faire la même grâce à la comédie, et approuver les pièces de théâtre où l'on verra régner l'instruction et l'honnêteté.

Je sais qu'il y a des esprits dont la délicatesse ne peut souffrir aucune comédie, qui disent que les plus honnêtes sont les plus dangereuses ; que les passions que l'on y dépeint sont d'autant plus touchantes qu'elles sont pleines de vertu, et que les âmes sont attendries par ces sortes de représentations. Je ne vois pas quel crime c'est que de s'attendrir à la vue d'une passion honnête ; et c'est un haut étage de vertu que cette pleine insensibilité où ils veulent faire monter notre âme. Je doute qu'une si grande perfection soit dans les forces de la nature humaine ; et je ne sais s'il n'est pas mieux de travailler à rectifier et adoucir les passions des hommes que de vouloir les retrancher entièrement. J'avoue qu'il y a des lieux qu'il vaut mieux fréquenter que le théâtre ; et, si l'on veut blâmer toutes les choses qui ne regardent pas directement Dieu et notre salut, il est certain que la comédie en doit être, et je ne trouve point mauvais qu'elle soit condamnée avec le reste. Mais, supposé, comme il est vrai, que les exercices de la piété souffrent des intervalles et que les hommes aient besoin de divertissement, je soutiens qu'on ne leur en peut trouver un qui soit plus innocent que la comédie. Je me suis étendu trop loin. Finissons par un mot d'un grand prince sur la comédie du *Tartuffe*.

Huit jours après qu'elle eut été défendue, on représenta devant la Cour une pièce intitulée *Scaramouche ermite*, et le roi, en sortant, dit au grand prince que je veux dire : «Je voudrais bien savoir pourquoi les gens qui se scandalisent si fort de la comédie de Molière ne disent mot de celle de Scaramouche» ; à quoi le prince répondit : «La raison de cela, c'est que la comédie de *Scaramouche* joue le ciel et la religion, dont ces messieurs-là ne se soucient point ; mais celle de Molière les joue eux-mêmes ; c'est ce qu'ils ne peuvent souffrir.»

	TABLEAU CHRONOLOGIQUE	
	ÉVÉNEMENTS HISTORIQUES EN FRANCE	VIE ET ŒUVRE DE MOLIÈRE
1608		
1610	Assassinat d'Henri IV. Régence de Marie de Médicis (mère de Louis XIII) jusqu'en 1617.	
1617	Début du règne de Louis XIII.	
1618		
1620		
1622		Naissance de Jean-Baptiste Poquelin (15 janvier).
1624	Le cardinal de Richelieu, ministre jusqu'en 1642.	
1627	Siège de La Rochelle jusqu'en 1628. Fondation de la Compagnie du Saint-Sacrement de l'Autel.	
1632		Mort de Marie Cressé, sa mère.
1633		
1635	Déclaration de guerre à l'Espagne (intervention de la France dans la guerre de Trente Ans).	
1636		Études au collège de Clermont jusqu'en 1640.
1637		
1638	Naissance de Louis XIV.	
1639		
1640		Étude de droit à Orléans.

TABLEAU CHRONOLOGIQUE

ÉVÉNEMENTS LITTÉRAIRES ET CULTURELS EN FRANCE	ÉVÉNEMENTS HISTORIQUES ET CULTURELS HORS DE FRANCE	
	Fondation de Québec par Champlain.	1608
	Cervantès : *Don Quichotte* (première partie).	1610
		1617
	Début de la guerre de Trente Ans.	1618
	Arrivée du Mayflower en Nouvelle-Angleterre.	1620
		1622
		1624
		1627
	Samuel de Champlain, *Voyages de la Nouvelle-France*, relation de ses voyages de 1603 à 1629.	1632
	Abjuration de Galilée devant le tribunal de l'Inquisition.	1633
Fondation de l'Académie française.	Mort de Champlain.	1635
Pierre Corneille : *Le Cid* et *L'Illusion comique*.		1636
René Descartes : *Discours de la méthode*.		1637
Naissance de Jean Racine.	Les ursulines en Nouvelle-France.	1639
	Jansénius : l'*Augustinus* (ouvrage posthume).	1640

	TABLEAU CHRONOLOGIQUE	
	ÉVÉNEMENTS HISTORIQUES EN FRANCE	VIE ET ŒUVRE DE MOLIÈRE
1642		
1643	Mort de Louis XIII; Régence d'Anne d'Autriche; Mazarin, ministre jusqu'en 1661.	Fondation de l'Illustre-Théâtre avec Madeleine Béjart.
1644		Jean-Baptiste Poquelin utilise pour la première fois le pseudonyme «Molière».
1645		Faillite de l'Illustre-Théâtre. Début de la tournée à travers la France jusqu'en 1658.
1648	Fronde des parlementaires.	
1650	Début de la Fronde contre la monarchie jusqu'en 1652.	
1653		La troupe obtient la protection du prince de Conti, gouverneur du Languedoc.
1654	Début du règne de Louis XIV.	
1655		*L'Étourdi.*
1656		*Le Dépit amoureux.*
1657		Le prince de Conti retire sa protection à la troupe.
1658		Retour de Molière à Paris, salle du Petit-Bourbon; La troupe obtient la protection de Monsieur (Philippe d'Orléans), frère du roi.
1659	Traité des Pyrénées entre la France et l'Espagne; Louis XIV épouse l'infante d'Espagne Marie-Thérèse.	*Les Précieuses ridicules.*

TABLEAU CHRONOLOGIQUE		
ÉVÉNEMENTS LITTÉRAIRES ET CULTURELS EN FRANCE	ÉVÉNEMENTS HISTORIQUES ET CULTURELS HORS DE FRANCE	
Pierre Corneille : *Polyeucte*.	Fondation de Ville-Marie (Montréal). L'Église condamne l'*Augustinus*.	1642
		1643
Pierre Corneille : *Le Menteur*.		1644
		1645
	En Angleterre, Charles 1er est condamné à mort : Cromwell instaure une république jusqu'en 1658.	1648
		1650
		1653
		1654
Paul Scarron : *Les Hypocrites*.		1655
Blaise Pascal : *Les Provinciales*.		1656
D'Aubignac : *La Pratique du théâtre*. Paul Scarron : *Le Roman comique*. Tallement des Réaux entreprend la rédaction de ses *Historiettes*.		1657
		1658
	Mgr Montmorency de Laval, premier évêque de Québec.	1659

	TABLEAU CHRONOLOGIQUE	
	ÉVÉNEMENTS HISTORIQUES EN FRANCE	**VIE ET ŒUVRE DE MOLIÈRE**
1660		*Sganarelle ou le Cocu imaginaire.*
1661	Mort de Mazarin ; Louis XIV gouverne seul jusqu'en 1715. Arrestation de Fouquet, ministre des Finances ; Colbert lui succède. Début de la construction du palais de Versailles.	*Les Fâcheux, L'École des maris, Don Garcie de Navarre.* Installation au Palais-Royal.
1662		*L'École des femmes.* Mariage avec Armande Béjart.
1663		*La Critique de L'École des femmes. L'Impromptu de Versailles.*
1664	Condamnation de Fouquet. Persécution des jansénistes.	*Le Tartuffe* (première version créée à Versailles et interdiction des représentations publiques). Naissance et mort du premier enfant de Molière. *Le Mariage forcé.*
1665		*Dom Juan. L'Amour médecin.* La troupe devient «Troupe du Roi». Naissance de sa fille Esprit-Madeleine. Séparation de Molière et d'Armande Béjart.
1666	Mort de la reine-mère Anne d'Autriche et du prince de Conti.	*Le Misanthrope. Le Médecin malgré lui.*
1667	Siège de Lille.	*Panulphe ou l'Imposteur* (deuxième version de *Tartuffe* interdite). *Lettre sur la comédie de l'Imposteur* (anonyme).
1668	Traité d'Aix-la-Chapelle.	*Amphytrion, George Dandin, L'Avare.*
1669	«Paix clémentine» : trêve dans la persécution des jansénistes.	*Le Tartuffe* (3e version) enfin autorisé. *Monsieur de Pourceaugnac.* Mort de Jean Poquelin, son père.

TABLEAU CHRONOLOGIQUE

ÉVÉNEMENTS LITTÉRAIRES ET CULTURELS EN FRANCE	ÉVÉNEMENTS HISTORIQUES ET CULTURELS HORS DE FRANCE	
Les Provinciales brûlées sur la place publique.		1660
Lully, surintendant de la musique à la cour.		1661
		1662
	Les Turcs envahissent l'Autriche. Fondation du séminaire de Québec par Mgr de Laval.	1663
		1664
La Rochefoucauld : *Maximes*.		1665
Conti : *Le Traité de la comédie* (ouvrage posthume).		1666
Jean Racine : *Andromaque*.	John Milton : *Le Paradis perdu*.	1667
Jean de La Fontaine : *Les Fables*. Jean Racine : *Les Plaideurs*.		1668
Jean Racine : *Britannicus*.		1669

	ÉVÉNEMENTS HISTORIQUES EN FRANCE	VIE ET ŒUVRE DE MOLIÈRE
1670		*Le Bourgeois gentilhomme.*
1671		*Psyché, Les Fourberies de Scapin.* Mort de Madeleine Béjart.
1672	Installation de Louis XIV à Versailles. Guerre de Hollande jusqu'en 1678.	*Les Femmes savantes.* Naissance et mort de Pierre, troisième enfant de Molière. Rupture entre Molière et Lully.
1673		*Le Malade imaginaire.* Mort de Molière après la quatrième représentation (17 février).
1674		
1680		
1682		Publications des *Œuvres de Monsieur de Molière.*
1684		
1685	Révocation de l'édit de Nantes.	
1694		
1699		
1715	Mort de Louis XIV.	

TABLEAU CHRONOLOGIQUE

TABLEAU CHRONOLOGIQUE		
ÉVÉNEMENTS LITTÉRAIRES ET CULTURELS EN FRANCE	ÉVÉNEMENTS HISTORIQUES ET CULTURELS HORS DE FRANCE	
Blaise Pascal : *Pensées*. Jean Racine : *Bérénice*.	Spinoza : *Traité théologico-politique*.	1670
Lully compose la musique de *Psyché*.		1671
Jean Racine : *Bajazet*.		1672
Marc Antoine Charpentier compose la musique du *Malade imaginaire*.		1673
Pierre Boileau : *L'Art poétique*.		1674
Création de la Comédie-Française.		
		1682
Mort de Pierre Corneille.		1684
		1685
Premier *Dictionnaire de l'Académie française*. Bossuet : *Maximes et réflexions sur la comédie*.	L'Affaire «*Tartuffe*» en Nouvelle-France.	1694
Mort de Jean Racine.		1699
		1715

Lexique du théâtre

Actantiel (schéma) : modèle théorique servant à répartir les personnages* en un nombre minimal de fonctions (ou actants) et à en dégager les véritables protagonistes, c'est-à-dire les personnages principaux, ceux qui ont le plus d'impact sur l'action*.

Acte : chacune des grandes parties d'une pièce de théâtre, elles-mêmes divisées en scènes* ; chaque acte représente un temps fort dans le déroulement de l'action*.

Action : ensemble des faits et gestes des personnages* ; structure profonde de la fable*.

Aparté : convention du jeu théâtral permettant à un personnage* de s'adresser au public sans que les autres personnages ne l'entendent.

Alexandrin : vers de douze syllabes.

Baroque : courant artistique et littéraire des XVIe, XVIIe et XVIIIe siècles qui privilégie la démesure, la fantaisie et le déséquilibre. Le théâtre baroque transgresse la règle des trois unités*, celle de la vraisemblance* et celle de la bienséance* ; l'écriture poétique favorise le mélange des tonalités et les procédés littéraires d'amplification.

Bienséance : ensemble des conventions que l'auteur dramatique doit respecter dans une œuvre classique de manière à ne pas choquer les mœurs du public. La bienséance proscrit notamment la familiarité et la vulgarité des situations.

Classicisme : courant artistique et littéraire des XVIIe et XVIIIe siècles qui privilégie la mesure, la sobriété et l'équilibre. Le théâtre classique respecte la règle des trois unités*, la vraisemblance* et la bienséance*. L'écriture poétique favorise l'unité de ton et les procédés littéraires d'atténuation.

Comédie : genre théâtral léger et plaisant, opposé à la tragédie* et au drame*, dont le dénouement est généralement heureux. La comédie d'intrigue exploite le comique de situation, les quiproquos* et les coups de théâtre* ; la comédie de caractère met l'accent sur le ridicule des personnages* ; la comédie de mœurs critique les travers d'une classe sociale, les habitudes ayant cours à une certaine époque.

Commedia dell'arte (en italien, «comédie de l'art») : forme dramatique italienne basée sur l'improvisation, celle-ci se faisant à partir de situations dans lesquelles évoluent des personnages* stéréotypés dont Arlequin, Pantalon, le docteur et Colombine. Elle s'oppose à la *commedia sostenuta* considérée plus soutenue, plus sérieuse.

---

*   Les mots suivis d'un astérisque sont définis dans ce lexique.

Coup de théâtre : événement inattendu qui modifie le déroulement de l'action*.

Dénouement : scènes finales où se dénouent, se résolvent les conflits de l'action* ; dernière péripétie* qui clôt l'action*.

Deus ex machina (en latin, «un dieu descendu au moyen d'une machine») : personnage* ou événement dont l'intervention plus ou moins vraisemblable apporte un dénouement* inespéré à une situation sans issue.

Dialogue : ensemble des répliques* qu'échangent les personnages*.

Didascalie : indication scénique que fournit l'auteur dramatique au sujet du décor, de l'époque, du ton des répliques* et du jeu des comédiens.

Diérèse et synérèse : dans la poésie en vers, la prononciation de deux voyelles consécutives en deux syllabes se nomme diérèse ; la prononciation de deux voyelles consécutives en une seule syllabe se nomme synérèse.

Dramaturge : auteur dramatique ; écrivain qui se livre à l'écriture de pièces de théâtre.

Drame : genre théâtral dit «sérieux» qui apparaît en France au XVIIIᵉ siècle et qui se situe entre la comédie et la tragédie bourgeoise.

Exposition : situation dramatique initiale qui renseigne, dès les premières scènes, le spectateur sur les personnages*, l'action*, le temps et le lieu.

Fable : suite des faits qui constituent l'élément narratif d'une œuvre ; histoire, argument.

Farce : genre théâtral issu du Moyen-Âge et jugé inférieur à la comédie*. Pour provoquer le rire, la farce a recours à des procédés comiques plus ou moins grossiers comme les grimaces, les bouffonneries, les jeux de mots faciles et les blagues vulgaires.

Hémistiche : moitié d'un vers marquée par une pause (ou césure).

Intrigue : suite détaillée des rebondissements de l'action* ; entrelacement des conflits, des obstacles et des moyens mis en œuvre afin de les surmonter.

Lazzi : plaisanterie bouffonne improvisée par le comédien d'une farce ou d'une comédie*.

Monologue : réplique* d'un personnage* qui, seul en scène, s'exprime à haute voix en ne s'adressant à aucun interlocuteur précis.

Nœud : point crucial où le conflit se précise et où l'action* se met véritablement en branle pour culminer vers un sommet de tension dramatique.

Péripétie : changement subit de situation dans une action* dramatique ; revirement de situation qui se produit entre l'exposition* et le dénouement*.

Personnage : représentation fictionnelle d'une personne, parfois inspirée de l'histoire ou de la légende, qui met en action* le texte dramatique. Il se construit à travers les dialogues* et les didascalies*.

Quiproquo : méprise qui amène à confondre un personnage*, un mot ou une situation avec un ou une autre.

Réplique : paroles qu'un personnage* doit dire en réponse à celles de son interlocuteur.

Ressort dramatique : élément qui fait avancer l'action*. Il est externe s'il s'agit d'un fait, d'un événement ; il est interne s'il s'agit d'un trait de caractère, d'un sentiment, d'un point de vue de personnage*.

Scène : division d'un acte*. Elle se définit par l'entrée ou la sortie d'un personnage*.

Stichomythie : dialogue* dans lequel les personnages* se répondent vers pour vers, créant ainsi une symétrie des répliques.

Texte dramatique : pièce de théâtre.

Tirade : longue réplique* récitée, sans interruption, par un personnage*.

Tragédie : genre théâtral issu de l'Antiquité, qui s'est développé au cours de la période classique en France. L'action*, soumise à la fatalité, évolue vers un dénouement malheureux.

Tragicomédie : tragédie* dont l'action* est romanesque et le dénouement, heureux.

Unités (règle des trois) : principe du théâtre classique qui requiert qu'une pièce se déroule en un seul lieu, que l'action* s'oriente autour d'un seul axe (ou histoire) et qu'elle dure moins de vingt-quatre heures.

Vraisemblance : principe du théâtre classique selon lequel l'action*, les personnages* et les lieux représentés apparaissent vrais et naturels.

Glossaire de l'œuvre

abord : arrivée (v. 1055 et 1721).

admirable, admirer : étonnant, surprenant ; s'étonner, être surpris (sens ironique) (v. 121, 1255, 1314, 1338 et 1758).

affranchir : débarrasser, libérer (v. 766 et 1636).

alarme : menace inquiétante, danger, risque (v. 799, 1714 et 1905).

amant, amante : personne qui aime et qui est aimée (didasc. 1, v. 606, 630, 684, 787, 820 et 1962).

amusement, amuser (s') : perte de temps, retard, délai ; perdre son temps (v. 215, 520 et 1848).

appas : attraits physiques féminins (v. 967) ; attraits, intérêts (v. 1239).

ardeurs (pluriel) : amours (v. 533, 721 et 738).

armer : maîtriser (v. 963) ; laisser libre cours à (v. 1083) ; garnir, pourvoir (v. 1331, 1654 et 1707) ; fortifier (v. 1845).

arrêt, arrêter : décision ; décider (v. 452, 629, 693, 959 et 1484).

artifice : ruse, tromperie (v. 335, 374 et 1445).

avecque : avec ; l'orthographe de la préposition assure l'alexandrin (v. 951, 1018 et 1615).

béatitude : bonheur éternel (v. 958 et 1442).

bénin, bénigne, bénignité : bienveillant, indulgent (v. 981) ; indulgence (v. 1007) ; favorable (v. 1477).

blesser : choquer, indisposer (v. 29, 81, 501, 861, 1010 et 1563).

bruit : rumeur (v. 459, 1170, 1186 et 1784) ; critique (v. 907 et 1553) ; nouvelle (v. 1186).

çà : ici (v. 768, 781, 782 et 788).

cabale : manigance, allusion aux activités de la Compagnie du Saint-Sacrement de l'Autel (v. 397 et 1705).

cagot, cagoterie : hypocrite (v. 45) ; hypocrisie (v. 1038).

cassette : petit coffre (v. 1572, 1576, 1578, 1588 et 1838).

céans : ici, dans la maison (v. 46, 62, 80, 120, 147, 167, 230, 476, 1153, 1208, 1262, 1554, 1752 et 1790).

chacun (un) : tout le monde (v. 137, 319, 548 et 736).

chansons : balivernes, sornettes, paroles en l'air (v. 154, 468, 520, 796 et 1341).

charme, charmer : envoûtement, pouvoir magique (v. 263) ; envoûter, séduire au sens religieux (v. 270, 595 et 935) ; signifie aussi séduisant quand il s'agit de l'apparence d'une personne (v. 972 et 1452). Ainsi, au pluriel, le terme signifie attraits physiques (v. 978).

coiffer (se) : s'amouracher, s'éprendre (v. 178, 628 et 1315).

comme : comment (v. 230, 281, 324, 403, 439, 772, 774 et 1168).

complaisant, complaisance : disposé à plaire en dépit de tout (v. 836) ;
  disposition à plaire en flattant l'amour propre de quelqu'un
  (v. 1318 et 1366).

confondre : anéantir, déjouer, démasquer (v. 1024, 1126, 1377, 1562
  et 1810).

conjecture : supposition, hypothèse (v. 460 et 1534).

convoiter : désirer charnellement (v. 866 et 1546).

coquin : vaurien (injure) (v. 1117, 1133, 1149 et 1629).

courroux, courroucer (se) : colère ; se mettre en colère (v. 43, 77, 260,
  471, 679, 851, 1039, 1053, 1083, 1411 et 1631).

crédit : faveur (v. 367 et 835) ; influence (v. 1072).

d'abord : tout de suite (v. 945, 1150, 1211, 1419, 1454 et 1919).

délicat : fragile, précaire (v. 1169) ; scrupuleux (v. 1249) ; périlleux
  (v. 1831).

délivrer : libérer, débarrasser (v. 1 et 1897).

déplaisir : tourment, désespoir (v. 620 et 1143).

désespoir : détresse extrême qui mène au suicide (v. 676, 1272 et 1291).

deviez : auriez dû (verbe devoir) (v. 963, 1600, 1686 et 1708).

dévot, dévotion : personne très pieuse (nom ou adjectif) ; piété, ferveur
  religieuse (didasc. 1, v. 146, 326, 329, 332, 356, 361, 366, 382, 390,
  499, 552, 889, 965, 966, 986, 1122 et 1620).

dévotement : voir dévot, dévotion (sens ironique) (v. 239).

diantre : diable (juron atténué) (v. 767 et 1687).

disgrâce : malheur (v. 425 et 988).

docteur : docteur en théologie (v. 160, 346 et 351).

dupe, duper : personne naïve qu'on trompe facilement ; tromper
  (v. 199, 1357 et 1617).

échauffer (s') : se mettre en colère (v. 177 et 553).

éclat, éclater (faire), éclatant : dispute (v. 60) ; tapage (v. 90) ; sentiment
  (v. 407 et 633) ; manifestation exubérante (v. 500, 1240, 1328, 1504
  et 1618) ; rendre public, manifester, exprimer (v. 608, 1295, 1731
  et 1823) ; bruyant, manifeste (v. 631 et 1639).

élire : choisir (v. 573, 1581 et 1822).

empire : contrôle, pouvoir (v. 597 et 1469).

encor : encore ; élision de la voyelle pour assurer l'alexandrin (v. 172,
  237, 524, 767, 1086, 1103, 1175, 1197, 1253, 1532, 1570, 1577, 1599,
  1628, 1651 et 1707).

exempt : officier de police chargé des arrestations (didasc. 1 et v. 1896).

exploit : acte de saisie (v. 1746 et 1812).

fâcheux : désagréable, ennuyeux (v. 90, 94, 535, 793, 805, 842, 852,
  1152, 1501, 1511 et 1706).

fat : imbécile prétentieux (v. 203 et 831).

félicité : bonheur suprême (v. 928 et 1444).

feux (pluriel) : sentiments amoureux, désirs (v. 625, 635 et 1042).

fier, fierté : cruel, violent ; cruauté, violence (v. 376 et 393).

flamme : passion amoureuse (v. 738, 1062, 1302, 1466 et 1962).

flatter : encourager (v. 1065 et 1375).

foi : parole (v. 84, 415, 424, 576, 674, 876, 1566 et 1803) ; croyance (v. 322) ; sincérité (v. 374, 406 et 1156) ; confiance, certitude, preuve (v. 723, 1344 et 1451) ; loyauté (v. 923).

fourbe : menteur, hypocrite (v. 1041, 1699, 1835 et 1923).

fripon : vaurien (injure) (v. 1131, 1318 et 1617).

galant : homme séducteur et raffiné, courtisan (v. 132 et 989) ; attrayant, séduisant (v. 961 et 1004).

garçon : apprenti dévot ; il s'agit ici de Laurent (v. 203 et 291).

gloire, glorieux : honneur, renommée, réputation ; honorable, renommé, réputé (v. 384, 437, 645, 698, 730, 1186, 1226, 1248, 1461, 1525, 1873, 1875 et 1913).

grâce : faveur (v. 874, 888, 905 et 1149) ; pardon (v. 1008, 1030 et 1116) ; accord, harmonie (v. 1202) ; remerciement (v. 1856).

grimace : singerie hypocrite (v. 330, 362 et 1618).

gueux, gueuser : mendiant, pauvre, misérable ; mendier (v. 63, 484, 631, 1134 et 1603).

hanter : fréquenter (v. 80, 87 et 525).

hasard, hasarder : danger, risque ; risquer (v. 987 et 1623).

haut, hautement : ferme, fort, fermement, d'une manière déterminée (v. 11, 137, 631 et 692) ; grand, important (v. 129, 191, 437 et 442).

honnête : honorable, respectable (v. 38, 81, 486, 509, 1262, 1445, 1765 et 1874).

huissier à verge : officier chargé d'exécuter les décisions judiciaires à l'aide d'un bâton (verge) (v. 1742 et 1768).

hymen : mariage (v. 217, 454, 508, 531, 652, 692, 800, 840, 1432, 1446 et 1961).

impudence, impudemment : effronterie, impolitesse ; effrontément, impoliment (v. 1065, 1121, 1758, 1870 et 1931).

infâme : abject, ignoble, indigne (v. 1102, 1110, 1649, 1805 et 1870).

instance : prière (v. 889 et 1433) ; poursuite judiciaire (v. 1701).

instruire : informer (v. 291 et 1493).

intérêt : attention, bienveillance (v. 220, 302, 839, 1434 et 1830) ; avantage, espoir d'un quelconque gain (v. 365, 543, 1225, 1385 et 1880).

intérêt du Ciel : obligation d'honorer Dieu, nécessité d'exécuter ses volontés (v. 78, 376, 402, 1207 et 1219).

jusques : jusque ; orthographe visant à assurer l'alexandrin (v. 248, 867, 1298, 1781 et 1931).

juste : légitime (v. 1039, 1250, 1685, 1695, 1881, 1922 et 1960).

las ! : hélas ! (v. 1573 et 1855).

libertin, libertinage : libre-penseur, impie ; liberté de pensée souvent irrespectueuse à l'égard de la religion (v. 314, 320, 524 et 1621).

louis : pièce de monnaie frappée à l'effigie de Louis XIII (v. 1798 et 1850).

mamie : mon amie (élision) (v. 13, 458, 477 et 1806).

matière : occasion (v. 1304 et 1714) ; sujet, propos (v. 1369).

maxime : règle de conduite (v. 37, 49 et 1257).

méchant : mauvais (v. 19, 317, 1244, 1535 et 1602).

médisant, médisance, médire : mensonger ; calomnie, commérage, propos mensonger visant à causer du tort ; calomnier, dire du mal d'autrui sans fondement (v. 99, 106, 156 et 1670).

mortifier (se) : s'imposer une épreuve en expiation de ses péchés (v. 1080, 1166 et 1305).

nœud : mariage (v. 1435) ; lien très étroit entre deux personnes (v. 1712) ; obligation (v. 1883).

occasion : moment critique (v. 622 et 1080).

ombrage : méfiance, soupçons (v. 1170 et 1402).

ordonnance : décision d'un juge (v. 1746 et 1782).

où : auquel, à laquelle, auxquels (v. 615, 693, 976, 1030 et 1236) ; dans laquelle, lequel, lesquels (v. 95, 163, 349 et 1401) ; lequel (v. 1865).

pas : rythme auquel une personne marche (v. 2, 744 et 1177) ; démarche (v. 599 et 1831).

payer : faire preuve, récompenser (v. 577, 1057 et 1644).

payer de : prétexter, inventer (v. 802, 804 et 1217).

pendard : digne d'être pendu (injure) (v. 1109 et 1139).

perfide, perfidie : traître ; traîtrise (v. 1043, 1101, 1615, 1649 et 1866).

pompeux : prétentieux et artificiel (v. 129 et 1618).

prêcher : recommander, conseiller (v. 37, 316 et 372).

prévenir : devancer (v. 719) ; éviter (v. 1170) ; disposer en faveur de quelqu'un (v. 1315) ; tromper, abuser (v. 1612).

prince : le roi Louis XIV (v. 182, 1836, 1863, 1880, 1906, 1907, 1923 et 1954).

prompt : susceptible, rapide à réagir (v. 374, 866, 1005 et 1408).

prude : vertueux, sage (v. 124, 134 et 1330).

raccommoder : réconcilier (v. 1712 et 1729).

raison : argument (v. 249 et 1218).

réduire : contraindre, forcer, obliger (v. 1283, 1373, 1513, 1656 et 1834).

rendre (se) : faire preuve de (v. 619) ; devenir (v. 836, 1029 et 1846).

repentir : regretter (v. 1149 et 1563).

reprendre : corriger, critiquer (v. 150, 301 et 394) ; accuser (v. 1081).

ressentiment : rancœur, vengeance (v. 376, 1710 et 1731).

ressorts : moyens astucieux, rusés, manigances (v. 794 et 1703).

retraite : lieu où l'on se retire pour méditer, pour prier (v. 372 et 1262) ; fuite (v. 1938).

révérer : honorer, respecter (v. 34, 346, 351, 378, 485 et 1886).

saison : circonstance, occasion (v. 792 et 1555).

salut : salut de l'âme, rédemption (v. 149, 912 et 948).

sied, siéraient (seoir) : convenir (v. 496, 1473 et 1804).

soin : préoccupation, souci (v. 119, 398, 436, 489, 544, 731, 775, 997, 1221, 1228, 1643 et 1683) ; précaution (v. 556, 834, 1523, 1787, 1855, 1859 et 1960).

souffrir : endurer, supporter (v. 43, 45, 80, 139, 250, 500, 547, 1105, 1113, 1146, 1251, 1270, 1788, 1826 et 1868) ; accepter, permettre (v. 227, 587, 1195, 1256, 1263, 1299, 1309, 1408 et 1765).

suite : conséquence (v. 59 et 1833) ; crime (v. 1929).

suivante : servante et dame de compagnie (didasc.1 et v. 13).

surprendre : épier (v. 430) ; tromper (v. 1162, 1356, 1911 et 1917).

sus : bon, alors (v. 431 et 1136).

temporel : matériel (v. 489 et 934).

tendresse : (entre hommes) attention, considération (v. 190, 1058, 1294 et 1773).

tenir : obtenir (v. 812) ; soutenir, prétendre (v. 923, 1067 et 1473) ; considérer, traiter (v. 1401 et 1646) ; retenir (v. 1802).

tôt : vite, déjà (v. 1268, 1531, 1571, 1623, 1715, 1808 et 1859).

tout de bon : sincèrement (v. 423, 606, 697 et 1547).

trait : condamnation (v. 115 et 1851) ; coup, sursaut (v. 138) ; mauvais tour, au sens de jouer un tour (v. 551, 1320 et 1922) ; accusation (v. 1837) ; coup bas (v. 1864).

transport : emportement émotif (v. 849, 910, 1010, 1323, 1396 et 1639).

user (en) : se conduire, se comporter (v. 28, 403, 1035, 1168, 1191, 1793 et 1795).

valet (je suis votre) : formule de politesse pour prendre congé de quelqu'un ou refuser de croire ce qu'il dit (v. 409 et 1317).

vœux : désirs amoureux (v. 456, 639, 671, 720, 955, 978, 1282, 1378, 1421, 1442, 1460 et 1481).

vuider : régler une affaire, en finir (v. 1053) ; partir (v. 1749 et 1790).

zélé, zèle : dévoué ; dévouement, ferveur, au sens religieux (v. 51, 123, 305, 358, 360, 373, 401, 406, 891, 910, 914, 1059, 1214, 1257, 1612, 1626, 1645, 1690, 1777 et 1914) ; dévouement à l'égard du roi (v. 1888 et 1939).

Bibliographie

ADAM, Antoine. *Histoire de la littérature française au XVIIe siècle*, TOME III, Paris, Éditions Domat, 1952.

BRAY, René. *Molière, homme de théâtre*, Paris, Mercure de France, 1963.

BRISSON, Pierre. *Molière, Sa vie dans son œuvre*, Paris, Gallimard, 1939.

BURGER, Baudouin. «Les spectacles dramatiques en Nouvelle-France», *Le théâtre canadien-français*, Montréal, Fides, 1976, p. 49-52.

CALVET, Jean. *Molière est-il chrétien ?*, Paris, Fernand Lanore, 1950.

COLLINET, Jean-Pierre. *Lectures de Molière*, Paris, A. Colin, coll. U 2, 1974.

CONESA, Gabriel. *Le dialogue moliéresque : Étude stylistique et dramaturgique*, Paris, Presses universitaires de France, 1983.

CONIO, Gérard. *Molière : Étude du Tartuffe, Don Juan*, Paris, Marabout, 1992.

FERREYROLLES, Gérard. *Tartuffe*, Paris, Presses universitaires de France, coll. Études littéraires, 1987.

GAXOTTE, Pierre. *Molière*, Paris, Flammarion, 1977.

GOLDSCHMIDT, Georges-Arthur. *Molière ou la liberté mise à nu*, Paris, Julliard, 1973.

GUICHARNAUD, Jacques. *Molière, une aventure théâtrale*, Paris, Gallimard, coll. Bibliothèque des idées, 1984.

GURVIRTH, Marcel. *Molière ou l'invention comique : La métamorphose des thèmes, la création des types*, Paris, Minard-Lettres modernes, 1966.

HORVILLE, Robert. *Le Tartuffe de Molière*, Paris, Hachette, 1973.

IKOR, Roger. *Molière double*, Paris, Presses universitaires de France, 1977.

LAFLAMME, Jean et TOURANGEAU, Rémi. *L'Église et le théâtre au Québec*, Montréal, Fides, 1979.

MOLIÈRE. *Œuvres complètes*, édition par Georges Couton, Paris, Gallimard, coll. Bibliothèque de la Pléiade, 2 volumes, 1983.

PAVIS, Patrice. *Dictionnaire du théâtre*, Paris, A. Colin, 2002.

POMMIER, René. *Études sur le Tartuffe*, Paris, Sedes, 1994.

SALOMON, Herman Prins. *Tartuffe devant l'opinion française*, Paris, Presses universitaires de France, 1962.

SCHERER, Jacques. *Structures de Tartuffe*, Paris, Société d'édition d'enseignement supérieur, 1974.

SIMON, Alfred. *Molière par lui-même*, Paris, Seuil, 1957.

VOLTZ, Pierre. *La comédie*, Paris, A. Colin, coll. U, 1964.

FILMOGRAPHIE

Molière, film réalisé par Ariane Mnouchkine, 1978.

Tartuffe, film réalisé par Jean Pignol, 1980.

Tartuffe, film réalisé par Gérard Depardieu ; mise en scène de Jacques Lasalle, 1984.

Tartuffe, téléfilm adapté et réalisé par Lorraine Pintal, à partir de la mise en scène du TNM, 1997.

Le fauteuil dans lequel Molière a joué le rôle d'Argan,
actuellement conservé à la Comédie-Française.

ŒUVRES PARUES

Apollinaire, *Alcools*
Balzac, *Le Colonel Chabert*
Balzac, *La Peau de chagrin*
Balzac, *Le Père Goriot*
Baudelaire, *Les Fleurs du mal* et *Le Spleen de Paris*
Beaumarchais, *Le Mariage de Figaro*
Chateaubriand, *Atala* et *René*
Chrétien de Troyes, *Yvain* ou *Le Chevalier au lion*
Corneille, *Le Cid*
Daudet, *Lettres de mon moulin*
Diderot, *La Religieuse*
Flaubert, *Trois Contes*
Hugo, *Le Dernier Jour d'un condamné*
Laclos, *Les Liaisons dangereuses*
Marivaux, *Le Jeu de l'amour et du hasard*
Maupassant, *Contes réalistes* et *Contes fantastiques*
Maupassant, *La Maison Tellier et autres contes*
Maupassant, *Pierre et Jean*
Mérimée, *La Vénus d'Ille* et *Carmen*
Molière, *L'Avare*
Molière, *Dom Juan*
Molière, *L'École des femmes*
Molière, *Les Fourberies de Scapin*
Molière, *Le Malade imaginaire*
Molière, *Le Misanthrope*
Molière, *Tartuffe*
Musset, *Lorenzaccio*
Poètes et prosateurs de la Renaissance
Poètes romantiques
Poètes symbolistes
Racine, *Phèdre*
Rostand, *Cyrano de Bergerac*
Tristan et Iseut
Voltaire, *Candide*
Voltaire, *Zadig* et *Micromégas*
Zola, *La Bête humaine*
Zola, *Thérèse Raquin*